CINÉMA-BIBLIOTHÈQUE

Prix : 3 fr. 50

PIERRE DECOURCELLE

Les Mystères de New-York

★★

ÉPOUSE D'UN DIEU

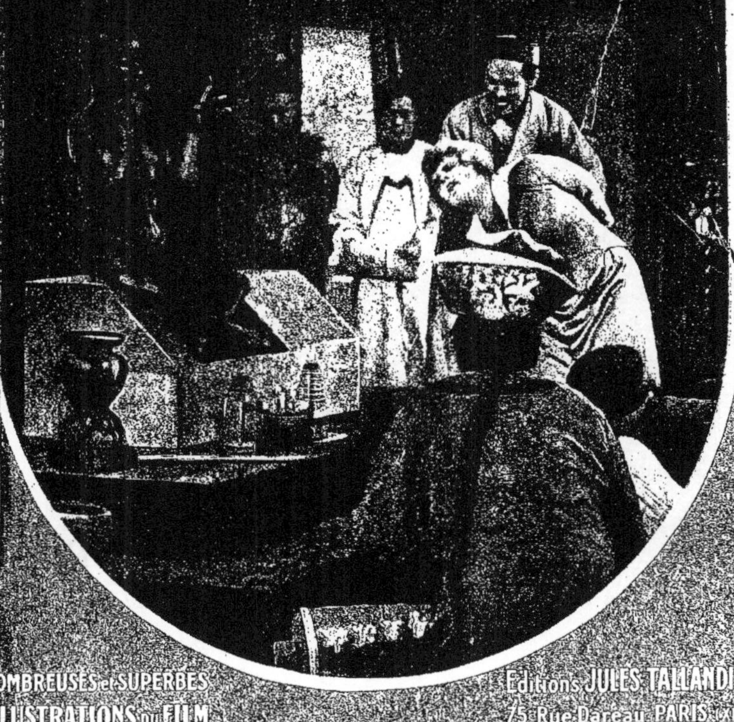

OMBREUSES et SUPERBES ILLUSTRATIONS du FILM

Éditions JULES TALLANDIER
75, Rue Dareau, PARIS (XIV)

— Des preuves ! répéta Elaine... Je vous défie de m'en apporter !

— Vous vous trompez, mon enfant... répondit le prétendu pasteur.

PIERRE DECOURCELLE

LES
Mystères de New-York

GRAND ROMAN D'AVENTURES

abondamment illustré par les photographies

du film PATHÉ FRÈRES

★ ★

ÉPOUSE D'UN DIEU

CINÉMA-BIBLIOTHÈQUE

Éditions JULES TALLANDIER

75, Rue Dareau, PARIS (XIVᵉ)

LES MYSTÈRES DE NEW-YORK

DEUXIÈME PARTIE

ÉPOUSE D'UN DIEU

PROLOGUE

Le richissime Taylor Dodge a été assassiné par « La Main qui Etreint » redoutable bande qui décime New-York. Le détective français Justin Clarel et son secrétaire Jameson, secondés par Elaine Dodge et Perry Bennett, la fille et le neveu de Taylor Dodge, recherchent le chef de cette bande qui s'est déjà livré contre eux à plusieurs attentats infructueux.

LA SECONDE FEMME DE TAYLOR DODGE

Il fallut à Elaine une semaine entière de soins assidus et de repos complet pour se rétablir de la terrible épreuve qu'elle venait de traverser.

Jamais, ainsi qu'elle l'avouait à la tante Betty, dont la sollicitude maternelle s'empressait inlassablement auprès d'elle, jamais elle ne s'était sentie si près de la mort.

— Je ne souffrais pas positivement, tantine, disait-elle doucement, la main dans la main de la vieille dame... Je sentais lentement mon sang s'écouler, comme un tout petit ruisselet, et, à mesure qu'il filtrait hors de mes veines, une langueur croissante m'enveloppait... Tous les souvenirs de ma vie défilaient l'un après l'autre devant mes yeux fermés. Je pensais à vous, à mon cher papa que j'allais bientôt revoir, à tous ceux qui m'avaient un peu aimée... Et puis, les images sont devenues plus confuses, l'obscurité s'est répandue insensiblement dans mon cerveau, jusqu'à l'instant où, sans secousse, une sorte d'invincible sommeil m'a envahie et paralysée... J'étais évanouie.

— Pauvre, pauvre chère petite ! murmurait la tante Betty, dont les yeux se mouillaient au récit de ces minutes affreuses.

Journellement, le professeur Harrisson et le docteur Hayward venaient ensemble faire une longue visite à leur malade, dont la robuste constitution triompha vite de l'épuisement où l'avait laissée l'abondante perte de sang qu'elle avait dû subir.

Au bout de trois jours, elle se levait et pouvait recevoir ses amis, étendue sur sa chaise longue.

Parmi ceux-ci, Justin Clarel et Perry Bennett ne manquaient pas un seul jour de sonner à la porte de l'hôtel Dodge, et se rencontraient fréquemment au chevet de la jeune fille.

Par une convention tacite, ils évitaient, dans leurs causeries avec elle, de prononcer le mot fatidique de « la Main qui étreint » ni de raviver dans son esprit le moindre souvenir qui pût lui rappeler la redoutable association, et les heures critiques où la jeune fille avait senti l'emprise de ses griffes de fer.

Vers la fin de la semaine, les deux docteurs autorisèrent de courtes promenades, en voiture d'abord, puis à pied, qui produisirent vite un résultat des plus heureux.

Les couleurs étaient revenues aux joues satinées d'Elaine ; le cerne, qui encerclait et bistrait ses yeux, s'était effacé, tout comme s'évanouissait dans son cerveau l'image affolante du récent péril auquel elle avait si miraculeusement échappé.

Bientôt, la jeune fille put reprendre le cours de sa vie normale.

Parmi ses courses et ses occupations quotidiennes, les nombreuses démarches concernant la succession de son père tenaient une grande place.

L'expérience et la science juridiques de Perry Bennett lui épargnaient, autant qu'il pouvait, les plus fastidieuses ; mais il ne parvenait pas à les lui éviter toutes, et force était à l'héritière de faire souvent d'interminables stations dans les offices de solicitors, ou dans d'autres endroits plus ennuyeux encore.

Un soir où le jeune avocat avait dîné à l'hôtel Dodge avec Justin Clarel et Jameson, et où la soirée s'était achevée de la façon la plus gaie à déchiffrer et à chanter tous ensemble les plus joyeux morceaux des opérettes en vogue d'Offenbach, au moment où l'horloge marquait l'heure de la séparation, Perry dit à sa cousine :

— A propos, Elaine, j'aurais besoin de vous voir demain...

— Eh bien ! c'est convenu, je vous attendrai. Quelle heure choisissez-vous ?

— Hélas ! ma pauvre amie, ce n'est pas ainsi que je l'entends : et ce n'est pas chez vous, mais chez moi que nous devons nous rencontrer.

— Encore pour ces ennuyeuses questions d'argent ?

— J'aurais voulu vous éviter cette corvée, et vous envoyer ici les pièces qui réclament votre signature, mais elles figurent sur une série de livres lourds et encombrants, qui ne peuvent guère quitter mon étude.

— Alors ! voilà qui est entendu ; je viendrai chez vous, d'autant que vous parlez toujours de votre installation, et que je ne l'ai jamais vue... A quelle heure voulez-vous ma visite ?

— Entre onze heures et midi, cela vous gêne-t-il ?

— Convenu pour onze heures et demie !.. Je serai exacte.

Les occupations de Perry Bennett le contraignaient à être matinal. Ce jour-là, il le fut encore plus que de coutume et, dès neuf heures il était plongé jusqu'au cou dans les comptes et les inventaires fastidieux de la succession Dodge.

Dans l'antichambre, son groom, Milton, affalé sur une large chaise, mâchait nonchalamment de la gomme, et admirait ses pieds étalés sur le bureau en face duquel il était assis.

La porte d'entrée s'ouvrit, et une femme assez élégante, bien que n'étant plus toute jeune, en grand deuil, tenant un garçonnet à la main, pénétra dans la pièce. Milton, qui allait avoir quinze ans, jeta un regard de mépris sur le « gosse », qui devait en avoir environ quatorze, mais qui était vêtu en petit garçon. La jeunesse des enfants fait celle des mères.

Le groom, obéissant à la déférence due aux visiteurs en général et aux femmes en particulier, se dressa debout sur ses pieds.

— Vous désirez voir M. Bennett ? demanda-t-il sur un ton de politesse obséquieuse, en se retournant au même moment pour faire au « gosse » une admirable grimace, qui lui avait valu d'innombrables punitions à son école, et une considération spéciale parmi les gamins du quartier.

— Précisément !... Voici ma carte. Voulez-vous la lui porter ?

Le bristol était copieusement entouré de noir : Milton lui-même fut étonné des dimensions inusitées de cette bordure.

La carte portait ces mots :

Madame TAYLOR DODGE

Le groom regarda la visiteuse en ouvrant des yeux aussi grands que sa bouche. Il savait évidemment que la mère d'Elaine était morte depuis longtemps.

La prétendue veuve, comme si le fait de donner son nom au groom avait réveillé en elle de cuisants souvenirs, s'était affaissée sur une chaise, la poitrine oppressée par de lourds sanglots.

Elle jouait son rôle avec tant de naturel, que Milton lui-même en parut visiblement touché.

Il se demanda un instant s'il allait essayer de calmer la douleur de cette inconsolable cliente, mais ne se sentant probablement pas à la hauteur d'une semblable tâche, il y renonça et prit le parti d'aller porter la carte à son maître.

— Monsieur ! s'écria-t-il, en lui tendant le plateau, c'est une dame qui est là, en larmes, dans l'antichambre... Elle dit qu'elle est Mme Taylor Dodge.

Si Milton avait possédé un appareil à rayons X, lui permettant de voir à travers les murs, il aurait pu constater qu'aussitôt après son départ, la désespérée, qui l'avait si profondément ému, tirait de son petit sac une cigarette, et l'allumait nonchalamment.

Le groom, qui guettait l'effet de la nouvelle sur le visage de son patron, crut un instant, devant l'expression qui s'y refléta, que celui-ci allait incontinent le mettre à la porte pour oser venir le déranger, au milieu d'un travail sérieux, par d'aussi stupides racontars.

Cependant, il prit la carte et, à la vue du nom qui y était inscrit, son regard exprima d'abord la plus violente surprise, puis un mécontentement qui dégénéra tout de suite en une véritable colère.

Il allait déchirer d'un geste véhément le bristol qu'il tenait entre ses doigts, lorsqu'il parut se raviser, et demeura quelques instants plongé dans une méditation profonde.

— Dites à cette personne de me faire connaître par écrit le but de sa visite !... conclut-il enfin.

Au bruit des pas du groom grinçant sur le linoléum du parquet, la veuve éplorée, avant qu'il n'ouvrît la porte de l'antichambre, glissa vivement sa cigarette dans la main de son prétendu fils.

— M. Bennett vous prie de lui indiquer par écrit le but de votre visite... articula avec solennité Milton, en désignant la table devant laquelle la dame était assise, et sur laquelle se trouvait tout ce qu'il fallait pour écrire.

Automatiquement, au moment où elle se débarrassait de sa cigarette, la veuve s'était de nouveau laissée aller à une nouvelle et véhémente crise de larmes.

Elle tourna ses yeux baignés de pleurs sur le papier, la plume et l'encre.

— Est-ce que je peux écrire ici ? demanda-t-elle entre deux sanglots.

— Certainement, madame !... répondit le gamin, de plus en plus bouleversé par cette intarissable douleur.

Elle s'assit, et commença à écrire, en s'interrompant de temps en temps pour essuyer avec son mouchoir les larmes, dont quelques-unes tombaient sur le papier.

Tout en cédant à la sympathie profonde qu'il ressentait pour un tel déluge, Milton ne put s'empêcher de renifler l'air. A n'en pas douter, il y régnait une indiscutable odeur de tabac...

Il jeta un regard perçant sur le gamin auquel la supériorité de son âge lui donnait une impérieuse envie de tirer les oreilles, et finit par apercevoir entre les doigts de celui-ci la cigarette encore fumante.

C'en était trop pour la dignité outragée du groom, qui songeait avec rancœur que son patron ne lui accordait pas la même liberté.

Toute sa conscience d'homme indépendant protesta contre une pareille inégalité.

Tandis que la mère continuait à écrire et à pleurer, il se tourna vers le gamin et, le tirant par la manche, l'entraîna dans un coin, au fond de la pièce.

— Regarde, dit-il avec majesté, si tu sais lire.

Un écriteau était cloué au mur, conçu en ces termes :

On est prié de ne pas fumer ici.

— Lâchez mon bras, grogna le fils de la veuve, en portant d'un geste de défi la cigarette à sa bouche.

Froidement, mais délibérément, Milton la lui cueillit aux lèvres, la jeta sur le sol et l'écrasa sous le talon de sa bottine.

L'offensé leva le poing en un mouvement de colère, ne semblant pas tenir compte du décorum auquel l'obligeait la condition sociale qu'il était censé occuper.

Milton se mit sur-le-champ dans la posture classique du boxeur.

Un match sensationnel allait vraisemblablement s'ensuivre, lorsque la porte extérieure de l'office s'ouvrit brusquement, et Elaine Dodge apparut...

Milton avait la conscience de ses devoirs.

Reprenant vivement une position plus conforme à ses fonctions, il se précipita au-devant de la nouvelle venue, dont il connaissait les attaches avec son patron ; et, s'inclinant avec respect, il alla ouvrir la porte du bureau de Perry Bennett, pour y introduire la jeune fille.

En passant près de la dame en deuil, toujours occupée à écrire et à pleurer, Elaine se retourna et la regarda avec étonnement.

Après que le groom lui eut ouvert la porte, elle ne put s'empêcher de jeter un second coup d'œil sur cette impressionnable visiteuse.

Au moment où sa cousine franchit le seuil de son cabinet, l'avocat était encore en train d'examiner la carte bordée de noir que Milton venait de lui apporter.

Après lui avoir serré cordialement la main, Elaine interrogea :

— J'ai vu une personne singulière dans votre antichambre... Est-il indiscret de vous demander qui elle est ?

Il demeura un instant silencieux, comme s'il ne savait quelle réponse faire à cette question.

Enfin, s'apercevant que cette hésitation pourrait paraître étrange à sa cousine, il lui tendit la carte d'assez mauvaise grâce.

La jeune fille, en lisant le nom qui y était inscrit, eut un sursaut...

Son visage reflétait un étonnement profond qui ne tarda pas à se muer en une cruelle angoisse.

Mais, avant qu'elle ait pu prononcer un mot, le groom revenait, tenant à la main la note écrite par l'inconsolable veuve, et la tendait à son maître. Celui-ci en prit rapidement connaissance et ne put dissimuler sa stupéfaction.

— Qu'est-ce donc ? demanda Elaine, et qu'a pu écrire cette femme qui vous cause une si violente surprise ?

Tout faux-fuyant était impossible. L'avocat lui tendit le papier qui contenait ces mots :

« Comme femme légitime et veuve de feu Taylor Dodge, je viens réclamer mes droits et ceux de mon fils à son héritage.

» EVELINA TAYLOR DODGE. »

Elaine bondit vers son conseiller...

— Cette créature ! La femme de mon père ! s'écria-t-elle. C'est un effronté mensonge... Comment peut-elle avoir l'audace de s'affubler d'un nom qui n'est pas le sien !...

Et comme Bennett semblait éprouver quelque embarras à lui répondre :

— Parlez donc !... reprit-elle. Savez-vous quelque chose qui puisse autoriser une pareille impudence ? Mais je suis absurde... Cette femme ne saurait avoir aucun droit à usurper un nom qui n'appartient qu'à moi, et c'est m'abaisser même que de poser une telle question...

Le jeune avocat paraissait de plus en plus gêné :

— Ecoutez, Elaine, vous pensez bien que, pour rien au monde, je ne voudrais vous faire de la peine. Je dois cependant vous avouer que de vagues rumeurs sont déjà venues jadis jusqu'à moi, concernant une affaire de ce genre, où le nom de votre père était mêlé... Mais...

Il s'arrêta, comme s'il craignait d'en trop dire ou de s'aventurer sur un terrain dangereux.

La jeune fille ne put réprimer un mouvement d'impatience.

— Quoi ! Que dites-vous ? C'est vous, Perry, qui calomniez la mémoire de mon père ?

— Ma chère amie, écoutez-moi, et surtout comprenez-moi...

Mais elle ne l'entendait plus.

— Je veux en avoir le cœur net, s'écria-t-elle, et réduire à néant cette odieuse accusation !... Faites entrer cette femme, Perry !...

— Je vous assure, chère, qu'il vaut mieux que ce soit moi qui la voie.

— Et moi, reprit la jeune fille avec colère, je vous répète que je tiens à la recevoir et à lui parler moi-même...

Elle pressa le bouton électrique sur le bureau de Perry...

Le groom parut à la porte.

— Faites entrer la personne qui attend dans l'antichambre, et que son enfant vienne avec elle !...

Milton, tournant sur ses talons, fit signe à la visiteuse qu'elle pouvait pénétrer dans l'autre pièce.

Elle eut un hochement de tête satisfait, et poussa le gamin qui l'accompagnait du côté de la porte.

Tout en marchant derrière lui, elle lui administrait dans le gras du bras un formidable pinçon, en murmurant :

— Petit imbécile, vas-tu te décider à pleurer ?

La douleur qu'il ressentit, plus encore que cette injonction, arracha à l'enfant un gémissement aussi déchirant que ceux de sa « mère ».

Au moment où la veuve et son rejeton pénétrèrent dans le cabinet de l'avocat, Elaine tenait encore dans sa main le papier, dont elle ne pouvait détacher son regard.

— Voulez-vous, madame, demanda-t-elle d'un ton bref, m'expliquer ce que signifie cette revendication ?...

Un flot de larmes avait recommencé à couler des yeux de la visiteuse... Malgré cette affliction, elle parvint à articuler :

— Vous êtes miss Elaine Dodge ? Je ne vous ai jamais vue, mais un secret pressentiment me le crie. Eh bien ! mademoiselle, cette revendication, comme vous dites, s'explique d'elle-même. Je suis la seconde femme de votre père... Il m'a épousée alors que j'avais dix-neuf ans à peine... Et cet enfant, qui pleure lui aussi à votre vue, c'est son fils, c'est votre demi-frère !...

— Non ! non ! s'écria Elaine dans un élan de protestation indignée, je ne vous crois pas... Mon père ne s'est jamais remarié. Il adorait ma mère et aurait considéré une infidélité à sa mémoire comme un sacrilège.

La dame en noir eut un sourire équivoque.

— Vous en êtes bien sûre ? Que diriez-vous si je vous fournissais les preuves que vous vous abusez étrangement sur les vrais sentiments de l'homme auquel j'ai eu le tort de céder ?

— Des preuves ! répéta la jeune fille... Je vous défie de m'en apporter.

— Venez avec moi, et je vous montrerai les registres de l'église, et le prêtre qui nous a mariés !...

— Non, non, c'est impossible ! reprit Elaine, ébranlée malgré elle par ce ton d'assurance. Et pour vous persuader que je ne crois pas à l'existence de vos prétendues preuves, j'accepte ce que vous me proposez... M. Bennett nous accompagnera.

— Non, miss Dodge, interrompit l'avocat, vous ne céderez pas à une pareille intimidation... Je ne vous le permettrais pas... C'est moi que cette réclamation concerne, moi, votre parent, et votre conseil... Laissez-moi donc le soin de m'en occuper !... D'ailleurs, il m'est impossible de sortir avec vous en ce moment. J'ai l'obligation de me trouver au Palais de Justice avant vingt minutes.

Au paroxysme de colère où était arrivée la jeune fille, une pareille raison n'était pas faite pour l'arrêter.

— Soit ! Allez à vos affaires, Perry. Puisque vous n'êtes pas libre, j'en finirai seule avec cette incroyable histoire...

Et, se retournant, la tête haute, vers Evelina :

— Je suis à vos ordres, madame, ma voiture est en bas, et j'ai hâte d'être mise en face des actes et des témoins que vous invoquez.

Toutes les objections de Perry Bennett ne parvinrent pas à détourner Elaine de sa résolution.

Serrant la main de son cousin, elle quitta l'office, accompagnée de la dame en noir et du gamin que celle-ci tirait à sa suite.

Son automobile stationnait en effet devant la porte.

En quelques minutes, elle arrivait à la gare où les trois voyageurs prirent un train, qui devait les conduire en moins d'une heure à la petite ville indiquée par la seconde femme de Taylor Dodge.

II

LES BIJOUX DE LA GRANDE MARCELLE.

Dans son laboratoire, Justin Clarel compulsait avec ardeur une énorme pile de documents qui relataient les crimes nombreux que toutes les présomptions, rele-

vées par la justice, permettaient de porter
à l'actif de « la Main qui étreint ».

Jameson, mettant en pratique la sage devise que le meilleur emploi de la paix est
de se préparer à la guerre, travaillait à
nettoyer son revolver.

— Ouf ! s'écria le maître en repoussant
sur son bureau l'amas de dossiers dans
lequel il était enseveli. Assez paperassé
pour aujourd'hui... J'ai besoin de me dérouiller les jambes.

Il s'était levé, et marchait à grands pas
à travers la pièce.

Il s'approcha de la muraille et examina
avec intérêt une curieuse petite boîte, qu'il
y avait installée le jour précédent.

Elle mesurait environ dix centimètres de
long et communiquait avec une autre boîte
de même taille, dont le fond était formé
par une lentille, et qu'il avait ajustée audessus de la sonnette et du tube acoustique
sur le palier du rez-de-chaussée.

Il en souleva le couvercle, qui découvrit
un verre grossissant.

— Voyez-vous, Walter, déclara-t-il, j'ai
pensé qu'après les récents événements qui
s'étaient passés ici, notre sismographe
n'était réellement plus suffisant. C'est pour
cela que j'ai installé ce petit appareil de
mon invention, qui me permet de voir tout
ce qui se passe dans le vestibule d'en bas...
Regardez plutôt !...

— N'est-ce pas encore quelque chose
comme un périscope ? dit le journaliste,
en se dirigeant vers l'instrument.

Le premier coup d'œil qu'il y jeta parut
l'intéresser vivement.

Dans le cadre du verre apparaissait la
silhouette d'une des jeunes femmes les
plus affriolantes qu'il eût été donné à Jameson de contempler.

— Mazette ! s'exclama-t-il, avec un sifflement admiratif... Voilà un joli morceau !... Est-ce que vous connaissez cette
dame, patron ?...

Clarel à son tour regarda à travers la
lentille.

En bas, la jeune femme, dont il venait
d'être question, sans se douter qu'elle était
l'objet d'un tel examen, s'était arrêtée devant la glace qui ornait le mur du vestibule.

Tirant de sa poche sa boîte à poudre,
elle s'occupait, comme on dit en France, à
« faire un raccord » à son visage, déjà
fort agréablement maquillé.

Quand ce fut fini de la poudre de riz,
elle passa à plusieurs reprises, sur ses
lèvres, son bâton de rouge, redonna un
tour agréable à ses frisons, se livra enfin,
en toute liberté, au manège ordinaire d'une
femme qui, avant de faire une visite, s'applique à renouveler avec un soin méticuleux l'arsenal de ses séductions.

— Mais oui, dit Justin, après quelques
secondes d'observation... Il me semble que
j'ai déjà rencontré cette séduisante personne. Je crois même me rappeler que,
dans le milieu assez spécial où il m'a été

donné de la connaître, elle portait le nom
de la « Grande Marcelle ».

La visiteuse venait d'ouvrir la porte de
« l'elevator ».

Tandis qu'il montait, Clarel demeurait
debout, le visage soucieux, comme absorbé
par une réflexion soudaine.

Avant que l'ascenseur ne fût parvenu au
terme de sa course, sa résolution était
prise.

— Entrez dans ma chambre, voulez-vous,
Walter ? dit-il en le poussant doucement
de ce côté. Je vous demanderai d'attendre
là un moment, tandis que je causerai avec
cette dame ; mais ne la perdez pas de vue,
et, au contraire, efforcez-vous de la surveiller attentivement. Je ne sais pourquoi,
je flaire, dans cette visite, quelque chose de
suspect.

Docile comme toujours, le jeune journaliste glissa dans sa poche le revolver dont
il avait fini la toilette, et s'esquiva au moment précis où la sonnette annonçait l'arrivée de la « Grande Marcelle ».

Clarel, changeant brusquement de physionomie, se dirigea vers la porte, le visage aussi souriant et aussi aimable qu'il
paraissait préoccupé une seconde plus tôt.

Il s'excusa d'ouvrir lui-même la porte à
la visiteuse et, l'introduisant dans le salon, approcha d'elle un fauteuil, avec le
plus gracieux empressement.

— Et maintenant, madame, dit-il, puis-je
vous demander ce qui me vaut l'honneur
de votre visite ?

La jeune femme paraissait fort excitée.

— Avant tout, mon cher professeur, dit-elle en parlant tout d'un trait, et avec une
volubilité dont un autre homme que son
interlocuteur eût pu se trouver étourdi,
laissez-moi vous dire combien je suis
heureuse de vous rencontrer, et combien
je vous remercie de m'avoir reçue,... Si !
Si ! je vous assure que c'est pour moi une
véritable joie, car vous devinez ce qui
m'amène, n'est-ce pas ?... Je viens vous
supplier de m'accorder vos inappréciables
services... La situation est pour moi d'une
telle gravité !... Il s'agit de mes bijoux...
de mes bijoux qu'on m'a volés... Il faut
vous dire que je suis fiancée à un garçon
charmant, un officier de marine, que je
dois épouser la semaine prochaine. Il est
fou d'amour pour moi, et c'est lui qui m'a
donné ces bijoux... Il y en a pour une très
grosse somme... D'abord, je ne voulais pas
accepter... Mais il m'y a forcée. Chaque
jour, depuis son retour à terre, il m'en
apporte un nouveau, disant qu'il n'y a rien
d'assez beau pour sa petite femme...
Alors... jugez de mon désespoir, quand, ce
matin, j'ai constaté que le coffret, où je
les enferme, avait disparu... Que croira
mon fiancé ?... Je n'ose y penser... Et c'est
pour cela que je suis venue à vous, tout
de suite, sans réfléchir, pour vous conjurer de venir à mon secours...

Elle continuait son intarissable explication, accumulant les détails, et les précisions...

Tout en parlant, elle avait pris les deux mains de Clarel dans les siennes et les serrait avec une nervosité croissante, en plongeant dans les prunelles de celui-ci ses yeux ardents et prometteurs, auxquels le kohl, qui les agrandissait, donnait une expression plus profonde et plus langoureuse encore...

Le grand détective essayait en vain de se soustraire à ce flux de paroles et à ce débordement de coquetteries.

Enfin, saisissant au vol un joint qui lui permit de placer un mot :

— Chère madame, laissez-moi vous répondre tout de suite, et sans que vous vous donniez la peine de m'en dire davantage... Regardez cette table qui ploie sous le poids des dossiers... C'est elle, et non pas moi, qui décide de ma vie... Non, non, en toute sincérité, en toute conscience, il ne m'est pas possible de me charger de votre affaire, quel que soit le désir que vous m'en inspiriez... Je suis tellement écrasé par la besogne, que je refuse même de travailler pour mes meilleurs clients.

— Oh ! Je vous en supplie, mon cher professeur, implora-t-elle, ne me dites pas que c'est votre dernier mot... Sans vous, que deviendrai-je ? Vous ne pouvez pas vous imaginer quelle sera ma douleur si vous me refusez...

Elle s'était rapprochée de lui... Ses petites mains avaient saisi les deux bras de Clarel ; sa voix et ses yeux se faisaient de plus en plus touchants, de plus en plus persuasifs...

De la chambre où son maître l'avait confiné, Walter Jameson, obéissant à la consigne, guettait par une fente de la porte cette scène expressive.

Cette charmante personne, il s'en rendait compte, usait de toutes les armes que la nature lui avait prodiguées, pour vaincre la résistance qu'elle sentait en face d'elle.

Ses menottes finement gantées s'étaient aventurées maintenant jusqu'aux épaules de Justin auxquelles elles s'accrochaient désespérément. Celui-ci paraissait en proie à un violent embarras, qui ne laissait pas d'amener un sourire sur les lèvres de son secrétaire.

Le patron allait-il continuer à tenir bon ? Au contraire, sa dangereuse adversaire serait-elle la plus forte ?

Jameson attendait la solution de ce piquant problème, avec un intérêt qu'accroissait, de seconde en seconde, la ténacité de l'attaque.

A bout d'arguments, la dame avait doucement enlacé de ses bras le cou de Clarel, qui semblait de plus en plus mal à l'aise.

— Non ! vous ne me laisserez pas partir sans un mot d'espérance ! Vous êtes Français, mon cher professeur, et les Français sont trop courtois et trop galants avec les femmes, pour que vous persistiez dans un refus, qui serait pour moi une catastrophe... Oh ! je vous en prie, je vous en supplie ; venez à mon secours... et ma reconnaissance ne connaîtra pas de bornes...

C'en était trop... La molle étreinte de l'enjôleuse, sa voix mélodieuse, ses grands yeux tentateurs, ses lèvres vermeilles, le parfum capiteux qui se dégageait de sa chevelure étaient des armes trop puissantes pour n'avoir pas raison de la faible volonté que peut opposer un homme à tant de charmes réunis.

Vainement, Clarel essaya de dénouer les deux petites mains qui se cramponnaient à lui... Sa tête s'inclina du côté du captivant visage... La séductrice devina l'avantage qu'elle venait de prendre, et, livrant le dernier assaut, rapprocha plus près encore sa bouche ensorceleuse, derrière laquelle brillait l'émail éblouissant de ses dents blanches.

Un homme n'est pas un saint...

Son adversaire, à bout de volonté, céda devant tant de puissance... et un long baiser scella sa capitulation.

Walter ne se sentait pas la force de condamner son maître, mais il se demandait avec anxiété ce qu'aurait pensé Elaine, si elle avait pu se procurer un instantané de la scène qu'il avait sous les yeux.

La Grande Marcelle s'était affaissée sur un fauteuil, très émue, semblait-il, par sa victoire ; tandis que Clarel, debout à ses côtés, n'avait pas lâché sa main.

Leurs yeux, de nouveau, se rencontrèrent et le regard de la jeune femme quêta une réponse, qui, maintenant, ne pouvait plus faire de doute.

— Soit ! dit-il, je vous aiderai, puisque vous le désirez tant !... Si la tâche n'est pas impossible, je vous promets de retrouver vos bijoux... Où demeurez-vous ?

— A Halzlehurst, répondit-elle, toute joyeuse d'en être arrivée à ses fins. Oh ! mon cher professeur, comment pourrais-je vous remercier ?... Vous ne vous imaginez pas le soulagement que votre décision m'apporte.

De nouveau, elle lui avait pris la main, et la caressait dans un geste de tendre câlinerie.

— Accordez-moi une minute, fit-il en se dégageant insensiblement. J'ai quelques ordres à donner, et je suis à vous.

Il entra dans la chambre où Jameson se tenait aux aguets. Celui-ci, les yeux baissés, regardait le tapis de la pièce, assez embarrassé par le souvenir du tableau suggestif qu'il venait de contempler.

— Avouez que vous êtes étonné, Walter ? demanda son maître. Et je conviens volontiers qu'il y a de quoi ; car vous n'avez pas pu pénétrer les motifs qui m'ont forcé de répondre à mon cœur défendant aux avances de cette communicative beauté... C'est le métier qui veut cela ! Il faut savoir parfois hurler avec les loups, et chanter avec les sirènes.

Un pli creusait son front, et il ne subsis-

— Cette fois, ma belle, je crois que nous vous tenons bien...

Photo-film Pathé frères.

— Haut les mains ! commanda l'un d'eux. Vous êtes nos prisonniers !

La lutte continua entre les deux hommes, plus furieuse et plus acharnée. Après une série d'alternatives, où chacun d'eux prit successivement l'avantage, le prétendu pasteur s'échappa; Clarel se lança à sa poursuite. — Tendrement le détective enlaça la taille flexible de cette protégée, dont l'amour avait fait une protectrice...

Un éclair traversa le cerveau encore embrumé de Walter... Il avait reconnu la voix de Justin Clarel.

tait sur son visage aucune trace de l'expression souriante d'ivresse partagée qui l'illuminait tout à l'heure.

— Que voulez-vous dire, patron ? demanda Walter.

— Que j'avais raison quand je me défiais de la jolie personne qui vient de se montrer si expansive à mon égard, dans la chambre à côté.

— Vous croyez ?

— Je ne crois pas... rectifia-t-il ; je suis sûr que nous sommes encore en face d'un traquenard de « la Main qui étreint ».

Jameson eut un geste de protestation.

— Patron, si cette femme fait partie réellement de la bande, pourquoi ne pas avertir la police ?

Clarel hocha la tête en signe de dénégation.

— Non, fit-il, jusqu'à nouvel ordre, je ne veux mettre personne au courant de cette affaire. Je me contenterai simplement de prendre mes précautions.

Tout en parlant, il ouvrait une petite armoire qui était accrochée à l'un des panneaux de la chambre, et y choisissait quelques objets dont Walter ne perçut pas immédiatement la nature. Puis, il fit signe au jeune homme de le suivre dans l'autre pièce.

— Chère madame, dit Clarel, en le désignant à sa jolie visiteuse, laissez-moi vous présenter mon secrétaire, M. Jameson... Je vous demande la permission de l'emmener avec nous, d'abord parce qu'il participe à tous mes travaux, et ensuite, parce que si, dans l'avenir, quelque obstacle imprévu m'empêchait de m'occuper de vous, il pourrait me suppléer temporairement, en toute connaissance de cause.

— Je suis enchantée que M. Jameson veuille bien se joindre à nous, répondit la fiancée de l'officier de marine, en serrant la main de Walter, et je le remercie d'avance des bons offices que je lui devrai.

— Avez-vous une voiture ? demanda Clarel.

— Non, je l'ai renvoyée.

— Alors, nous allons prendre la mienne, si vous voulez bien nous accompagner jusqu'à mon garage, à deux pas d'ici.

— Très volontiers ! reprit la jeune femme, en se dirigeant du côté de la porte, suivie de ses deux compagnons.

III

LE SECOND PIÈGE

La petite ville de Darnemouth vers laquelle le train qu'elle venait de prendre entraînait Elaine Dodge et ses deux compagnons, comptait à peine deux ou trois milliers d'habitants.

Leur occupation principale entre les heures des repas, étant l'agriculture, pendant la semaine la population, à peu près tout entière, se disséminait dans les champs. Les rues, vers le milieu de l'après-midi, étaient donc pour ainsi dire désertes, surtout lorsque, comme ce jour-là, il y avait marché à la ville voisine.

Au milieu de la grande place s'élevait l'église, un modeste temple campagnard, dont le clocher était surmonté d'une haute croix en bronze doré que la neige et les frimas avaient assez gravement détériorée. Aussi le conseil de fabrique venait-il de décider des réparations pour lesquelles des ouvriers avaient été recrutés à la ville voisine.

Leur travail était presque terminé, et il ne s'agissait plus maintenant que de redorer les branches, par-dessus la couche de peinture qu'elles avaient subie.

C'est à quoi s'occupait activement un spécialiste, perché tout en haut du clocher, sur un petit siège ad hoc, qu'il montait et descendait avec une rare habileté, par une ingénieuse manœuvre de poulies et de cordages attachés à cet effet au cordon métallique du paratonnerre qui courait depuis le faîte du clocher, jusqu'au sous-sol de l'édifice.

Sans doute, l'heure de son repas avait sonné pour ce brave travailleur, car on put le voir descendre le long du toit, grâce à son curieux petit appareil et l'attacher soigneusement à l'un des piliers avant de s'engager dans l'escalier tournant qui le ramenait vers la terre ferme.

A ce moment précis, une automobile fermée s'arrêtait tout contre la porte de derrière de l'église, donnant dans la sacristie.

Un personnage étrange, au dos courbé, à la démarche claudicante, en sortit avec précaution. C'était l'homme au mouchoir rouge.

Masqué par la voiture, il s'approcha de la petite porte, et y frappa un coup assez fort, puis deux autres plus rapprochés.

A ce signal, le sacristain, un individu aux larges épaules, au visage dur et ravagé, qui semblait attendre à l'intérieur, dressa la tête, et rapidement, vint ouvrir lui-même au visiteur.

— Comment, grommela celui-ci, vous n'êtes pas encore prêt ?

— J'ai dû attendre, répondit l'autre avec humilité, que le pasteur eût quitté le village...

— Il est parti ?...

— Pour New-York, il y a une heure, avec sa famille. Il va voir les défilés politiques qui doivent avoir lieu cet après-midi à l'occasion des prochaines élections et ne rentrera pas avant la nuit...

— Hâtez-vous donc de prendre sa place. Vous n'avez pas de temps à perdre, mon automobile a marché plus vite que le train, mais il ne saurait plus tarder, et il est indispensable que vous soyez prêt avant l'arrivée de celles que nous attendons.

— Dix petites minutes, et la métamorphose sera complète !...

L'affilié de « la Main qui étreint » se dirigea vers un placard, et en tira des vêtements de clergyman, qu'il revêtit rapidement.

Puis, s'asseyant en face d'un miroir, il commença, par un maquillage savant et invisible, à transformer sa physionomie. Une perruque grisonnante cacha ses cheveux noirs, et avec une dextérité qui révélait une longue pratique, il colla sur ses joues rasées une longue barbe blanche, qui donnait à son visage l'aspect le plus vénérable.

L'homme au mouchoir rouge le regardait faire, tout en se chauffant les mains à la flamme du foyer.

D'un hochement de tête satisfait, il parut approuver l'avatar.

— Oui... L'apparence générale est satisfaisante, constata-t-il, tandis que l'autre serrait dans l'armoire ses propres habits, et la boîte dont il s'était servi pour se grimer, et nous n'avons qu'à attendre patiemment...

— Ecoutez, fit son acolyte. Il me semble que j'entends le grelot d'un cheval...

— Oui, continua le bandit, risquant un œil à travers le carreau, ce sont nos voyageuses. Vous rappelez-vous bien toutes mes instructions ?

— Vous pouvez être tranquille, chef, je m'y conformerai à la lettre...

Sur cette affirmation l'homme au mouchoir rouge se glissa dans une pièce voisine, dont il referma sur lui la porte à clef.

A ce moment, une vieille voiture branlante, le seul véhicule disponible qu'Elaine eût trouvé à la gare de la petite ville, s'arrêta en face de l'église.

Les deux voyageuses, escortées du rejeton de la veuve inconsolable, en descendirent et se dirigèrent vers la sacristie, à la porte de laquelle Elaine heurta.

Le prétendu pasteur vint ouvrir.

— Bonjour, docteur Carton ! fit la seconde voyageuse, après avoir laissé passer sa compagne devant elle. Comment allez-vous ?... Il y a longtemps que je n'ai eu le plaisir de me trouver en face de vous...

Son interlocuteur la dévisagea pendant quelques instants, comme s'il cherchait à se rappeler une figure déjà vue.

— Je crois bien que vous ne me reconnaissez pas ?... continua la dame en noir.

— Vous vous trompez, mon enfant... répondit-il en se frottant lentement les mains avec une onction tout ecclésiastique. J'ai hésité quelques secondes, c'est vrai, mais à présent, vos traits me reviennent parfaitement à la mémoire... Je me souviens d'ailleurs toujours de presque tous les chrétiens que j'ai mariés...

Elaine ne put réprimer un mouvement de surprise.

Le clergyman se tourna de son côté, tandis que son doigt la désignait en un geste de muette interrogation.

— Mademoiselle est une de mes amies, expliqua la veuve, qui a bien voulu m'accompagner jusqu'ici.

— Prenez donc la peine de vous asseoir.

— Non, non, c'est inutile, nous ne vous retiendrons pas plus longtemps... Alors vraiment, docteur Carton, vous vous souvenez de moi, malgré les années écoulées depuis notre rencontre ?...

— Mais vous le voyez, chère madame...

— Et vous vous rappelez aussi le nom de celui qui m'a épousée ?...

— Parfaitement L.: C'était, il me semble, un homme d'un certain âge... Un bien digne monsieur. Attendez donc... Monsieur... monsieur Taylor Dodge...

Devant la précision de cette réponse, Elaine eut un haut-le-corps.

— Vous êtes certain, monsieur le pasteur ?... balbutia-t-elle. Vous pourriez affirmer que vous avez marié cette femme... à M. Taylor Dodge ?...

D'une voix, dont la bienveillance se fit soudain presque paternelle, le faux pasteur répondit :

— Mais sans doute, ma chère mademoiselle !

Et se tournant vers l'autre visiteuse, avec un sourire tout confit d'aménité et de dévotion :

— Me serais-je trompé ?... Et n'est-ce pas ainsi que s'appelle votre digne mari ?...

— Excusez-moi ! reprit la jeune fille avec un trouble et une agitation qu'elle ne parvenait pas à dominer. Mais l'acte attestant l'authencité de ce mariage, vous le possédez ?...

— Incontestablement.

— Il figure sur les registres de votre paroisse ?...

— Désirez-vous que je vous le montre ?

— Oui ! répondit nettement Elaine. Non seulement je le désire, mais j'y tiens... J'y tiens absolument... Je n'aurai de cesse que mes yeux ne l'aient vu...

— C'est on ne peut plus facile... Si vous voulez prendre la peine de venir par ici...

D'un geste, il désignait la pièce où s'était dissimulé l'homme au mouchoir rouge.

Elaine fit un pas en avant...

A ce moment, la porte vers laquelle elle se dirigeait s'ouvrit brusquement, et le sinistre personnage apparut.

Elle se retourna, voulant s'enfuir...

Les deux bras robustes de son implacable ennemi la saisirent, et la forcèrent brutalement à s'asseoir sur une chaise, à côté de la cheminée.

— Ah ! s'écria-t-elle, en regardant tour à tour le soi-disant prêtre et la fausse veuve, c'était un piège !...

— Et joliment tendu ! hein ? ma petite, riposta cette dernière, poussant un éclat de rire sarcastique. Car vous y avez donné tête baissée... Je n'éprouve aucun scrupule maintenant à reconnaître que votre papa n'a jamais été infidèle à la mémoire vénérée de madame votre mère... Et vous pouvez, en bonne fille que vous êtes, lui conserver votre amour et votre respect... Il nous fallait un bon prétexte pour vous amener ici... Avouez que nous ne pouvions pas en trouver de meilleur...

— Cela suffit ! fit de sa voix tranchante le chef de la bande, interrompant brusquement ce verbiage. Je n'ai plus besoin de vous, et vous pouvez vous retirer, avec votre moutard. Vous passerez ce soir, toucher la prime qui vous est due... Allez...

Sans répliquer, la dame en noir esquissa une humble révérence, et s'éclipsa, entraînant son fils, par la porte que venait d'entr'ouvrir l'autre malfaiteur.

L'homme au mouchoir rouge s'était retourné du côté d'Elaine, et ricanait sardoniquement.

— Cette fois, ma belle, je crois que nous vous tenons bien ; mais calmez vos alarmes, vous ne serez pas longtemps seule. D'ici un petit quart d'heure, je peux vous promettre que votre excellent ami, M. Justin Clarel, sera venu vous rejoindre...

Elaine se rejeta en arrière sur son siège, en poussant un cri d'horreur, devant la menace du bandit.

— Et quand cette intéressante réunion aura eu lieu, conclut celui-ci, en ricanant toujours, j'espère que j'en aurai fini pour jamais avec cette obsédante poursuite dont l'acharnement commence à m'agacer.

Le célèbre détective, auquel le chef de « la Main qui étreint » venait de faire allusion, était, nous l'avons vu, sorti de sa demeure, accompagné de Jameson et de la jolie personne qui avait imploré ses services avec une si pressante insistance.

La course était assez longue, de Chatham Square à Hazlehurst ; elle ne parut cependant pas telle aux deux hommes, grâce à la conversation piquante et animée de leur compagne.

Tandis que l'auto roulait à travers la campagne, de temps en temps, la main de la jeune femme s'égarait à la dérobée, du côté de celle de Justin, qu'elle pressait doucement, avec une reconnaissance émue.

En Français, qui connaît ses devoirs envers une femme, celui-ci rendait naturellement pression pour pression ; mais, à ces moments-là, son pied s'appuyait significativement sur celui de Walter, placé en face de lui, avertissement muet, mais expressif, pour rappeler au jeune homme que, pas plus à cette minute que précédemment, son patron n'était la dupe de la séduisante personne à laquelle il paraissait si ardemment s'intéresser.

L'automobile s'arrêta enfin devant une sorte de petite villa coquette et de bonne apparence.

— Ah ! observa Clarel, en l'examinant, vous occupez toute la maison ?

— Oui, répondit la dame, c'est plus commode, et mon fiancé a tenu à ce que j'eusse toutes mes aises.

— C'est certainement très agréable, mais c'est aussi quelque peu dangereux, et les cambrioleurs s'aventurent plus aisément dans les demeures isolées qu'ailleurs... Je suis moins surpris qu'ils se soient attaqués à vos bijoux.

— Heureusement, ils vont avoir affaire à forte partie, et grâce à vous, je suis certaine de les retrouver...

Tout en parlant, la jeune femme, montrant le chemin à ses deux nouveaux amis, les introduisit dans un petit parloir, meublé avec goût. De lourdes portières retombaient sur la porte par laquelle ils entrèrent, ainsi que sur une autre porte, au fond, et sur la vaste fenêtre qui s'ouvrait sur la campagne.

— Vous allez vous asseoir une minute !... dit aimablement la maîtresse de maison... Je vais faire préparer du thé, et ôter mon manteau et mon chapeau... Vraiment, après une pareille course, je me sens brisée.

Un signe d'assentiment lui répondit, et elle se dirigea vers le fond.

Sa main souleva la portière, mais au lieu de disparaître, elle s'effaça.

La porte devant laquelle elle s'était arrêtée venait de s'ouvrir, livrant passage à trois hommes, qui tenaient chacun un revolver braqué sur les visiteurs.

Ceux-ci se retournèrent hâtivement du côté du vestibule.

Par cette issue, trois autres hommes, armés de la même manière, venaient de faire irruption.

— Haut les mains ! commanda l'un d'eux. Vous êtes nos prisonniers !...

Jameson eut un geste pour tirer de sa poche son propre revolver.

— Non ! non ! Walter... C'est inutile !... fit avec un imperturbable sang-froid Justin Clarel, qui, docile, avait, à la première injonction des assaillants, élevé ses deux bras au-dessus de sa tête. Ces messieurs désirent nous faire faire un peu de gymnastique. Ne les contrariez pas, et satisfaites comme moi à leur désir !...

Étonné d'une telle assurance, mais obéissant comme de coutume, le jeune secrétaire imita sans répliquer l'étrange manège de son maître.

— Messieurs, continua tranquillement celui-ci, en s'avançant, le sourire aux lèvres, vers ses agresseurs, je dois tout d'abord vous dire que je m'attendais à cette aimable surprise... Vous comprenez bien qu'on n'exerce pas mon métier sans prendre d'avance certaines précautions... indispensables !... La grâce de notre hôtesse ne me les a pas fait oublier !...

— Que voulez-vous dire ? interrogea la Grande Marcelle, d'une voix aussi dure et brutale, qu'elle était harmonieuse et douce quelques instants plus tôt.

— Simplement que j'ai là, entre mes cinq doigts, continua le détective scientifique, en abaissant légèrement sa main droite, une petite boîte contenant une certaine quantité de fulminate de mercure... Qu'un geste de ma part la répande à travers ce salon, et non seulement cette maison saute, mais il ne restera pas une pierre debout à vingt mètres à la ronde !... Maintenant, messieurs, vous pouvez tirer !

En même temps, il s'installait confortablement dans un fauteuil, en exhibant aux bandits, d'un geste circulaire, la petite boîte qu'il maniait délicatement entre ses doigts.

Successivement, en la voyant passer devant leurs yeux, ceux-ci esquissèrent un mouvement de recul effaré, contemplant d'un œil stupéfait, cet homme extraordinaire qui, sur le ton de la conversation la plus terre à terre et la plus banale, jouait aussi terriblement avec la mort.

La Grande Marcelle n'eut pas d'hésitation. Sentant la partie perdue, elle profita d'un instant où Clarel tournait son regard de l'autre côté et s'élança hors du salon.

Les six hommes, en la voyant sortir, se regardèrent, indécis. Puis, un à un, lentement, suivant le même chemin, ils se dirigèrent vers la porte.

Leur prisonnier de tout à l'heure, devenu soudainement l'arbitre de leurs destinées, les regardait tour à tour s'éloigner et disparaître sans souligner leur départ par la moindre observation.

Mais, au moment où le dernier d'entre eux, celui qui paraissait commander aux autres, allait se mettre en mouvement, pour s'éclipser à son tour, la voix de Justin l'arrêta sur place :

— Eh quoi ! fit-il du ton le plus engageant, vous nous quittez aussi ?... Voilà qui n'est guère courtois !... Faites-nous donc le plaisir de rester encore avec nous quelques minutes... Nous avons à causer !...

Tout en parlant, il s'approchait de l'homme, en tenant toujours entre deux doigts sa petite boîte.

L'autre semblait avoir été brusquement cloué au plancher, tant son immobilité était rigide. Une sueur d'effroi perlait à son front. Cependant il s'efforçait de garder bonne contenance, et de faire appel à toute son énergie pour tenir tête à son adversaire.

— Tout d'abord, ordonna celui-ci, faites-moi donc le plaisir de me passer votre revolver.

L'arme une fois dans sa poche, il continua :

— Maintenant, j'ai quelques éclaircissements à vous demander... Avant tout, si vous étiez parvenus tout à l'heure à nous réduire à l'impuissance, comme vous l'espériez, je voudrais savoir ce que vous aviez ordre de faire de nous...

L'homme ne répondit pas. Pendant ces quelques secondes, il avait eu le temps de reprendre un peu d'assurance.

— Mon cher ami, poursuivit Clarel, en se tournant vers son secrétaire, je pense qu'il est temps de tirer de votre poche le revolver que je vous ai conseillé d'y rentrer... Il va nous devenir nécessaire, pour délier la langue de ce trop silencieux gentleman.

Fidèle exécuteur de la consigne, Jameson braqua son arme dans la direction du bandit.

Celui-ci ne sourcilla pas. Justin Clarel le regarda fixement.

— Vous ne voulez décidément pas parler, mon garçon ?... Je crois cependant que je vais vous y contraindre !...

— Et moi, je ne crois pas !...

— Nous allons voir !...

De sa poche intérieure, il tira un mince tube, qu'il avait pris en même temps que la boîte de fulminate de mercure, dans la petite armoire de sa chambre.

— Vous semblez ne pas craindre la mort ; vous la redoutiez pourtant tout à l'heure !...

— Peut-être, mais j'ai réfléchi...

— Oui !... Vous me faites l'effet d'un gaillard assez bien trempé !... Mais, si vous êtes capable d'affronter en face une balle de revolver, qui supprime un homme d'un seul coup, reste à savoir si vous bravez aussi courageusement d'autres dangers... Walter, veuillez mettre à nu le bras de ce garçon, et lui maintenir le poignet solidement.

Tout en parlant, il ouvrait son canif, tandis que Jameson, remettant son revolver en poche, se conformait rigoureusement aux instructions qu'il venait de recevoir.

Clarel plaça son petit tube sous les yeux du misérable.

— Lisez ! dit-il.

Sur l'étiquette collée au verre, étaient imprimés ces mots :

BOUILLON DE CULTURE 6.248 A
Bacillum Lepræ

— Qu'est-ce que c'est que cela ?... balbutia le prisonnier.

— Ah ! vous ne savez pas le latin ?... répondit le détective. C'est un tort... L'instruction classique a du bon... Vous allez en avoir la preuve... Mais, puisqu'il le faut, je vais venir au secours de votre ignorance... Eh bien ! mon cher monsieur, cela, comme vous dites, c'est tout simplement le bacille de la lèpre !... L'incision, que je vais pratiquer dans votre bras, me permettra une inoculation facile... Avez-vous déjà vu des lépreux ?... C'est une agonie épouvantable que la leur !... Je crois qu'avec la rage, l'humanité n'a jamais connu de mal de plus affreux... Ne vous en prenez qu'à vous et à votre chef, si j'en suis réduit à me servir de pareilles armes... Les scélérats qui emploient, pour assassiner les hommes et les femmes, les moyens dont vous usez, n'ont pas le droit de se plaindre, si on leur rend la pareille.

Son canif s'abaissa sur le bras que tenait Jameson, et commença à pénétrer dans la chair.

Une lutte terrible se livrait dans l'âme du bandit, dont on voyait se refléter les convulsions dans son regard.

— Arrêtez, dit-il, d'une voix étranglée par l'épouvante. Je vais parler...

— Allons donc !... Je savais bien que vous finiriez par vous décider !...

— Que voulez-vous savoir ?

— Je vous l'ai déjà dit... Ce que vous aviez ordre de faire de nous, si vous nous aviez pris !...

— Je devais vous conduire à mon chef...

— Pieds et poings liés, comme on conduit le bétail à l'abattoir !... Je m'en doutais !

Il avait refermé son canif et replacé le tube dans son gousset...

Il continua :

— Et où est-il, votre chef ?

— A quelques lieues d'ici, dans une petite ville, où il attend que je vous mène à lui !...

Clarel réfléchit quelques instants. Puis, prenant un parti soudain :

— Eh bien ! Je ne changerai rien à votre consigne, et vous allez exécuter à la lettre ses instructions !...

— Quoi ?... exclama son interlocuteur, stupéfait.

— Avec une petite différence, toutefois... C'est que, au lieu que nous soyons vos prisonniers, c'est vous qui serez le nôtre !...

— Vous voulez ?...

— Je veux me trouver face à face avec votre maître !... Voilà assez longtemps que ce désir me travaille, et rien ne pouvait m'être plus agréable que de le voir satisfait.

— Mais vous ne savez pas ce qu'il fait de ceux qui désertent sa cause... Il me tuera !...

— Cela c'est votre affaire !... Par exemple dépêchons !... Je n'ai plus de temps à perdre ! Et, pas de trahison ni d'embûche !... Je vous rappelle que j'ai toujours là, sous la main, mon petit tube.

Le malfaiteur regarda Clarel et lut sans doute dans ses yeux une résolution inébranlable, car il courba la tête, comme une bête domptée.

— Allons ! fit-il, résigné.

IV

AU HAUT DU CLOCHER

En quarante minutes environ, l'automobile arriva dans la petite ville où la prétendue veuve de Taylor Dodge avait affirmé s'être mariée jadis.

Après quelques détours, il s'arrêta, sur l'indication du prisonnier, au coin d'une des rues qui donnaient sur la place de l'église.

— C'est là ?... questionna Clarel, avec surprise.

— Oui ! c'est là, derrière la façade, dans la sacristie. Ma consigne est de frapper trois coups à la porte, les deux derniers séparés du premier...

— Mais pourquoi ce rendez-vous si étrangement choisi ?...

— Je l'ignore !... Nous ne discutons jamais les ordres du chef... Quoi qu'il veuille, quoi qu'il commande, nous nous inclinons sans mot dire.

— C'est bien ! Je vais contrôler l'exactitude de vos renseignements, et je vous préviens que s'ils sont faux, vous jouez gros jeu !...

— J'ai dit la vérité.

Clarel sauta à terre et, s'adressant à Jameson qui tenait le volant :

— Walter, prenez ma place à côté de notre compagnon... Le moment est venu de ressortir de votre poche votre revolver... Ne perdez pas un instant de vue ce citoyen, et, à la moindre incartade de sa part, au moindre geste suspect, logez-lui une balle dans la tête.

— C'est compris.

Le professeur de la Columbia University était aussi calme que lorsqu'il procédait, dans son laboratoire, à quelque expérience.

La minute, pourtant, était décisive. Il allait enfin se trouver en présence de l'implacable ennemi qui, depuis si longtemps, lui tenait tête.

Il côtoyait les maisons basses de la petite place, en marchant d'un pas nonchalant, pour n'attirer l'attention de personne. Du reste, aucun promeneur, aucun passant même n'était en vue.

Tout en contournant l'église, Clarel se creusait la cervelle pour deviner le motif qui l'avait fait choisir comme lieu de ralliement par les affiliés de la sanguinaire association.

Pourquoi était-ce à cette sacristie de village que les gredins, qui pensaient se rendre maîtres de lui, avaient ordre de le conduire ?

Il y avait là une énigme, dont le mot lui échappait.

En même temps, il songeait que les moyens, dont il disposait pour une aussi difficile capture, étaient bien restreints et insuffisants.

Y avait-il seulement une police quelconque, dans cette bourgade, pour lui prêter main forte ?

Les adversaires qu'il allait trouver devant lui étaient peut-être nombreux, et pour les affronter, il n'avait à compter que sur lui seul, puisque Walter était immobilisé en face de l'individu dont il lui avait confié la garde.

Toutes ces réflexions traversèrent en quelques secondes le cerveau de Clarel.

Tout bien considéré, un seul parti lui apparut comme possible : faire une attentive et minutieuse reconnaissance du camp adverse, et, tandis qu'il ne le perdrait pas de vue, demander à quelque habitant de téléphoner à la station de police la plus proche, pour qu'on envoyât en toute hâte les forces suffisantes afin de l'enlever d'assaut.

Il était arrivé en face d'un petit bâtiment à un seul étage, en briques rouges, qui, accolé à l'église, avait toute l'apparence d'être la sacristie.

En retrait de la porte d'entrée, une sorte de *bow-window* s'ouvrait sur la place.

C'était par là seulement qu'on pourrait se rendre compte de ce qui se passait à l'intérieur.

Clarel le comprit sur-le-champ, et, traversant en biais, longea le mur extérieur de l'édifice, jusqu'à ce qu'il fût parvenu devant cette fenêtre.

Alors, prudemment, il risqua un œil à travers le carreau.

Il réprima à grand'peine un cri d'effroi et de surprise...

Elaine était en face de lui !

Tout de suite la vérité l'illumina.

Une embûche mystérieuse avait été dressée, dans laquelle la jeune fille était tombée sans défiance, tandis qu'il déjouait lui-même l'artificieux complot ourdi par la Grande Marcelle.

Le plan de « la Main qui étreint » se révélait en toute évidence : elle avait compté faire d'une pierre deux coups, et s'emparer en même temps des deux ennemis qui gênaient sa route, le protecteur et la protégée.

Malgré son habituel sang-froid, le cœur de Justin battait violemment dans sa poitrine...

Elaine était là, à deux pas de lui, derrière cette fenêtre, à la merci de son impitoyable persécuteur !...

De nouveau, avec plus de précaution encore que la première fois, le maître détective regarda à travers la vitre.

Un homme, assis devant la cheminée, lui tournait le dos.

En le détaillant, il ne semblait pas à Clarel que ce personnage répondait au portrait qu'Elaine lui avait, à plusieurs reprises, tracé du chef détesté de « la Main qui étreint ». A cette minute même, la jeune fille fit un mouvement ; l'individu, défiant, se leva, en tournant vivement la tête de son côté...

Non, évidemment, ce n'était pas là l'homme au mouchoir rouge, le bancal tortu et efflanqué dont il connaissait le signalement.

Celui-ci était grand, robuste, taillé en force. Mais un coup d'œil suffit à Justin pour le convaincre que la barbe et la chevelure de ce quidam étaient postiches, aussi empruntées que ses vêtements de pasteur.

Son regard exercé eut beau explorer les coins et recoins de la pièce : il n'y découvrit personne d'autre.

Une demi-heure environ avant que l'automobile conduite par Jameson ne s'arrêtât au coin de la place de Darnemouth, un coup de téléphone violent avait résonné brusquement à l'intérieur de la sacristie, au moment où, tout en examinant Elaine du coin de l'œil, le chef de « la Main qui étreint » se penchait vers la cheminée pour tisonner le feu qui commençait à baisser.

— Voyez donc d'où vient cet appel !

dit-il à son acolyte. Ce doit être l'annonce que celui que nous attendons est en route.

Et, se tournant vers la jeune fille :

— Encore quelques minutes de patience, ma belle, et votre amoureux sera près de vous !

— C'est à vous que l'on veut parler, chef ! déclara le sacristain.

Le criminel se leva, et, lui prenant l'appareil des mains, l'approcha de son oreille.

— Misère !... rugit-il, c'est la Grande Marcelle qui me prévient que ce diable d'homme s'est évadé !...

D'un geste furieux, il précipita à terre l'appareil et éclata en imprécations et en jurons. Puis, revenant comme une bête fauve en cage vers Elaine, dont le visage s'irradiait d'une indicible expression de joie :

— Ne croyez pourtant pas qu'il m'échappe ! Je vais faire en sorte de remettre la main sur lui, et je le ramènerai à vos côtés, mort ou vif !

— A moins qu'il ne soit comme toujours, plus fort que vous !...

— C'est ce que nous verrons !... Quant à vous, grinça-t-il, en s'adressant à son complice, vous me répondez de cette femme sur votre tête... Gardez-la ici sans la quitter d'une semelle, jusqu'à ce que je revienne.

Le lecteur comprend maintenant pourquoi, ainsi que venait de le remarquer Justin Clarel, le gardien d'Elaine se trouvait seul auprès d'elle.

Le geste dont il s'était un instant préoccupé, ne devait rien avoir d'inquiétant, car il se rassit à la même place.

En détournant de lui, avec répugnance, son regard, la jeune fille le porta tout naturellement vers la fenêtre.

Elle crut subitement rêver ou être l'objet de quelque hallucination. De l'autre côté du vitrage, elle venait d'apercevoir le visage de Justin, qui mettait un doigt sur sa bouche, comme pour lui recommander de contenir son émotion.

Un autre signe de son défenseur semblait l'inviter à se diriger du côté de la porte, sans doute pour détourner de la fenêtre l'attention de son gardien.

Une légère inclinaison de tête exprima qu'elle avait compris ce désir.

Brusquement elle se leva et fit un pas dans la direction qui lui avait été indiquée.

Le sacristain, plus rapide qu'elle, la devança, et l'arrêta brutalement par le bras.

Clarel, qui s'était emparé d'une barre de fer laissée contre le mur par l'ouvrier travaillant au clocher, saisit le moment.

D'un seul coup, il brisa les vitres, et sauta dans la chambre.

A ce bruit insolite, le bandit se retourna, et, rejetant Elaine de côté, tira son revolver.

Comme il allait le lever sur son nouvel assaillant, la jeune fille, hardiment, lui saisit le poignet.

Malgré la vigueur qu'elle déployait, E

échappa facilement à son emprise, et parvint à braquer l'arme sur cette seconde ennemie.

Le coup partit...

Le chapeau d'Elaine la sauva... Mais, épuisée par l'effort, elle tomba à terre, sans mouvement...

Le malandrin crut l'avoir tuée, et, débarrassé de ce côté, voulut se retourner contre Clarel.

En voyant celui-ci tirer à son tour son revolver, il n'hésita pas, et, se ruant en avant, chercha à s'accrocher à ses épaules, afin de paralyser ses mouvements. Les deux hommes roulèrent sur le sol, en un corps à corps désespéré.

Le prétendu pasteur s'efforçait de délivrer son bras droit, pour pouvoir faire usage du revolver que Clarel essayait vainement de lui arracher...

N'y parvenant pas. le détective s'appliqua à dégager sa tête, et rapprocha sa bouche de la main du bandit, qu'il mordit de toutes ses forces.

L'homme poussa un cri de douleur et laissa échapper son arme.

L'étreinte recommença plus furieuse, et plus acharnée.

Enfin, après une série d'alternatives, où chacun d'eux prit successivement l'avantage, le gredin réussit à se remettre debout sur ses pieds, et, courant au fond de la pièce, s'échappa par la porte donnant sur l'intérieur de l'église, qu'il referma derrière lui...

Clarel voulut le suivre.

Le bruit d'un double tour de clef dans la serrure l'arrêta.

Il regarda autour de lui, cherchant une arme, un outil pour venir à bout de cet obstacle... Rien ne s'offrit à ses yeux.

Dans la cheminée, le feu crépitait... Il saisit à deux mains une lourde bûche que la flamme commençait à gagner, et, la brandissant au-dessus de sa tête, en asséna trois ou quatre coups sur la porte, qui, cédant au choc, s'effondra.

Rapidement il se précipita au dehors, à la poursuite du sacristain auquel ce moment de répit avait permis de prendre quelque avance.

Il l'aperçut dans l'ombre qui fuyait à travers l'église, et s'engouffrait dans un escalier, où il s'élança à sa suite.

Il arriva ainsi à une sorte de galerie, courant autour de l'édifice.

Mais vainement, il la fouilla du regard... Son gibier avait disparu... Le fuyard ne s'était pas attardé en un asile aussi peu sûr. Grâce à sa connaissance des lieux, il avait vite trouvé une autre porte donnant sur un second escalier, plus étroit que le premier, qui aboutissait dans le clocher. C'était le même dont s'était servi, une heure plus tôt, l'ouvrier doreur, après sa station à cent cinquante mètres dans les airs, pour reprendre pied sur la terre ferme.

Une fois là, le bandit s'arrêta pour reprendre haleine et promena ses regards autour de lui.

A perte de vue, la campagne s'étendait, et, loin à l'horizon, les premiers gratteciel de New-York profilaient leurs silhouettes dégingandées sous le soleil qui commençait à décliner. A ses pieds, la petite ville étalait ses toits et ses maisons rouges. Sur la place, il apercevait, au coin d'une rue, une automobile qui stationnait, et où il distingua deux hommes, Walter et son prisonnier, attendant l'issue de la lutte...

Le misérable ne se dissimulait pas le danger de sa situation. Mais il n'avait pu que marcher droit devant lui, puisque la retraite était coupée, et qu'aucun escalier ne redescendait au rez-de-chaussée, à l'exception de celui qu'il venait de prendre...

Encore quelques minutes, et l'ennemi qu'il essayait inutilement de dépister aurait retrouvé la bonne voie... Il croyait entendre déjà le bruit de ses pas résonner sur le bois des marches.

Le petit siège de l'ouvrier doreur, accroché autour d'un des piliers, avec son jeu de poulies et de cordes, frappa sa vue. Sur-le-champ, il comprit le parti qu'il en pouvait tirer.

S'il avait le temps de se hisser jusqu'au faîte du toit en pointe, formant l'extrémité du clocher, il deviendrait invisible à son adversaire, qui le supposerait disparu par quelque issue inconnue.

En un instant, il fut installé, et, tirant de tous ses muscles sur la corde que faisait manœuvrer la poulie, il se hissa péniblement le long du toit.

Il parvint ainsi à la pointe même du clocher, où il amarra son siège le plus solidement qu'il put.

Il était temps... Au-dessous de lui, Clarel, arrivé à son tour au petit belvédère qui dominait l'église, cherchait quel chemin mystérieux son évadé avait pu prendre, pour lui glisser ainsi entre les doigts...

En levant les yeux, il découvrit au-dessus de sa tête une sorte de lucarne percée dans le toit : une échelle accrochée dans l'escalier paraissait être le seul moyen d'accès pour l'atteindre.

Vivement, il l'attira à lui, en appuya les montants aux rebords de l'ouverture et commença à gravir avec agilité les échelons.

Quels ne furent pas la stupeur et l'effroi du criminel, en voyant brusquement à quelques mètres de lui, le couvercle de la lucarne se soulever, pour laisser passer la tête d'abord, puis le buste et le reste du corps de son acharné poursuivant....

Toute évasion était impossible... La grande croix qui surmontait le clocher étendait au-dessus de lui ses bras d'or...

Le sacristain, abandonnant son asile précaire, se mit à grimper désespérément le long de la tige...

Clarel, pendant ce temps, était sorti hors de la lucarne... Il n'hésita pas, et, s'aidant à la fois des cordages qu'il trouva à portée de sa main et du conduit du paratonnerre, il commença, lui aussi, la vertigineuse ascension.

Sa merveilleuse souplesse lui permit de rejoindre le bandit, avant que celui-ci n'eût eu le temps d'atteindre la traverse horizontale de la croix. D'un effort suprême, il s'accrocha à lui, à ses jambes d'abord, puis à sa ceinture, à la hauteur de laquelle il se hissa.

La lutte alors recommença entre les deux hommes... Lutte prodigieuse, formidable, épique. Un faux mouvement, une défaillance d'une seconde, un geste mal calculé, c'était la mort irrémédiable, l'écrasement atroce sur le sol, qui, au-dessous d'eux, semblait les attirer et les attendre.

A quelques mètres derrière l'église, ils auraient pu distinguer dans la rousseur des arbres, les tombes du cimetière de la petite ville, se dressant toutes blanches, comme si elles les guettaient, et leur préparaient d'avance l'hospitalité de leurs fosses tranquilles, ainsi qu'un but fatal offert à leur audace et à leur folie...

En bas, dans la sacristie, Elaine venait de se relever... L'étourdissement provoqué par sa chute et le coup de feu tiré sur elle, s'était dissipé...

Elle regarda autour d'elle, cherchant ce qu'était devenu Clarel...

La porte ouverte, donnant sur l'église, la renseigna... C'était par là, sans aucun doute, qu'avaient dû passer les deux hommes...

Résolument, elle s'engagea sur cette voie, et commença à gravir les quinze ou vingt marches montant à la galerie du premier étage.

Une fois là, hésitante, comme son défenseur l'avait été quelques minutes plus tôt, elle chercha de nouveau son chemin et, à son exemple, ne tarda pas à arriver en face du second petit escalier en colimaçon qui aboutissait en haut du clocher.

L'échelle frappa aussitôt sa vue, ainsi que la lucarne béante. Sur le toit, un bruit de lutte, un frottement de pieds significatif le long des ardoises de la couverture, ne lui laissa pas de doute...

Clarel et le bandit étaient aux prises au-dessus de sa tête, sur la paroi extérieure du clocher.

La jeune fille frissonna à la pensée du danger couru par Justin...

Un besoin violent, insurmontable, d'être fixée, de voir de ses propres yeux les péripéties de ce combat sans merci, dont la mort de l'un des antagonistes peut-être de tous les deux, était l'enjeu, la poussa du côté de l'échelle, dont elle commença à escalader les premiers barreaux.

Dès qu'elle eut passé la tête hors de la lucarne, elle frémit.

L'adversaire de Clarel avait réussi à se jucher sur l'un des bras horizontaux de la croix...

A cheval maintenant sur la traverse, cramponné des deux bras au montant supérieur, il conquérait ainsi sur son ennemi un avantage, dont il avait tout de suite compris l'importance.

Il poussa un éclat de rire de triomphe, qui glaça le sang d'Elaine dans ses veines. Alors, après avoir soufflé quelques secondes, se tenant suspendu par les mains, il se laissa descendre dans le vide, et de ses gros souliers cloués, écrasa, aussi lourdement qu'il en avait la force, les doigts du malheureux, crispés sur la tige du paratonnerre. La douleur fut trop violente... Une des mains se détacha...

Elaine se rejeta en arrière, en poussant un cri aigu...

Mais par un effort désespéré, celui qu'elle croyait déjà précipité dans le vide changea de position, et se raccrocha à la corde de l'ouvrier doreur.

Le répit qu'il avait cru gagner ne fut pas de longue durée. Le forcené, qui se sentait vainqueur, avait tiré de sa poche un couteau, qu'il ouvrit avec ses dents, et, se penchant en avant, l'approcha de la poulie retenant l'échafaudage...

Un rayon de soleil frappa la lame, alors qu'elle touchait la corde.

A ce moment, une main sortit hors de la lucarne, tenant un revolver.

Un éclair jaillit, enveloppé d'un peu de fumée... Un coup résonna... Puis un autre.

Le buste du bandit oscilla, et se balança deux ou trois fois, comme un épouvantail à moineaux secoué par le vent...

Puis les mains, l'une après l'autre, lâchèrent l'appui où elles se cramponnaient...

Le corps roula bruyamment le long du toit, traversa en une seconde l'espace, et vint s'aplatir comme un chiffon mouillé sur la terre, devant la porte de l'église.

Clarel se laissa glisser péniblement par la corde jusqu'à l'échelle, aidé par Elaine...

Quand il sentit le plancher sous ses pieds, un soupir de soulagement s'échappa de sa poitrine.

Il contempla un instant la jeune fille... L'expression de bonheur qu'il lut sur l'adorable visage penché vers le sien, effaça soudain en lui toute sensation de douleur...

— Elaine... murmura-t-il... Cette fois, c'est vous qui m'avez sauvé !...

Involontairement, son bras enlaça la taille flexible de cette protégée, dont l'amour avait fait une protectrice...

Et lentement, leurs lèvres se rapprochèrent, pour s'unir en un premier baiser...

V

LA VOIX MYSTÉRIEUSE

Une heure après le dénouement de la lutte tragique dont le lecteur vient de voir se développer les péripéties, Clarel et Elaine roulaient paisiblement vers New-York, dans l'automobile dont Jameson tenait le volant.

«La Main qui étreint » était encore une fois vaincue.

Conduite par Billy, Elaine avait apporté dans le taudis l'allégresse et l'abondance. — Miss Wimbledon lui révéla qu'elle avait été jouée par des escrocs. — Deux policemen avaient fini par intervenir.

— Bâillonnez-la ! commanda le chef de « la Main qui étreiht ».

Désarmé, impuissant, Justin souffrait le plus atroce des supplices.

— Elaine !... Mon Dieu !... est-ce qu'elle est morte ?

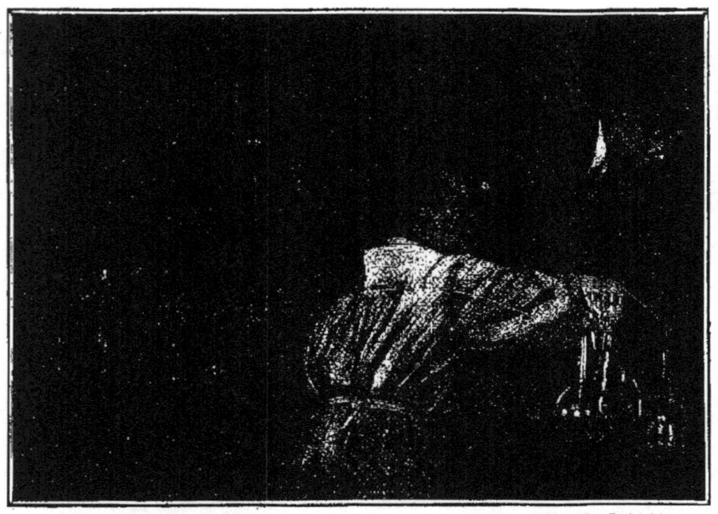

Photo-film Pathé frères.

Walter s'étant dirigé vers la fenêtre, jeta les yeux sur l'appareil.

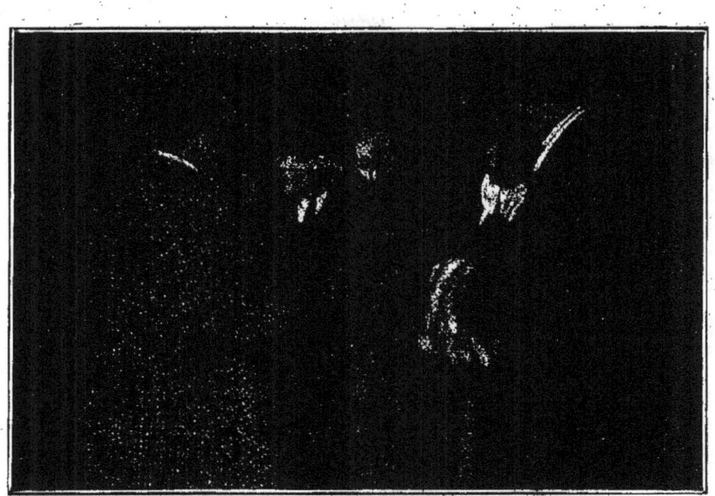

— Croyez que ce n'est pas sans tristesse que je m'éloigne !...

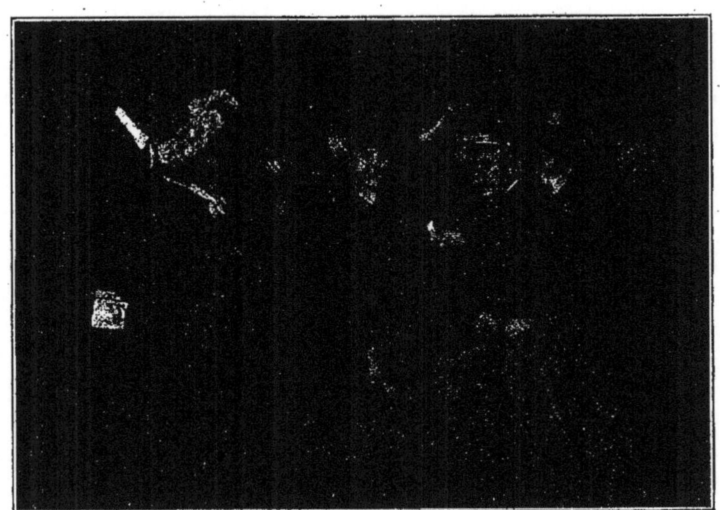

— Remettez-la sur le taxi, et portez-la chez moi... dit Elaine.

L'étonnement éprouvé par Justin, en retrouvant brusquement la jeune fille dans la sacristie de cette église de village, n'avait été égalé que par celui qu'elle ressentit elle-même, en voyant se profiler soudainement derrière la vitre le visage de son protecteur.

Comment celui que selon l'affirmation orgueilleuse de l'homme au mouchoir rouge, elle s'attendait à chaque instant à voir traîné à ses côtés, prisonnier et vaincu, surgissait-il tout à coup libre et prêt à tout tenter pour la sauver ?

C'était là, pour les deux jeunes gens, une énigme, dont le récit détaillé des événements ne tarda pas à leur donner le mot.

Elaine relata dans tous ses détails, la mystification dont elle avait été l'objet, et qui avait failli engendrer de si terribles conséquences.

Clarel l'écoutait pensivement.

— Le piège était bien tendu ! murmura-t-il, quand elle eut fini. Le scélérat qui l'a conçu tablait sur votre amour filial, sur l'élan spontané qui vous pousserait à vouloir sur-le-champ laver de tout soupçon la mémoire de votre père !... Il vous connaissait bien !... N'importe, vous devez vous rendre compte maintenant, mon amie, que vous avez été imprudente.

— Oui, répondit-elle, j'en conviens.

— Le conseil que vous donnait Perry Bennett était avisé et sage. Vous ne risquiez rien, en somme, à attendre qu'il pût vous accompagner, ainsi qu'il vous le proposait lui-même... A son défaut, n'étais-je pas là ?.. La démarche que vous n'auriez pas faite aujourd'hui, vous pouviez la faire demain, avec l'un ou l'autre de nous deux pour vous escorter.

— Evidemment, vous avez raison !... Mais l'indignation que cette misérable femme avait provoquée en moi était si forte, que je n'ai pas eu la patience d'attendre !...

— Et je vous répète que je ne saurais vous en blâmer, d'autant que j'ai moi-même besoin de votre indulgence !...

— Vous ?

— Oui !... Savez-vous que j'ai ce matin, presque scandalisé ce brave Jameson ?... Est-ce vrai, Walter ? questionna-t-il en assénant une tape vigoureuse sur l'épaule de leur conducteur.

— Hein ?... Quoi ?... répondit celui-ci, en sursautant.

— Je disais à miss Dodge, et vous pouvez le lui confirmer, que mon attitude, si voulue qu'elle fût, avec la Grande Marcelle vous avait gravement choqué.

— Patron, je vous en prie, fit l'interpellé, éludant de répondre, ne me demandez pas de parler quand je tiens le volant. Je n'ai jamais su faire deux choses à la fois !...

— Ce jeune homme évite de se compromettre... Mais la vérité, ma chère Elaine, est que si mon attitude a pu lui sembler un moment douteuse, elle m'était impérieusement commandée par la nécessité de pénétrer, pour les mieux confondre, les desseins secrets de l'adversaire que je soupçonnais.

Et Clarel à son tour narra la visite de l'interlope solliciteuse, en qui il avait sur-le-champ deviné une nouvelle affiliée de « la Main qui étreint ».

Il ne craignit pas d'avouer franchement les privautés auxquelles il avait dû se laisser aller, pour inspirer à la dame une confiance indispensable à la réussite de ses projets.

Bref, il plaidait coupable, mais réclamait de son juge le bénéfice des circonstances atténuantes.

Le verdict ne se fit pas longtemps attendre.

— Comment pourrais-je oublier, mon ami, répliqua Elaine d'un ton pénétré, que c'est pour moi, pour moi seule, que vous vous êtes exposé à ce nouveau danger !... Et comme ce serait mal reconnaître votre incessant, votre inlassable dévouement, que de vous chicaner sottement, ainsi qu'une petite fille bébête, sur le moyen adopté par vous, pour venir une fois de plus à mon aide. Je n'ai pas, Dieu merci ! des idées aussi étroites !... Et je trouve, dans votre franchise à confesser ce que vous appelez votre faute, une raison de plus pour moi de vous remercier... Vous avez, me dites-vous, serré, pressé la main de cette femme ; vous êtes même allé plus loin dans vos démonstrations à son égard. Je vous assure que je ne pense, moi, qu'à l'intention, sans m'arrêter au fait même...

Et, se penchant à l'oreille de Clarel, pour que les mots qu'elle allait prononcer ne parvinssent pas jusqu'à Walter, elle murmura :

— D'ailleurs, ce baiser-là ne compte plus... Celui de tout à l'heure l'a effacé !...

La semaine qui suivit fut aussi calme que la précédente avait été mouvementée.

Aucun événement sensationnel, aucune tentative quelle qu'elle fût contre Elaine, ou contre Clarel n'en vint troubler le cours paisible.

Le professeur suppléant de la Columbia University en profita pour s'enfermer six heures par jour dans son laboratoire, et se plonger dans une série d'expériences, et de recherches, qu'il se reprochait d'avoir trop longtemps délaissées.

Tous les jours, il quittait de grand matin son logis, laissant généralement Jameson encore au lit, plongé dans un profond sommeil.

Depuis que Clarel l'avait définitivement intronisé comme son secrétaire attitré, le jeune journaliste avait cessé d'habiter la maison paternelle, et vivait complètement chez son patron.

Par une matinée claire et ensoleillée du début de décembre, dix heures sonnaient presque simultanément aux différentes pendules de la maison et du voisinage, sans que le moindre mouvement dans la chambre occupée par Walter eût annoncé de sa part une velléité quelconque de quitter la couche moelleuse et tiède où il dormait encore à poings fermés.

Tout à coup, au milieu du silence qui n'était troublé que par le bruit rythmé de sa respiration, une voix stridente résonna :

— Jameson !... Réveillez-vous !...

Le dormeur, troublé dans son sommeil, et peut-être dans ses rêves, par cette invitation brutale, s'ébroua paresseusement sous ses couvertures, sans sortir de son assoupissement.

— Jameson !... Réveillez-vous !... cria derechef la voix autoritaire.

Cette fois, l'appel était trop impérieux pour s'y soustraire.

L'intimé ouvrit un œil d'abord, puis deux, qu'il frotta nonchalamment, en bâillant à se décrocher la mâchoire...

Tout en s'étirant les bras, il se demandait s'il ne continuait pas à être le jouet de quelque songe.

— Allons, paresseux, debout !... Il est temps de vous lever !...

Cette troisième admonestation, lancée d'une voix plus vibrante encore que les deux premières, ne pouvait laisser aucun doute dans l'esprit de celui qui en était l'objet.

Il sauta à bas de son lit, et tout en rechignant, s'en fut vers la porte, qu'il ouvrit, pour voir quel était le fâcheux qui se permettait de troubler ainsi son repos.

Mais, à sa grande surprise, il ne découvrit personne, ni dans le couloir, ni dans aucune des pièces de l'appartement qu'il parcourut tour à tour.

— Pourtant, maugréa-t-il, je suis bien sûr de ne pas m'être trompé !... J'ai entendu !... Entendu de mes deux oreilles !... Quelqu'un m'a crié de me lever !... Mais où est-il ?...

Comme si celui qui venait de parler avait entendu cette question, la réponse fut directe :

— Regardez sur le canapé !...

Le secrétaire de Clarel tourna la tête du côté désigné... Mais ce fut vainement qu'il écarquilla les yeux.

Le canapé était bien là, à sa place habituelle...

Mais sur le matelas qui en formait le siège, personne n'était couché ou assis.

La demi-douzaine de coussins de toutes les tailles et de toutes les formes, qui y étaient amoncelés, s'offrait seule au regard inquisiteur de Walter.

— Ah ! c'est trop fort !... fit-il, en continuant à parler à haute voix, comme pour répondre à son interlocuteur invisible... Il y a quelque diablerie là-dessous !...

Un éclat de rire sonore salua cette judicieuse remarque.

Malgré l'absence évidente de tout être humain, il partait incontestablement du canapé.

Jameson, avec résolution, fit un pas de ce côté, et, empoignant les coussins un à un, les éparpilla à travers la chambre.

Brusquement, il s'arrêta, et demeura tout surpris en découvrant derrière le dernier coussin, qu'il venait de saisir et qu'il tenait encore à la main, un étrange petit instrument, sur lequel était inscrit ce mot : « VOCAPHONE ».

Il le prit avec précaution et l'examina attentivement.

C'était une boîte en chêne, d'environ vingt centimètres de large.

Sa face supérieure était percée de deux ouvertures de forme carrée, et surmontée d'un disque noir, de la grosseur approximative d'une montre, monté sur une sorte d'aiguille métallique, et percé lui-même de plusieurs trous.

Jameson, interloqué, continuait à tenir entre ses mains le singulier instrument, lorsque de cette boîte mystérieuse sortit subitement un nouvel éclat de rire...

Le jeune homme, de plus en plus ahuri, ne savait quelle contenance tenir.

— Avez-vous enfin deviné qui je suis ?... questionna l'appareil.

Un éclair traversa le cerveau encore embrumé de Walter...

Il avait reconnu la voix de Justin Clarel.

En même temps, la mémoire lui revenait tout à fait. Il se souvint que, depuis huit jours, son maître, chaque fois qu'il venait le retrouver au laboratoire, était absorbé dans une suite d'essais bizarres, dont il lui avait demandé la nature.

Maintenant que le sommeil n'alourdissait plus ses paupières, ni son esprit, il se rappelait nettement avoir vu entre les mains de Justin plusieurs boîtes analogues à celle qu'il tenait entre les siennes.

A ses questions à ce sujet, ce dernier avait répondu que ces appareils n'étaient autres qu'une sorte de combinaison de téléphone haut parleur.

Ces petites boîtes, qui intriguaient tant son disciple, avaient la merveilleuse propriété d'entendre et de parler à distance. Plus besoin de récepteur à portée de l'oreille. Et, malgré cela, leurs transmetteurs étaient néanmoins si sensibles qu'ils recueillaient même un soupir.

Maintenant qu'il avait constaté par expérience la première de leurs qualités, il ne restait plus à Jameson qu'à éprouver la seconde.

— Ainsi, patron, dit-il en parlant naturellement, la tête haute, et sur le ton de la conversation ordinaire, c'est vraiment vous qui m'avez réveillé ?...

— Vous m'en voulez ?... fit la voix railleuse de Clarel. Eh bien ! recouchez-vous ! D'autant que je n'ai nul besoin de votre présence au laboratoire... Je vais sortir... Bonne nuit, Walter !...

— Oh ! patron !... Vous voulez rire !... Puisque vous me donnez congé, je vais en profiter pour aller faire un tour au Park... On dit que la glace est assez épaisse pour patiner.

— Je présume que je vous verrai cet après-midi ?

— Certainement !... Je serai au laboratoire avant deux heures.

Aucune réponse ne parvint plus aux oreilles du jeune journaliste. La conversation était terminée.

De son côté, dans son laboratoire, Clarel, quand la dernière vibration de la voix de Jameson se fut éteinte dans l'air, eut un sourire de contentement.

Son appareil était décidément au point... Il allait pouvoir mettre à exécution le projet qu'il nourrissait depuis quelques jours.

L'apparente inaction dans laquelle « la Main qui étreint » était restée à son égard et à celui d'Elaine, pendant la semaine qui venait de s'écouler, ne lui donnait pas le change.

Il était trop avisé pour supposer que de tels ennemis pussent avoir aussi promptement désarmé ; et cette conviction était une des raisons pour lesquelles il avait, avec tant d'assiduité, travaillé au rapide perfectionnement de son vocaphone.

Sans que personne le soupçonnât, il allait sur-le-champ installer un de ces appareils à l'hôtel Dodge.

Grâce à lui, assis dans son fauteuil de travail, il pourrait à distance entendre tout ce qui se passerait là-bas et recueillir la moindre conversation qui s'y tiendrait. Il pénétrerait ? ? ? pénétrerait ainsi minute par minute, les mille incidents de la vie intérieure de la maison, sans qu'il fût besoin de recourir au téléphone pour l'en avertir.

Un nouveau sourire de satisfaction éclaira son visage, en songeant que, désormais, grâce à son ingéniosité, Elaine, même de loin, serait sous sa sauvegarde.

En même temps, son regard se tourna vers une photographie de la jeune fille que celle-ci lui avait donnée quelques jours auparavant, pour remplacer le portrait qui avait été déchiqueté et mis en pièces par les chevrotines de la machine infernale, disposée dans son appartement quelques semaines plus tôt, par « la Main qui étreint » ;

Les grands yeux délicieusement expressifs, qu'il aimait tant, semblaient le regarder avec reconnaissance, et la petite bouche mignonne s'ouvrir comme pour le remercier de sa tendre sollicitude.

Lentement Clarel approcha le portrait de ses lèvres ; puis, l'ayant replacé sur le petit meuble dont il occupait le centre, il atteignit un assez vaste sac en cuir jaune, dans lequel il introduisit délicatement son mystérieux engin.

Enfin, prenant son chapeau et son pardessus, il sortit du laboratoire, dont il referma la porte à clef.

Sur le trottoir, devant le vaste monument de l'Université, il cherchait du regard un taxi-auto, lorsqu'un monsieur assez bien mis s'approcha de lui et lui demanda du feu pour allumer sa cigarette.

Justin, distraitement, fouilla dans sa poche et lui tendit son briquet.

Tout en enflammant la petite mèche, et l'approchant de sa cigarette, le gentleman, du coin de l'œil, examinait en dessous le célèbre détective, comme pour voir s'il avait bien affaire à celui qu'il cherchait.

Puis il rendit, en le remerciant, le briquet à Clarel, qui avait pendant ce temps hélé un véhicule, dans lequel il monta, sans prêter plus d'attention à l'incident.

Quand l'auto se fut perdue au loin dans la foule des voitures et des tramways, le personnage qui venait d'allumer sa cigarette contourna le bâtiment de l'Université, et s'engagea de quelques pas dans la petite rue adjacente.

Un peu plus loin, en face d'une des portes latérales, une automobile fermée stationnait.

Le promeneur se tourna dans sa direction et, levant la main droite devant sa poitrine, esquissa lentement, à plusieurs reprises, le signe de ralliement de « la Main qui étreint ».

La portière de l'auto s'ouvrit, livrant passage à l'homme au mouchoir rouge qui pénétra rapidement dans le vaste édifice, toujours désert à pareille heure, et s'engouffra vivement dans l'escalier conduisant au laboratoire de Justin Clarel.

VI.

LE PANNEAU SECRET

Elaine, ce matin-là, s'était réveillée de charmante humeur.

Le soleil brillait d'un éclat inaccoutumé, et les acharnés criminels qui avaient juré sa perte semblaient lui laisser quelque répit.

Comme tous les jours, depuis les récents événements dont elle avait été la douloureuse héroïne, sa pensée s'en alla vers Clarel.

Elle réfléchissait à la bravoure, à l'audace, au véritable génie dont, à maintes reprises déjà, il avait fait preuve pour l'arracher aux dangers successifs qui s'étaient en si peu de temps amoncelés sur sa tête.

Elle se demandait, avec une pointe de coquetterie inconsciente, si toutes ces qualités qui le distinguaient des autres hommes, il les aurait déployées aussi activement, s'il se fût agi d'une autre femme.

En fermant les yeux, elle revoyait le visage clair et hardi de son défenseur, et ce regard loyal qui, à certains moments, lorsqu'il se tournait vers elle, savait prendre une expression si douce.

A ce moment, la porte s'ouvrit et Mary, la femme de chambre, parut, apportant le courrier sur un plateau.

La première lettre qu'Elaine ouvrit était de Perry Bennett.

Il la priait de bien vouloir l'inviter à dîner pour le soir ou le lendemain, afin de lui faire signer certaines pièces importantes au sujet de son héritage et de lui éviter dans ce but de fastidieux dérangements.

Après la lecture de ce billet, la jeune fille laissa retomber sa main, et s'assit, rêveuse, sur une chaise basse à côté de la fenêtre. Pauvre Perry !...

Pour la première fois, en évoquant son image, elle se posait une question à laquelle fréquemment déjà, lorsqu'elle l'avait sentie se présenter à son esprit, elle avait éludé de répondre.

Son cœur la portait-il vraiment vers celui en qui son père, alors qu'il vivait, aurait peut-être voulu voir pour elle un fiancé ?

Et tout bas, bien bas, elle s'avouait à elle-même que l'affection quasi fraternelle qu'elle portait à son cousin ne lui semblait pas être tout à fait le sentiment ardent et profond, par lequel elle aurait souhaité se voir liée à l'homme destiné à devenir un jour son mari et son maître.

— Pauvre Perry ! répétait-elle, en se parlant à elle-même. S'il savait ce que je pense !... Quelle tristesse serait la sienne !... Et pourtant, il faudra bien qu'un moment vienne où je lui dévoilerai le fond de mon cœur... Mais ce cœur, sait-il seulement au juste ce qu'il éprouve, ce qu'il veut ?... Ah ! que c'est donc difficile de voir clair en soi-même !...

Elle était descendue dans la bibliothèque où, après avoir dressé la liste de quelques visites et courses urgentes, elle s'était mise à jouer avec son chat, un gros angora gris tacheté, que taquinait violemment, à voir les amusants mouvements de patte par lesquels il cherchait à s'en défaire, un volumineux ruban de taffetas rose, que la jeune fille avait noué autour de son cou.

Elle arrêta son jeu en entendant résonner la sonnette de la porte d'entrée.

— Mademoiselle, dit François, soulevant la portière de velours, c'est M. Clarel.

— Qu'il entre vite ! dit-elle, en allant, le visage souriant, à sa rencontre.

— Vous êtes étonnée de me voir à pareille heure, fit-il après lui avoir baisé les mains. C'est que je viens faire chez vous une petite installation.

En même temps, il ouvrait son sac et en tirait le curieux appareil qui avait éveillé Jameson en provoquant chez lui une si violente stupéfaction.

En quelques mots, il lui exprima son but et son fonctionnement.

— Quelle idée étonnante vous avez encore eue là, mon ami, fit Elaine, dont le souvenir se reportait malgré elle aux réflexions qu'elle faisait un peu plus tôt, concernant la prodigieuse ingéniosité dont Clarel, depuis qu'elle le connaissait, n'avait pas cessé de faire montre.

Cependant, il examinait la pièce, cherchant l'endroit le plus favorable à l'installation qu'il méditait.

Son regard se tourna vers l'armure du roi Arthur, qui, réparée et fourbie à neuf, avait repris sa place sur son piédestal.

— Je vois, dit-il, que ce preux chevalier est définitivement rentré dans son palais. Tout à coup, son visage s'éclaira.

— Je tiens mon idée !... Et personne ne s'avisera qu'après tant de siècles, le roi Arthur ait jamais pu recouvrer la parole !...

— Qu'allez-vous donc faire ?...

— Installer mon petit instrument dans cette armure, et me servir de votre téléphone pour le relier à mon laboratoire.

En quelques phrases, où il prit soin d'éviter les démonstrations techniques, il expliqua à la jeune fille le principe sur lequel reposait son invention, ainsi que les effets pratiques qu'il en comptait tirer.

— Et vous êtes certain que vous entendrez ce qui se dira ici ?...

— Pas un mot, pas un geste même ne m'échappera.

Séparant le casque du reste de l'armure, il introduisit le vocaphone à l'intérieur du gorgerin ; après quoi il le relia à la canalisation téléphonique, au moyen de fils métalliques soigneusement cachés sous les carpettes et les tapis.

Cette opération terminée, il rajusta le casque à sa place primitive.

Il était impossible, même à l'œil le plus averti, de découvrir la moindre trace de cette habile organisation.

— Voilà qui est fait !... déclara Justin en contemplant avec satisfaction son ouvrage... Seulement, miss Dodge, il importe que vous ne confiiez à personne le secret de cet agencement... A personne, vous entendez, même pas à cette excellente tante Betty... Elle pourrait commettre quelque imprudence, car nous ne savons plus à l'heure présente de qui nous devons nous méfier et en qui nous pouvons avoir confiance.

— Soyez tranquille... Je suis renseignée maintenant sur la valeur du silence.

— Puisque nous sommes d'accord, vous me permettez de prendre congé de vous ; j'ai un rendez-vous à la compagnie du téléphone, car je tiens à ce que notre système puisse fonctionner dès aujourd'hui...

— Je ne vous retiens pas, mon ami, et je vous remercie une fois de plus... Mais y a-t-il des mots qui puissent vous exprimer ma gratitude ?...

— Vous savez bien que le plaisir de vous servir à quelque chose fait encore de moi votre obligé !...

— Ah ! Français que vous êtes !... dit-elle en lui tendant la main, votre galanterie trouve moyen d'intervertir les rôles !... Un peu plus, et vous me feriez croire que c'est moi qui vous protège !...

— Mais c'est l'exacte vérité !... dit-il en posant ses lèvres sur la peau blanche dont il sentait entre ses doigts la douce tiédeur. Ne l'avez-vous pas prouvé, la semaine dernière, dans le clocher de cette petite église, dont le souvenir ne s'effacera jamais de ma mémoire ? Savez-vous bien que sans vous, sans votre sang-froid j'étais perdu ?...

— Il faut bien que de temps en temps, les
femmes soient utiles à quelque chose !...

Elle avait reconduit son visiteur jusqu'à
la porte du vestibule.

— A bientôt ! dit-elle. Mon cousin Perry
doit dîner ici demain ; voulez-vous être des
nôtres ?...

— Avec plaisir !...

Il salua une dernière fois, et sortit.

Elaine regagnait lentement la bibliothèque. Elle pensait aux dernières paroles
échangées avec celui qui venait de la quitter.

C'était bien vrai qu'elle avait contracté
envers lui une dette qui s'accroissait tous
les jours ; et elle se demandait comment
elle pourrait jamais arriver à la payer.

Mary venait d'entrer dans la pièce, apportant dans son tablier relevé toute une
brassée de roses.

— Mademoiselle, dit-elle, Mrs Dodge est
sortie ce matin, et voici ce qu'elle a rap-
porté...

— Quelle bonne idée !... fit Elaine, mes
fleurs commençaient à se faner !... Tante
Betty est incomparable ; elle pense à tout.
Remerciez-la bien vivement et donnez-moi
ces roses. Ce sera pour moi un plaisir de
les arranger !...

Pendant près d'un quart d'heure, la jeune
fille demeura occupée à sa jolie besogne.

Les roses de tante Betty maintenant res-
plendissaient dans leurs grands vases et
donnaient à la pièce cet air de joie que
communiquent les fleurs à toutes les choses
qui les entourent.

Elaine venait de disposer en valeur sur
un meuble le dernier des deux vases et se
préparait à regagner sa chambre, pour se
recoiffer, et mettre un peu d'ordre dans sa
toilette, avant de sortir.

Comme elle passait devant le panneau
secret derrière lequel son père avait caché
les papiers qui avaient déchaîné contre
lui la fatale et inexorable colère de « la
Main qui étreint », la cordelière formant
la garniture de sa robe s'accrocha dans la
boiserie.

La jeune fille voulut la tirer à elle, mais
elle sentit une résistance. Elle se baissa
alors pour dégager le cordon de soie : en
s'y efforçant, sa main, sans qu'elle s'en
rendit compte, toucha le petit ressort métallique dissimulé dans la moulure.

Aussitôt, à sa grande surprise, le déclic
joua, et le panneau glissa sur lui-même,
découvrant une ouverture assez profonde,
dans laquelle se trouvait un coffret de fer.

Elaine, de plus en plus étonnée, le prit, et,
après l'avoir examiné sous toutes ses faces,
vint le poser sur son bureau, devant lequel
elle s'assit.

Qu'était-ce que cette cachette inconnue
dont jamais son père n'avait ouvert la
bouche à personne ?

Que pouvait-elle contenir de si secret que
le financier eût jugé à propos de la dérober si soigneusement à la vue de tous, et
d'en faire un mystère qui, sans un hasard

impossible à prévoir, serait à jamais demeuré impénétrable et insoupçonné ?...

La clef était demeurée sur la serrure.
Sans difficulté, la jeune fille la tourna, et
souleva le couvercle.

Plusieurs liasses de papiers remplissaient
le coffret.

Au-dessus d'eux, reposait une enveloppe
largement cachetée. Elaine la prit entre ses
deux mains, et jeta un coup d'œil sur la
suscription.

Elle ne put réprimer un frémissement en
lisant ces mots :

« DOCUMENTS FOURNIS PAR LE BANCAL ROUGE »
Un grand jour se fit dans son esprit.

Elle était donc en face de ces documents,
dont la possession avait suscité de la part
de leurs terribles ennemis les audacieuses
et criminelles tentatives dont elle ne pouvait se souvenir sans frissonner encore.

Oui, à n'en pas douter, cette enveloppe
contenait les renseignements, dont Perry
Bennett, à plusieurs reprises, lui avait
parlé, et qui, seuls peut-être, pourraient
projeter un peu de lumière sur la composition et les agissements de la terrible bande.

A cette idée, elle sentait augmenter l'effroi qui, au premier contact de ces papiers,
s'était glissé en elle.

Que devait-elle faire ?...

Un élan irraisonné fit surgir instinctivement en son esprit le nom de Justin Clarel.

A qui, sinon à lui, pouvait-elle s'adresser
et demander conseil, en une circonstance
si embarrassante et si grave ?...

Elle regarda la pendule : un peu plus de
vingt minutes s'étaient écoulées depuis
qu'il l'avait quittée.

Peut-être avait-il eu le temps de rentrer
chez lui ?...

Elle décrocha le téléphone, et demanda
le numéro du laboratoire de Justin.

Une expression de joie éclaira son visage. Au bout du fil, quelqu'un lui répondait.

— Allo ! demanda-t-elle vivement, est-ce
vous, monsieur Clarel...?

— Non ! fit une voix nasillarde, c'est
monsieur Jameson !...

Ah ! c'est vous, Walter ?... C'est curieux,
je ne reconnaissais pas votre voix !...

— Ce n'est pas surprenant, c'est la dé-
formation produite par l'appareil... Mais,
moi, je reconnais la vôtre, miss Dodge !...
Que désirez-vous ?...

— Est-ce que votre ami n'est pas encore
rentré ?...

— Pas encore !... De quoi s'agit-il ?...

— Voulez-vous lui dire, dès qu'il sera
là, que j'ai découvert les papiers que « la
Main qui étreint » recherche si opiniâtrément...

Une exclamation, quelque chose comme
un cri étouffé de surprise parvint aux
oreilles de la jeune fille, qui continua :

— Ils étaient cachés dans un panneau
secret de la bibliothèque !...

— Les avez-vous lus ?...

— Non, pas encore !... Faut-il le faire ?...

— Au contraire, ne les décachetez surtout pas, et remettez-les exactement dans la cachette où ils se trouvaient. Je vais aller prévenir M. Clarel.

— *All right !...* acquiesça Elaine. Je suis votre conseil. Mais tâchez de le découvrir et de l'envoyer le plus tôt possible... Je vais faire quelques courses, et je passe chez mon amie miss Martins. Je serai rentrée d'ici à une heure... Dites à M. Clarel qu'il vienne à la maison, dès qu'il le pourra...

— C'est bien ! Comptez sur moi !...

Après avoir raccroché le récepteur, la jeune fille, selon la recommandation qui venait de lui être faite, remit les papiers dans le coffre qu'elle rangea à la place où elle l'avait découvert.

Puis elle pressa sur le ressort, et le panneau reprit sa position normale.

Quelques minutes après, elle montait dans son automobile pour aller faire rapidement les visites et les courses urgentes dont elle venait de parler.

La voix qui venait de répondre à Elaine n'était pas comme elle l'avait cru, celle de Walter Jameson.

L'interlocuteur qui, dans le laboratoire de la Columbia University, tenait d'une main crispée le récepteur, n'était autre que l'homme au mouchoir rouge.

En entendant la sonnerie, il avait eu un moment d'hésitation, puis brusquement, il prit son parti et saisit l'appareil.

En reconnaissant la voix d'Elaine, il eut un sursaut...

Mais sur-le-champ, il comprit que peut-être il y avait pour lui un profit quelconque à espérer de cette rencontre inattendue, et instantanément, l'idée lui vint de se faire passer pour le secrétaire de celui que réclamait la jeune fille.

Quelle fut sa stupéfaction en entendant le récit de la trouvaille faite par Elaine !

Une joie sauvage l'envahit... Il n'aurait jamais osé espérer une telle aubaine.

Dès que la conversation eut cessé et qu'il eut raccroché le récepteur, un travail intense s'opéra dans son cerveau !...

Il fallait à tout prix tirer immédiatement un parti de la prodigieuse découverte qui venait de lui être si inopinément révélée...

Ces papiers inutilement recherchés par lui à plusieurs reprises à l'hôtel Dodge, il avait pensé, puisqu'ils étaient introuvables là-bas, que peut-être Elaine les avait confiés à Justin Clarel.

C'est ce vague espoir qui l'avait décidé à se glisser dans le laboratoire de celui-ci, grâce à un passe-partout habilement dérobé quelques jours plus tôt par un de ses acolytes au concierge de l'Université.

Comme il se préparait à une exploration méthodique des lieux, le téléphone l'avait brusquement dérangé.

D'abord il avait envoyé l'importun à tous les diables ; un moment même il avait pensé ne pas répondre, et laisser ce fâcheux carillon s'éteindre de lui-même...

Quelle heureuse inspiration il avait eue en se ravisant !...

Ces documents si précieux pour la sécurité de sa bande, et sur lesquels il avait désespéré de mettre la main, il savait maintenant où ils étaient cachés, et déjà il croyait presque les tenir.

En quelques secondes, il eut dressé son plan de bataille.

Innocemment, croyant parler à Jameson, Elaine lui avait appris qu'elle se préparait à sortir, et serait absente pendant environ une heure.

C'est ce temps qu'il s'agissait de mettre à profit.

Mais avant tout, il y avait une première précaution à prendre.

Il décrocha de nouveau le téléphone...

VII

UNE HEURE DE RETARD

Dans la salle de derrière d'un bar assez mal famé, du côté de l'East-River, des hommes et des femmes, à l'allure louche, aux vêtements sordides et rapiécés, étaient attablés devant de larges pots de bière, et de grands verres d'alcool.

Dans un coin, quelques-uns des hommes jouaient aux dés... Un gamin, en haillons, d'une douzaine d'années, les regardait.

Une des femmes, maigre, efflanquée, à la chevelure grisonnante et embroussaillée, au visage pâle et ravagé par la boisson et le vice, frappa sur la table de son pot d'étain.

Le tenancier du lieu s'approcha.

— Qu'est-ce qu'il te faut, Kitty-la-grise ? demanda-t-il en bougonnant.

— Encore un pot de bière !...

— Te reste-t-il de quoi le payer ?... Tu sais que je ne tire ma bière qu'après avoir vu la couleur de ton argent...

— J'ai payé mes deux premiers pots !...

— Raison de plus pour qu'il ne te reste plus de quoi payer le troisième !...

La femme parut embarrassée, et, jetant sur le cabaretier un mauvais regard :

— Eh ben, quoi ! Je te payerai demain !...

— Oh ! demain, c'est trop loin ! ricana-t-il. Regarde l'écriteau !...

Il leva sa large main, aux doigts épais comme des saucisses, vers un placard affiché sur le mur, et portant ces mots :

Les consommations ne sont servies que contre argent.

La femme mâcha un juron entre ses dents jaunes, et, tirant de sa poche une courte pipe de terre :

— Au moins, donne-moi de quoi la bourrer, grommela-t-elle.

— Ça, c'est une autre affaire !... Du moment que tu me demandes une gracieuseté !... Je n'ai jamais su rien refuser aux dames !...

Et, tirant de sa blague une pincée du gros tabac affectionné par les matelots et les gens du port, il la tendit à Kitty-la-grise.

Un glapissement aigu, accompagné de cris et de vociférations, lui fit tourner la tête. De l'autre côté de la pièce, un des joueurs de dés avait empoigné le bras du petit mendigot qui regardait la partie, et, de l'autre main, lui servait sur les épaules et sur le bas de la tête une copieuse ration de bourrades et de taloches.

— Qu'est-ce qu'il a encore fait, ce vaurien de Billy ? demanda le gros homme.

— Crois-tu que pendant que je me disputais avec Flipp à propos d'un coup, cette petite crapule a profité de ma distraction pour siroter le fond de mon verre de gin.

— Non !... exclama le cabaretier indigné, en saisissant le gosse par l'autre bras. Tu as fait ça, propre à rien ?...

Le coupable leva une face effrontée, trouée de deux yeux verdâtres, où luisait une malice perverse.

— Tiens !... On veut que je ne boive plus que du lait à la maison ! J'en avais assez !... Ça me tourne sur le cœur !...

Un éclat de rire général accueillit la réponse. Les assistants prenaient parti, les uns pour le buveur si lestement soulagé de son petit verre, les autres pour le jeune chenapan, qui manifestait prématurément sa prédilection pour les liqueurs fortes.

La sonnerie du téléphone coupa net sur les lèvres du patron l'éloquente admonestation qu'il préparait.

— Hé ! Dago !... dit-il en posant le récepteur sur la tablette sans le raccrocher, c'est toi qu'on demande !...

Un homme, un peu moins mal mis que les autres, qui lisait son journal à une table séparée, se leva vivement, et gagna le renfoncement écarté où était suspendu l'appareil.

— J'ai besoin de vous tout de suite !... fit dans l'éloignement la voix impérative de l'homme au mouchoir rouge... Elaine Dodge vient de sortir de chez elle, pour faire des achats dans les magasins de la cinquième avenue !... Elle doit aussi passer à la bijouterie Martins... Suivez-la avec quelques-uns de vos hommes, et arrangez-vous pour retarder par tous les moyens son retour chez elle. Il est indispensable que vous la reteniez en route au moins pendant une heure !...

— C'est compris, chef !... fit Dago. Vous pouvez avoir confiance en moi !... La personne en question en aura pour une heure et demie au moins avant de revoir la porte de son domicile.

Il raccrocha le récepteur, et, s'avançant du côté de la clientèle du lieu :

— Kitty-la-grise, éteins ta pipe !... Flipp et Johnnie, laissez là votre partie, et venez vous asseoir près de moi... Toi aussi Billy !... J'ai des instructions à vous donner !...

Les quatre personnalités désignées se levèrent vivement et vinrent s'installer aux côtés de Dago.

En baissant la voix, celui-ci leur expliqua d'une façon précise ce qu'il attendait de chacun d'eux.

Après quelques minutes de discussion, ses interlocuteurs parurent suffisamment éclairés, car d'un seul geste ils se levèrent et, sans parler à personne, quittèrent immédiatement le bar.

Dago serra la main du patron, et les suivit.

Vingt minutes environ après cet exode, Flipp apparaissait au coin de la cinquième avenue, tenant par la main le jeune amateur de gin, avec lequel il continuait une conversation des plus animées, à en juger par les gestes de bras et les signes de tête affirmatifs dont le redoutable et malicieux gamin ponctuait chacune de ses phrases.

Arrivés à quelque distance d'un grand magasin, devant les vitrines duquel s'empressait une foule nombreuse, il s'arrêta, et, désignant du doigt à Billy une automobile stationnant devant la façade :

— Voici la voiture de la dame ! Elle est sûrement à l'intérieur de l'établissement. C'est à sa sortie qu'il va falloir que tu opères !... M'as-tu bien compris ?...

— Soyez tranquille !... Vous serez content.

— Alors, je te laisse... Je vais m'installer avec Kitty-la-grise dans son galetas... Songe que tu as, en elle et en moi, ton père et ta mère, et quand tu nous rejoindras, tâche de trouver des accents qui partent du cœur !...

— Je vous dis que je vous ferai pleurer ! dit le drôle.

Flipp s'éloigna rapidement, et laissa Billy seul, à quelques pas derrière l'automobile Elaine avait terminé ses achats.

Le commis qui l'a servait la reconduisit jusqu'à la porte, avec tous les égards et toutes les courbettes dus à une des bonnes clientes de la maison.

Le chauffeur, qui l'avait vue sortir, dégagea sa voiture de la file, et vint l'arrêter devant sa maîtresse, au bord du trottoir.

Pendant cette manœuvre, Billy, prestement, avait tiré de sa poche un morceau de pain, et le jeta adroitement dans le ruisseau, à quelques centimètres de la place où une bouche d'égout, béante, absorbait les détritus de toutes sortes entraînés par l'eau courante.

Au moment où Elaine se dirigeait vers sa somptueuse automobile, sa vue fut frappée par cet enfant hâve et déguenillé, qui se jetait avec précipitation sur ce morceau de pain boueux et malpropre.

Il le saisit avec avidité, et, l'ayant essuyé sommairement du revers de sa manche déchirée, le porta à sa bouche, avec une voracité gloutonne.

— Que fais-tu là, mon petit ?... dit la jeune fille.

Et comme elle essayait de lui arrêter le bras :

— J'ai faim !... fit le gosse, qui continuait à dévorer le pain noirâtre. Je n'ai rien avalé depuis hier !...

Elle eut un geste de commisération.

— Mais ne mange pas cela ! dit-elle. Je vais te donner de quoi te nourrir plus convenablement.

— Vrai ?... fit-il, en la regardant avec des yeux où brillait une reconnaissance étonnée. Vous feriez ça ?... Vous avez donc pitié des pauvres, vous ?... Mais, mademoiselle, puisque vous êtes si bonne, est-ce que vous ne pourriez pas avoir aussi un peu de compassion pour mon pauvre papa et ma pauvre maman !...

— Ils sont malheureux ?...

— Hier, ils ont voulu que je mange la dernière bouchée de pain qu'il y avait à la maison !... Et je suis sûr qu'ils sont encore plus affamés que moi !...

— Demeurent-ils loin ?...

— Non ! A peine à deux minutes. C'est là, tout près, par derrière !...

— Eh bien ! monte sur le siège, à côté du chauffeur. Nous allons acheter de quoi leur faire faire un bon dîner et nous le leur porterons ensemble.

Le gamin battit des mains joyeusement ; puis, comme s'il ne trouvait pas de mots pour exprimer sa reconnaissance, il se courba, et embrassa le bas de la robe d'Elaine.

De plus en plus touchée, celle-ci donna des ordres à son chauffeur, et monta elle-même en voiture...

— Allons, grimpe ! dit l'homme à Billy.

— A côté de vous ?... fit le gosse en se regorgeant. Eh bien vrai !... Ce qu'on va me reluquer dans le quartier !... On croira que j'ai fait un héritage !...

L'automobile démarra, et, sur les indications du gosse, tourna presque tout de suite dans une petite rue adjacente.

Après quatre stations différentes chez un épicier, un boucher, un boulanger, et un charcutier, elle s'arrêta devant un immeuble de misérable apparence.

Billy sauta vivement à bas du siège pour ouvrir la porte à Elaine, qui descendit en lui souriant.

Le chauffeur avait mis, lui aussi, pied à terre, chargé d'un panier dans lequel étaient entassées les provisions.

Dans le galetas vers lequel le précoce petit bandit conduisait Elaine, Flipp et Kitty achevaient de se transformer en miséreux.

Le premier s'était dépouillé de ses vêtements et avait endossé des haillons pitoyables par-dessus une chemise malpropre et effilochée.

Sa compagne, assise sur le grabat, qui, avec une vieille table boiteuse, et une chaise en ruine, étaient les seuls meubles de la pièce, dessinait de gros cercles noirs sous ses yeux, à l'aide d'un bouchon brûlé. Son visage, émacié par l'ivrognerie, paraissait ainsi plus maigre encore.

Flipp, debout près de la porte, l'oreille tendue, épiait les pas dans l'escalier.

La voix de Billy parvint jusqu'à lui :

— Encore un étage, mademoiselle !... disait-il plaintivement.

— Les voilà !... annonça le guetteur. Vite, au lit !...

Kitty se glissa rapidement sous un drap sale, tandis que l'homme, s'emparant d'une béquille posée dans le coin de la chambre, commençait à tousser et à cracher lamentablement.

Tous les deux jouaient consciencieusement leurs rôles et leur véridique apparence de crève-la-faim aurait attendri les cœurs les plus endurcis.

La porte s'ouvrit brusquement, et Billy entra en coup de vent, suivi d'Elaine et du chauffeur.

— Oh ! papa... Oh ! maman... s'écria-t-il, venant se jeter dans les bras de ses prétendus parents, si vous saviez le bonheur qui nous arrive !... J'ai rencontré un ange !... Un véritable ange du ciel qui a eu pitié de moi et de vous !...

Cependant le chauffeur avait posé à terre le panier qu'il portait et en tirait les diverses provisions qu'y avait entassées la charité d'Elaine.

Elle l'aidait avec sa bonne grâce coutumière, et c'était vraiment un délicieux tableau que cette jeune fille riche, sentant bon, habillée à la dernière mode, apportant avec la spontanéité de son cœur délicat, dans ce taudis dénué de tout, l'allégresse et l'abondance.

Les deux mendigots joignaient leurs mains en un geste d'extase.

— Est-ce possible !... murmura Flipp... Regarde, ma femme !...

— C'est bien vrai ce que dit notre cher petit, qu'on croirait qu'un ange vient de là-haut pour nous visiter !... Il me semble que je rêve !... balbutia Kitty-la-Grise, d'une voix chevrotante.

— Non, ma bonne femme !... dit Elaine en s'approchant du grabat, après avoir fait au chauffeur signe de s'éloigner. Non, vous ne rêvez pas !... J'ai eu la chance de rencontrer votre petit garçon qui m'a confié votre détresse, et je suis venue tout de suite pour la soulager !...

— Jamais, jamais, mademoiselle, nous ne vous serons assez reconnaissants de ce que vous faites pour nous !...

— Ce n'est pourtant pas grand'chose, allez !... Et il est tout naturel que les favorisés de la vie soulagent ceux pour qui elle s'est montrée cruelle !... Aidez-moi, monsieur, voulez-vous ?... Approchons cette table du lit de votre femme !...

— Ne vous donnez pas cette peine, mademoiselle, fit Billy, en saisissant un des côtés, alors que Dago prenait l'autre. Hein, papa !... Que de bonnes choses !...

Tandis que les yeux des trois vauriens s'illuminaient d'une convoitise gourmande à la vue des aliments qui s'offraient à eux, le chauffeur d'Elaine était redescendu reprendre sa place sur son siège.

Il n'y était pas installé depuis une mi-

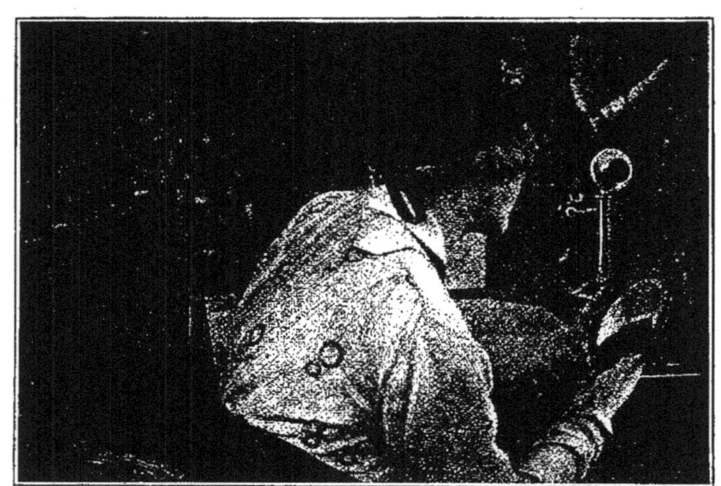

Elaine prit la photographie de Clarel et la contempla longuement.

Photo-film Pathé frères.

Devant les yeux ébahis d'Elaine, apparut le visage souriant de Clarel.

Justin Clarel examina longuement le corps de l'inocente victime de « la Main qui étreint ». — Le détective laissa échapper un cri de déception. — Le chef de « la Main qui étreint » avait saisi le bras d'Elaine. — Clarel tira de sa poche le miroir de platine et d'amiante et l'opposa au rayon rouge.

— C'est avant tout ce Clarel qu'il faut atteindre !...

Emportée par sa démonstration elle lui mit aux lèvres un ardent baiser.

2-XIII.

nute qu'une dame d'extérieur distingué, très simplement mise, s'approcha, paraissant surprise de se trouver en face d'une si belle voiture, une voiture de riche, dans ce quartier misérable et mal famé.

Depuis l'arrivée de l'automobile, les enfants du voisinage, gamins et fillettes, s'étaient empressés autour d'elle, ouvrant de grands yeux pleins d'admiration, devant les panneaux vernis, les lanternes brillantes, les coffres d'acajou reluisants, et la superbe livrée du chauffeur.

Jamais ils n'avaient rien vu d'aussi beau depuis qu'ils étaient au monde !...

La dame paraissait connue de toute la petite troupe, car, au lieu de s'envoler à son approche, comme une nichée de moineaux apeurés, ils vinrent à elle, les garçons retirant leurs casquettes, les filles la saluant gentiment.

Elle demanda, sur la présence insolite de ce fastueux véhicule, quelques éclaircissements, que ses jeunes amis lui fournirent à qui mieux mieux, en parlant tous ensemble, ce qui rendit l'explication quelque peu confuse.

Quand elle eut fini par y voir à peu près clair, la dame tapota la joue d'un bambin, régularisa la mèche ébouriffée d'une bambine et, sans mot dire, pénétra dans la maison.

Montant lestement l'escalier, elle parvint devant la porte du taudis, qu'elle ouvrit.

Elle marcha droit à Elaine, sans se préoccuper des trois complices qui la regardaient avec une inquiétude mal dissimulée :

— Je suis miss Wimbledon, inspectrice des œuvres de charité du district !... annonça-t-elle, en jetant sur eux un regard scrutateur. J'ai vu votre automobile devant la porte, mademoiselle, et su par les enfants amassés autour d'elle que vous étiez ici. Je suis venue voir, comme c'est mon office, si votre bon cœur ne vous a pas égarée, et si les gens à qui vous venez en aide méritent réellement votre charité.

Elle fit un pas en avant, et, après avoir examiné les provisions qui encombraient la table, dévisagea pendant quelques instants les trois escrocs.

Elaine la regarda avec anxiété.... On eût dit qu'elle se trouvait brusquement mal à l'aise, comme si elle-même était fautive, dans l'atmosphère de mensonge et de vice dont elle se sentait tout à coup enveloppée.

— C'est bien ce que je pensais !... continua de sa voix ferme et décidée miss Wimbledon. Cette femme est une voleuse, et cet homme est son complice. Quant au gamin, qui n'est pas du tout leur fils, on l'appelle dans le quartier Billy-les-Mains-longues, à cause de son adresse spéciale à dérober les objets aux étalages !... Vous voyez, mademoiselle, que j'avais raison, et que vous étiez la dupe d'exploiteurs que je vais immédiatement signaler à la police.

En même temps, elle tirait de son porte-feuille une carte sur laquelle elle écrivit quelques mots.

Les faux mendiants n'en menaient pas large... Flipp tenta d'esquisser une timide protestation, qu'un mot sec de la dame de charité arrêta net.

Elaine, un peu confuse de s'être si facilement laissé jouer, regardait alternativement la porte et miss Wimbledon, cherchant un mot pour prendre congé.

Cet embarras n'échappa point à la sévère inspectrice, qui, prenant doucement par la main la jeune fille, la conduisit jusque sur le palier.

— Que cette vilaine expérience n'aille surtout pas vous rebuter, mademoiselle, dit-elle avec un sourire plein d'indulgence et de bonté, et vous détourner d'apporter votre aide charitable à ceux qui la méritent !... Souvenez-vous seulement qu'il faut toujours faire un petit bout d'enquête, avant de secourir les gens.

Elaine murmura quelques mots de remerciement, et, descendant rapidement l'escalier poussiéreux, regagna son automobile, au milieu de l'admiration des mioches, dont l'affluence s'était encore grossie.

Le chauffeur, à qui elle donna ses ordres à travers la vitre baissée, mit son moteur en marche, et la voiture s'éloigna.

A l'intérieur, la jeune fille, immobile, le dos appuyé contre le coussin du fond, méditait sur l'aventure.

Somme toute, ce n'était qu'une histoire assez banale, un épisode de la vie de tous les jours, auquel on est inévitablement exposé quand on est jeune, riche, un peu inexpérimenté, et qu'on a le cœur bien placé.

Toute à ses réflexions, elle ne prêtait que peu d'attention au quartier populeux qu'elle traversait.

Comme l'auto sortait d'une rue étroite et grouillante de monde pour s'engager sur une petite place moins encombrée, un homme, appuyé contre un arbre, et qui semblait posté là pour guetter quelqu'un ou quelque chose, dressa soudainement la tête, en la voyant déboucher.

C'était Johnnie, un des gredins auxquels, trois quarts d'heure plus tôt, Dago donnait des instructions détaillées dans le cabaret où il était attablé avec ses complices.

Au moment où la voiture, délivrée de la foule au milieu de laquelle elle n'avançait que lentement, se préparait à accélérer son allure, Johnnie, tournant la tête de l'autre côté, se mit en marche pour traverser diagonalement la chaussée.

Elaine, de sa place, vit ce mouvement et se précipita en avant pour crier au chauffeur de prendre garde.

Mais il était trop tard, l'imprudent qui semblait n'avoir pas vu le danger, venait d'être renversé par le devant du capot ; et bien que les freins eussent été presque instantanément bloqués, il semblait qu'une des roues lui avait passé sur le corps.

Le chauffeur et la jeune fille sautèrent en même temps sur la chaussée.

Un attroupement s'était déjà formé, qui grossissait de seconde en seconde. Des gens de toutes sortes, venus de toutes les directions, s'arrêtaient, et se questionnaient.

Quelques personnes de bonne volonté s'empressaient autour du malheureux, qui gémissait lamentablement. Si l'on en jugeait par ses cris de douleur, il devait avoir les os brovés.

C'était la version qui commençait à circuler dans la foule, impressionnée par les plaintes aiguës du blessé.

Hommes et femmes lançaient de mauvais regards sur Elaine, dont l'élégance et la beauté augmentaient leurs dispositions hostiles.

— C'est toujours la même chose !... gronda une mégère. Les riches qui écrasent les pauvres !...

— Appelez la police !... cria une voix. Et faites-la mettre en prison !...

— La prison, pensez-vous qu'elle ira !... grogna un troisième. Quand on a de l'argent, on est au-dessus des lois !...

Au milieu de cette inimitié croissante, la jeune fille, malgré son sang-froid, se sentait envahie par une terreur instinctive.

Vainement, elle jetait des regards angoissés sur cette multitude haineuse, pour y découvrir un protecteur ou un appui.

— C'est le chauffeur qui est cause de tout !... vociféra l'odieuse commère.

— Oui, oui... clama la foule échauffée, lynchez-le, lynchez le chauffeur !...

Déjà quelques forcenés faisaient mine de se diriger vers la voiture, pour arracher le pauvre garçon de son siège.

Courageusement, Elaine se précipita au-devant d'eux.

— Ce n'est pas sa faute !... s'écria-t-elle. L'homme s'est jeté devant l'auto !... Il tournait la tête de l'autre côté, et n'a pas dû la voir !... Mais le chauffeur n'est pour rien dans l'accident !...

Cependant deux policemen avaient fini par intervenir.

Violemment, ils repoussèrent ces énergumènes, et questionnèrent la jeune fille, qui renouvela ses explications.

— Si vous voulez mettre ce pauvre homme à côté de moi, dans ma voiture, proposa-t-elle, je me charge de le conduire à l'hôpital le plus proche...

L'offre fut aussitôt acceptée, et Johnnie hissé à grand'peine sur les coussins de l'automobile.

Chaque mouvement lui arrachait de nouveaux gémissements.

Doucement, la voiture se mit en marche, et ne tarda pas à arriver devant la grille de l'hôpital.

On y installa sur une civière, Johnnie, toujours geignant à fendre l'âme, et on le transporta dans une des salles, à l'intérieur de l'édifice.

Elaine voulut accompagner le blessé dans la salle où on venait de le faire entrer, mais l'interne de service et une des infirmières s'interposèrent...

— C'est impossible, mademoiselle... L'accès est interdit à tous les étrangers.

— Je voudrais tant savoir à quoi m'en tenir sur le sort de cet infortuné !

— Veuillez attendre ici, dans cette antichambre !... Aussitôt qu'on sera fixé sur son état, vous serez avisée...

Force fut à la jeune fille de se résigner, mais elle piétinait sur place, étreinte d'une cruelle angoisse à l'idée que, sinon par son fait, au moins à cause d'elle, un homme allait peut-être mourir...

Un pas fit grincer le plancher derrière elle.

C'était le médecin qui venait faire sa visite quotidienne.

Elaine eut un mouvement de joie en reconnaissant le docteur Fork, une des célébrités médicales de New-York, qu'elle avait souvent rencontré.

En quelques mots, elle lui expliqua ce qui se passait, et l'anxiété cruelle à laquelle elle était en proie.

Le fameux spécialiste la calma, et lui promit de venir lui-même la renseigner aussitôt qu'il aurait établi son diagnostic.

Vivement il pénétra dans la salle ; sur un lit était étendu Johnnie, entouré par les internes et les infirmières, qui s'écartèrent respectueusement à l'arrivée du grand chef.

Celui-ci s'approcha et commença à examiner attentivement le patient qui, malgré les précautions, à chaque contact de ses doigts, poussait des cris d'écorché.

Une telle sensibilité finit par étonner le praticien... Il leva les yeux sur le visage du blessé, et réprima un geste de surprise.

Puis, se tournant vers le groupe d'élèves qui attendaient son verdict :

— Je m'en vais appliquer à cet homme une médication qui vous semblera peut-être étrange, mais dont vous allez pouvoir constater par vous-mêmes l'étonnante efficacité...

Alors, à la stupéfaction générale, il empoigna le prétendu blessé au collet et le précipita brutalement sur le parquet. Puis, le relevant avec la même vigueur, il se mit à le secouer dans tous les sens, en faisant pleuvoir sur lui une formidable averse de coups de poing et de coups de pied, devant laquelle l'homme, subitement revenu à la santé, déguerpit à toutes jambes hors de la salle, dégringolant l'escalier, sans demander son reste.

Quand il eut disparu, le docteur retourna auprès de la jeune fille, à laquelle il expliqua, au milieu d'un rire général :

— C'est Johnnie, le plus grand simulateur d'accidents de la ville, une vieille connaissance à moi... Mais je crois qu'il se passera quelque temps avant qu'il revienne me demander mes soins !...

L'hilarité finit par gagner Elaine, qui, après avoir vivement remercié le docteur de sa salutaire assistance, regagna sa voiture, jusqu'à laquelle le grand guérisseur tint absolument à la reconduire.

Tandis qu'elle rentrait, la jeune fille songeait que c'était la deuxième fois dans la journée qu'elle avait été la dupe d'habiles exploiteurs... N'y avait-il dans cette double comédie qu'une singulière coïncidence, ou fallait-il y voir, au contraire, quelque chose de plus, une intervention nouvelle et mystérieuse de « la Main qui étreint », en vue de quelque dessein qu'elle ne soupçonnait pas...

Lorsqu'elle franchit la porte de sa demeure, près d'une heure et demie s'était écoulée depuis que l'homme au mouchoir rouge avait téléphoné à Dago pour lui ordonner de retenir Elaine hors de chez elle par tous les moyens en son pouvoir.

Il ne lui avait demandé de la retarder sur sa route que pendant une heure...

VIII

LOIN D'ELLE

Un quart d'heure environ après la conversation téléphonique à laquelle il vient d'être fait allusion, sonnait à la porte de l'hôtel Dodge un homme habillé comme un ouvrier, et portant une casquette sur laquelle on lisait ces mots : « Compagnie urbaine du nettoyage des vitres. » Il tenait à la main un seau, et une échelle à coulisse reposait sur son épaule.

François, qui était occupé au rez-dechaussée, vint ouvrir :

— C'est le nettoyeur de vitres !... fit l'homme, désignant du doigt sa casquette, et les mots qui y étaient inscrits...

En même temps, il tirait de sa poche une feuille de service à l'en-tête de sa Compagnie, sur laquelle figurait l'indication de l'hôtel Dodge, avec ordre de venir s'y acquitter de sa besogne, comme c'était l'habitude chaque semaine.

— All right !... fit François, regardant le papier, et ouvrant plus largement la porte pour laisser entrer l'employé. Vous allez commencer par les fenêtres du rez-dechaussée !...

Justement, la tante Betty était assise dans la bibliothèque, où elle lisait un de ses éternels romans...

— Madame !... annonça François. C'est le nettoyeur de vitres. Peut-il commencer à travailler ici ?...

— Pourquoi pas ?... Je vais remonter dans ma chambre !... dit la vieille dame, tout en examinant à travers son face à main l'ouvrier.

Le souvenir des recommandations répétées de Justin Clarel traversa son esprit, et, attirant à l'écart le valet de chambre :

— Est-ce que vous connaissez cet homme, François ?... demanda-t-elle.

— Ma foi, non, madame !... La semaine dernière, lorsqu'il est venu, ce n'est pas moi qui l'ai reçu...

— Eh bien ! restez avec lui pendant qu'il fera son travail... Après les épreuves par lesquelles nous avons passé, nous ne saurions prendre trop de précautions !...

— Madame peut être tranquille !... Je ne le quitterai pas des yeux !

La vieille dame s'éloigna, tandis que l'employé de la Compagnie ouvrait l'une des fenêtres, pour se mettre au travail.

A quelque distance, était arrêtée au bord de la chaussée, la limousine qui, dans la matinée, stationnait devant la porte de l'Université, guettant le départ de Clarel.

L'homme au mouchoir rouge, tapi à l'intérieur, surveillait attentivement la façade de l'hôtel Dodge. De ce poste d'observation, il pouvait voir l'homme qui nettoyait les carreaux de la bibliothèque, et qui n'était autre que Dago.

Tout en travaillant, celui-ci se retourna lentement, et ses doigts s'allongèrent pour esquisser le signal ordinaire de la bande.

Alors, à travers la vitre baissée, le maître criminel adressa quelques mots à voix basse à son chauffeur, qui mit pied à terre, et s'éloigna rapidement.

Quelques secondes après, il pénétrait dans un magasin voisin et demandait la cabine téléphonique.

Dès qu'il y fut entré, il fit sonner l'hôtel Dodge. Ce fut Mary, qui lui répondit.

— François est-il à la maison ?... interrogea le chauffeur. Voulez-vous lui dire qu'un de ses amis désire lui parler !...

— Tout de suite !...

Et, entrant dans la bibliothèque : —

— Quelqu'un vous demande au téléphone, François !... annonça-t-elle.

Le valet eut une seconde d'hésitation, jetant un regard sur l'homme qu'on lui avait recommandé de ne pas perdre de vue.

Il eut la pensée de demander à Mary de rester dans la pièce pendant la courte absence qu'il allait faire, mais elle était déjà remontée au premier étage.

Il s'éloigna comme à regret, en se promettant d'abréger l'entretien.

A peine avait-il quitté la pièce, que Dago courait sur la pointe des pieds vers la porte, et après s'être assuré de son départ, revenait à la fenêtre.

Dans la voiture, l'homme au mouchoir guettait toujours. Sur un signe de son complice il ouvrit vivement la portière, et grimpant lestement à l'échelle installée par celui-ci à la fenêtre, se glissa à l'intérieur.

Presque au même instant le nettoyeur de vitres qui, près de la porte, épiait le retour du valet de chambre, fit signe à son chef de se dissimuler derrière les rideaux.

François rentrait dans la pièce en maugréant :

— En voilà un imbécile !... Je n'ai pas compris un mot de ce qu'il me disait au téléphone !... Il devait être gris !... A-t-on idée de déranger les gens, quand on ne sait même pas ce qu'on veut !...

En même temps, il jetait un regard vers

l'employé, qui frottait à tour de bras ses carreaux.

— J'ai fini dans cette pièce, annonça celui-ci.

François examina un instant l'ouvrage, et parut satisfait.

— Alors, venez dans le hall, dit-il, tandis que l'homme reprenait son échelle et son seau.

Une fois la porte refermée sur eux, l'homme au mouchoir rouge quitta avec précaution sa cachette.

Toutes ses mesures étaient bien prises : Elaine, retardée par ses émissaires, ne rentrerait pas avant un certain temps. La tante Betty était remontée chez elle, et, François demeurait auprès du nettoyeur de vitres, personne n'avait plus rien à faire dans la bibliothèque.

Les papiers qu'il avait si vainement cherchés étaient à coup sûr dans cette pièce Elaine, quelques heures plus tôt, au téléphone, croyant parler à Jameson, l'avait clairement exprimé... Il avait encore dans l'oreille la voix et les paroles de la jeune fille, annonçant qu'ils étaient cachés derrière un panneau secret de la bibliothèque.

Un panneau secret ?... Où pouvait-il être ?... Voilà ce qu'il s'agissait de découvrir... et de découvrir rapidement, car malgré toutes ses précautions, les instants étaient comptés.

L'homme au mouchoir rouge tourna tout autour de la vaste pièce un regard investigateur. Puis, longeant la muraille, il commença à l'explorer soigneusement, de l'œil d'abord, des deux mains ensuite, tâtant la boiserie et la pierre, furetant pour trouver dans un détail, dans un détail, le ressort secret qui lui livrerait la cachette mystérieuse.

Pendant ce temps, Justin Clarel, après s'être entendu avec la Compagnie du téléphone, avait regagné son laboratoire, où il avait terminé l'installation du fil qui le reliait à l'hôtel Dodge.

Le vocaphone était maintenant en état de fonctionner à sa complète satisfaction.

Grâce à lui, Justin et Jameson percevaient nettement les allées et venues dans la bibliothèque, du nettoyeur de vitres et de François, sans y attacher, naturellement, aucune importance.

Cependant Clarel dressa un instant la tête.

— Les deux hommes sont sortis, murmura-t-il... Et pourtant il y a encore quelqu'un dans la pièce !... Ecoutez donc, Walter !...

Le jeune secrétaire, se pencha vers l'appareil, dont la sensibilité était si parfaite qu'il enregistrait les moindres bruits.

On entendait nettement quelque chose.

C'était comme une espèce de grattement... Il semblait impossible de l'attribuer à François, puisqu'il ne se trouvait plus là. Peut-être était-ce Rusty.

Mais certainement il y avait là-bas quelqu'un qui remuait.

— Si c'était « la Main qui étreint » !... hasarda le détective.

Un craquement, comme celui d'une porte qu'on ouvre lui fit de nouveau tendre l'oreille.

Et, distinctement le vocaphone articula :

— Vite, chef !... Voici l'automobile qui s'arrête à la porte... Dans une seconde, miss Dodge entrera peut-être ici !...

Au même moment, en effet, devant l'hôtel, la jeune fille descendait de la voiture et gravissait les marches du perron.

Dago, que François avait abandonné un instant pour aller ouvrir, entre-bâilla la porte de la bibliothèque et glissa à son complice les mots rapides que le vocaphone de Clarel venait d'enregistrer. Puis, il rentra vivement dans l'antichambre, au moment où Elaine y pénétrait de l'autre côté.

— Allez donner ces paquets à Mary ! dit-elle au valet.

Tandis que François montait l'escalier, elle se dirigea vers la bibliothèque.

A son approche, le complice de Dago s'était dissimulé derrière une portière.

Sans aucune défiance, Elaine marcha vers le fond de la pièce, et s'arrêta devant le panneau, dont elle pressa le ressort.

Malgré son sang-froid ordinaire, les événements bizarres survenus depuis son départ l'avait inquiétée ; elle éprouvait le besoin de revoir les documents qu'elle avait laissés là. Le panneau glissa : les papiers étaient bien à leur place...

Elle ouvrit le coffret qui les contenait et les en tira, se demandant si elle ne devait pas briser le cachet de l'enveloppe, avant l'arrivée de Clarel.

Tout à coup l'homme au mouchoir rouge bondit sur elle. Au même instant, Dago soulevait la portière de velours, et apparaissait.

Le chef de « la Main qui étreint » désigna du doigt à son complice les documents qu'Elaine tenaient précieusement serrés contre sa poitrine.

— Donnez-nous ces papiers !... commanda-t-il d'une voix rauque.

— Jamais !...

— Bâillonnez-la ! commanda-t-il à son complice... Etranglez-la s'il le faut !... Pourvu qu'elle ne crie pas !...

Tous les deux s'étaient jetés sur elle. Nerveuse et robuste, la jeune fille se débattait... Mais que pouvait-elle faire contre ces deux brutes ?...

Dans le laboratoire, Clarel et Jameson étaient anxieusement penchés sur le vocaphone. Tout ce qui se passait dans la bibliothèque parvenait distinctement à leurs oreilles.

L'émotion qu'ils ressentaient se changea en une cruelle angoisse, lorsqu'ils entendirent les derniers mots prononcés par le misérable.

Justin surtout, était devenu très pâle.

— Ce sont bien eux, vous voyez, Walter !... balbutia-t-il. C'est le chef de cette détestable bande, qui est là, avec un de ses complices.

— Oui !... Ils ont découvert les papiers, et veulent s'en emparer à tout prix !...

Clarel était tombé dans son fauteuil, les coudes sur son bureau, la tête entre ses deux mains...

Que faire ?... Quel parti prendre ?...

Avertir la police, il n'y fallait pas songer !... Courir jusqu'à l'hôtel Dodge, c'était impossible !...

Avant qu'ils eussent mis le pied dans la rue, les scélérats auraient eu raison de leur trop faible adversaire !... Leurs furieuses menaces disaient qu'ils seraient sans pitié !...

Justin souffrait le plus atroce des supplices...

Sentir que celle qu'il aimait était entre les mains de ses bourreaux !... Entendre ses cris, percevoir le bruit de son souffle... Voir par la pensée les péripéties de la lutte terrible qu'elle soutenait, et ne pouvoir rien, pour la secourir !... Être sans force, désarmé, impuissant contre son implacable ennemi, contre la mort qui, dans quelques secondes peut-être, allait la frapper !...

Le malheureux se tordait les mains de désespoir, déchirant son front avec ses ongles, pour en faire jaillir une idée !

Tout à coup, il eut un geste d'espérance... Une inspiration venait de surgir en lui !... Oui, oui !... Peut-être avait-il trouvé !...

La lutte là-bas continuait, plus acharnée que jamais.

Dago, obéissant aux ordres de son chef, avait saisi le bras d'Elaine et le tordait brutalement, pour lui arracher l'enveloppe qu'elle serrait entre ses doigts crispés.

Soudain, dans un coin de la pièce, une voix impérieuse et sonore s'éleva :

— Fermez toutes les issues !... Nous les tenons !...

L'effet fut saisissant. L'homme au mouchoir rouge et son acolyte lâchèrent subitement leur victime, et reculèrent d'un pas, en dressant la tête avec effroi.

La même voix, plus énergique encore, continua. :

— Que cinq hommes explorent la maison... Les dix autres, avec moi, vont fouiller le rez-de-chaussée...

Les bandits regardèrent autour d'eux, terrifiés, sans apercevoir personne.

— C'est dehors, dans l'antichambre !... fit tout bas Dago. Vite, chef, filons par la fenêtre !

Comme si elle avait entendu l'avertissement du bandit, la voix poursuivit :

— Tout le monde, revolver au poing !... Et pas de quartier !...

Au même instant, une rumeur prolongée et des bruits de pas résonnèrent du côté de l'escalier.

— Voilà les gens de la maison qui descendent !... Chef, il faut nous échapper...

— Pas avant que je ne lui aie arraché ces papiers ! gronda l'homme au mouchoir.

D'un violent effort, il parvint à coucher Elaine sur le bureau...

Il lui appliquait une main sur la bouche, pour l'empêcher de crier, et de l'autre essayait de saisir la large enveloppe....

D'un geste désespéré, la jeune fille avait réussi à la porter à sa bouche, et déchirait les papiers entre ses dents... Mais le criminel était plus fort qu'elle, et finit par s'emparer de ce qu'il en restait.

— Je les tiens ! s'écria-t-il... Maintenant, nous pouvons partir !...

Son compagnon avait déjà ouvert la fenêtre... En un clin d'œil, tous deux se précipitèrent au dehors.

Il était temps... A peine avaient-ils disparu, que les domestiques et la tante Betty, attirés par les cris et le tumulte de la lutte, firent irruption dans la pièce.

— Elaine !... s'écria la vieille dame, en voyant sa nièce étendue sans mouvement à la place où son agresseur l'avait laissée. Mon Dieu !... est-ce qu'elle est morte ?

Mary s'empressait auprès de sa maîtresse.

— Non, non ! fit-elle. J'entends battre son cœur... Et tenez, la voici qui reprend connaissance !...

Elaine, en effet, ouvrait les yeux. A la vue de sa tante, elle tendit les deux bras vers elle.

— Ne t'inquiète pas, ma chérie. Je suis saine et sauve...

En quelques mots entrecoupés, elle retraça le nouveau danger auquel elle venait d'échapper.

— Mais qui t'a délivrée ?... interrogea la vieille dame. Qui t'a sauvée ?...

La jeune fille se dirigea vers l'armure, toute brillante sur son piédestal.

Soulevant le casque, elle retira le petit appareil caché là dans la matinée par Justin.

— Toujours lui !... répondit-elle.

— Qu'est-ce que cette boîte singulière ? Et qui l'a placée là ?...

Elaine eut un éloquent sourire.

— Qui serait-ce, sinon lui, je vous dis, qui, de loin comme de près, continue toujours à veiller sur moi ?... Mais laissez-moi lui parler, lui exprimer une fois de plus ma reconnaissance !...

Et, s'adressant à la petite boîte, qu'elle tenait, comme si elle était en face de Justin Clarel :

— Mon ami, mon grand ami, articula-t-elle, je veux vous dire tout ce que mon cœur contient de gratitude... Vous avez tout suivi, tout entendu de ce qui vient de se passer... Vous savez donc tout ce que je vous dois encore !...

En écoutant ces mots si doux, Clarel ferma les yeux, inondé d'une joie profonde.

— Elaine, chère Elaine !... répondit-il. Savez-vous que c'est la première fois de ma vie que j'ai eu vraiment peur !...

Et, malgré la distance, leurs deux cœurs

vibraient à l'unisson, rapprochés par leur tendresse commune, et l'émotion du danger vaincu...

IX

L'ULTIMATUM

« La Main qui étreint » pouvait marquer un point.

Si effrayés qu'eussent été son chef et Dago par l'intervention soudaine, qui ne pouvait être pour eux que l'irruption de la police, ils ne s'en étaient pas moins emparés des papiers dont la possession était à leurs yeux si importante.

Le but qu'ils avaient poursuivi avec tant d'opiniâtreté, et qui, ce jour-là, les amenait encore à l'hôtel Dodge, était atteint, au moins partiellement.

Dans sa lutte corps à corps avec l'homme au mouchoir rouge, cette lutte où elle avait si courageusement résisté, Elaine avait eu le temps de déchirer avec ses dents quelques-uns des feuillets qu'elle défendait au péril de sa vie. Mais son adversaire avait quand même été le plus fort, et était parvenu à lui arracher ce qui restait des documents.

Les fragments informes demeurés au pouvoir de la jeune fille ne pouvaient plus fournir aucune indication utile contre la trop célèbre bande...

Des mots inachevés, des lignes interrompues sur quelques morceaux de papier froissés, voilà tout ce qui subsistait des renseignements vendus par le Bancal Rouge à Taylor Dodge.

Tout péril semblait donc écarté de ce côté, pour les criminels, et la crainte d'être démasqués, ou de voir révéler quelques-uns des secrets qui faisaient leur sécurité et leur force, semblait momentanément évanouie.

Est-ce la conscience de cette victoire ou le besoin d'un peu de repos pour ses affiliés et pour son chef ? Toujours est-il que pendant près d'une semaine, « la Main qui étreint » parut se relâcher de sa menaçante activité.

Pas plus contre Elaine que contre Justin Clarel, aucune attaque, aucune tentative hostile ne se manifesta...

Mais, si cette accalmie redonnait confiance à la jeune fille et à la tante Betty, Clarel ne partageait point leur optimisme. Lorsque Jameson essayait de le persuader que peut-être la formidable association, ayant mesuré la force de l'ennemi qu'elle devait affronter, avait désarmé et renoncé à la lutte, le détective scientifique secouait négativement la tête.

— Non, Walter, déclarait-il gravement, c'est une guerre sans merci que ces misérables ont déclarée à la société, et ils se tiendront d'autant moins pour battus, qu'ils viennent, il faut bien le reconnaître, de remporter contre elle et contre nous un avantage. Nous ne devons donc pas cesser

d'ouvrir l'œil et de nous garder... Qui sait si cette tranquillité, où vous voyez le terme de leurs méfaits, n'est pas seulement une trève passagère, pendant laquelle ils en préparent d'autres !...

Un jour, après le déjeuner, la tante Betty était en train de faire une partie d'échecs avec sa nièce.

Si magnifique qu'il soit, ce jeu n'est guère de ceux qui tentent les jeunes filles... Aussi Elaine, qui n'y était ni de première ni même de seconde force, commençait-elle à esquisser une moue significative devant les attaques savantes de la vieille demoiselle, qui, le visage rayonnant, escomptait déjà une victoire prochaine.

Cette orgueilleuse allégresse se changea en désappointement, lorsque la tante Betty vit la portière de velours se soulever pour livrer passage à François.

— Mademoiselle dit-il en s'approchant, c'est M. Perry Bennett !...

— Qu'il entre vite !... fit Elaine, en se levant avec empressement. Et rangez cet échiquier, François, car nous n'aurons plus le temps de terminer la partie.

La tante Betty poussa un soupir de regret, tandis que le valet de chambre introduisait le visiteur.

Le jeune avocat paraissait soucieux. Après avoir baisé la main des deux femmes, il s'assit à côté d'elles, les sourcils froncés, comme s'il cherchait une phrase pour annoncer quelque nouvelle pénible... Cette préoccupation n'échappa pas à Elaine.

— Mon Dieu, mon cousin ! qu'avez-vous donc ?... demanda-t-elle, avec son enjouement coutumier. Votre visite, à une heure où d'ordinaire vos affaires vous absorbent, est de nature à nous étonner... Vous devez avoir quelque chose d'important à nous dire et vous avez l'air de ne pas savoir par quel bout commencer !...

— Ma foi, c'est un peu vrai !... répondit-il, en se grattant machinalement la tempe.

— Parlez nettement, allez. C'est le meilleur moyen !... Vous savez bien qu'avec moi la franchise a toujours raison !...

— Eh bien, voilà... J'ai reçu ce matin une lettre étrange qui, je dois vous l'avouer, m'a troublé profondément !...

— Une lettre qui vous est personnelle ?...

— Non, puisque je viens exprès pour vous en parler. Elle ne me concerne au contraire, qu'indirectement. C'est plutôt vous qu'elle vise, ma cousine !... Et surtout... et surtout une autre personne...

— Une autre personne ?...

— Oui, répéta-t-il, tandis qu'une lueur de tristesse passait dans son regard, une autre personne qui, depuis quelque temps, a pris dans votre vie une grande place !...

— Qui donc ?...

— Justin Clarel !...

— Vous avez reçu une lettre relative à M. Clarel ?... Vous, Perry !... Voilà qui a lieu de me surprendre ! Et pourquoi cette lettre ne lui a-t-elle pas été directement adressée ?...

— Vous allez le savoir !... dit le jeune homme, tirant de son portefeuille une enveloppe, qu'il tendit à Elaine.

Elle l'ouvrit vivement et lut à haute voix :

« *Si la vie de ses concitoyens intéresse M. Perry Bennett, il agira de tout son pouvoir sur Justin Clarel pour obtenir de lui qu'il quitte ce pays, où il n'est d'ailleurs qu'un étranger.*

« *Au cas où le détective français persisterait à demeurer à New-York, M. Perry Bennett peut le prévenir qu'à compter de demain matin, à chaque heure du jour jusqu'à ce qu'il parte, un passant tombera mort devant son laboratoire.* »

Le billet portait la signature habituelle aux communications de ce genre, la marque distinctive de « la Main qui étreint ».

Un post-scriptum y avait été ajouté :

« *Si Justin Clarel consent à partir, qu'il place un vase de fleurs à la fenêtre de son laboratoire dans l'après-midi d'aujourd'hui.* »

— C'est affreux !... s'écria la tante Betty... Vouloir obliger M. Clarel à quitter New-York ! C'est priver ma nièce de son seul défenseur, de son seul appui !...

— Oui !... dit Perry avec un peu d'amertume. Je pense comme vous, et il est certain que, malgré mon dévouement, malgré ma bonne volonté, je ne peux pas prétendre apporter à Elaine le même secours que lui !...

La jeune fille était tombée, accablée, sur son fauteuil. Ses yeux, remplis d'angoisse, relisaient l'inexorable billet.

— Que vas-tu faire ?... interrogea la vieille dame, bouleversée.

— Il n'y a qu'un parti à prendre, répondit Elaine, en se levant. Puisque cette lettre demande à Perry d'avertir M. Clarel, il faut qu'il le fasse... qu'il le fasse sur-le-champ !...

— Vous m'engagez à aller le trouver ?...

— Et j'y vais avec vous !... Vous avez votre voiture ?...

— Elle est devant la porte...

— Alors, allons vite !...

Une minute ne s'était pas écoulée, que l'automobile de l'avocat emportait les deux jeunes gens vers Chatham Square...

Dans son laboratoire, Justin Clarel était en train de travailler, selon son habitude, lorsqu'on frappa à la porte.

Jameson se leva pour ouvrir.

C'était un livreur du chemin de fer, apportant une caisse, qu'il déposa sur la table. Une étiquette, collée sur l'une des faces, disait qu'elle arrivait de Philadelphie...

— Je ne l'attendais pas si tôt !... murmura Clarel, le porteur congédié, tout en pesant avec un ciseau, pour soulever le couvercle.

— C'est donc une commande que vous avez faite ?...

— Oui !... Il y a là-bas un fabricant d'optique, qui a la spécialité d'instruments pareils à celui-ci...

Tout en parlant, il déballait de la caisse une sorte de miroir à plusieurs faces, assez compliqué, dont la destination paraissait complètement échapper à Jameson.

— Que voulez-vous faire de cela ?... questionna celui-ci.

— L'accrocher extérieurement à notre fenêtre... Vous en constaterez vous-même tout à l'heure l'utilité.

L'installation du miroir était à peine terminée, qu'on sonna de nouveau.

Une sorte d'intuition révéla sans doute à Clarel quelle était la personne qui lui rendait visite car il se chargea lui-même de l'introduire.

— Quelle bonne surprise !... dit-il en se trouvant en face d'Elaine, et de son cousin... Et à quoi dois-je le plaisir de votre présence chez moi ?... Vous ne m'avez pas habitué à de pareilles gâteries.

— C'est une affaire sérieuse qui nous amène, mon ami !...

— Une affaire grave, même !... répéta Perry.

— Mon Dieu, vous m'effrayez !...

— Lisez !... dit Elaine, en lui tendant le billet.

Pas un muscle du visage de Justin ne tressaillit, tandis qu'il en prenait connaissance...

— Qu'allez-vous faire ?... interrogea anxieusement la jeune fille...

— Ce que je vais faire ?... répéta Clarel d'un ton tranquille. Mais rien. Je vais attendre car, entre nous, je ne crois pas beaucoup à cette barbare mise en demeure... Vous connaissez les procédés d'intimidation de nos adversaires... S'ils ont compté sur eux pour me rebuter, ils ont fait fausse route...

— Pourtant, insista Perry Bennett, la lettre est d'une précision inquiétante... Avez-vous songé aux conséquences que pourrait entraîner la réalisation d'une semblable menace ?...

— Justement !... Elles sont trop graves pour m'émouvoir outre mesure... D'ailleurs, nous verrons bien !...

— Et, fit Elaine, comment saurons-nous si ces bandits sont arrivés à leurs fins ?...

— Je vous tiendrai au courant... Mais faites mieux, si vous voulez... Venez ici demain dans la matinée... Vous serez renseignée tout de suite !...

— C'est entendu !... Vous m'accompagnerez encore, n'est-ce pas, Perry ?...

— Volontiers !... Je sais trop ce que nous devons tous, dans la famille, à M. Clarel, pour ne pas partager vos alarmes...

Les deux visiteurs prirent congé et remontèrent dans la voiture de l'avocat.

Tandis qu'elle les emportait vers l'hôtel Dodge, le jeune homme, sans mot dire, attachait sur sa cousine un regard triste.

Elaine, non plus, ne parlait pas ; mais

de temps en temps un long soupir s'échappait de sa gorge oppressée.

Le premier, son compagnon rompit le silence :

— Comme vous êtes troublée !... murmura-t-il.

Un léger tressaillement plissa le visage de la jeune fille.

— Je ne le cache pas !... répondit-elle. Comme vous le disiez, Perry, nous devons tant à M. Clarel, que l'idée de le voir partir me cause, je l'avoue, autant de regret que de terreur !...

— Est-ce bien la vraie raison qui vous bouleverse ainsi ?...

— Quelle autre pourrait-il y avoir ?...

Le jeune homme rassembla toutes ses forces :

— Elaine !... J'ai pénétré, je crois, ce qui se passe en vous !... J'ai compris que vous aimiez M. Clarel !...

— Moi ?... Mais, Perry...

— Ne cherchez pas à me détromper !... interrompit-il doucement. Je suis sûr de ce que j'avance... Et j'ajoute que je ne peux ni m'étonner, ni vous blâmer d'avoir laissé votre cœur se tourner vers lui, car il est digne de votre amour !...

— Perry, je vous assure que vous allez trop loin... et trop vite... Je ne nie pas la sympathie que m'inspire celui dont vous parlez, mais de là à supposer...

— Si, si ! Je sais ce que je dis !... Les rêves que j'avais formés, le projet conçu par votre père ne peuvent plus exister désormais, Elaine, et je suis prêt à vous rendre votre parole !... Je m'inclinerai, s'il le faut, devant l'inévitable !... Je serai votre ami... votre ami fidèle, à tous les deux... puisque la destinée me refusera la joie de devenir votre mari !...

La jeune fille, à son tour, tourna les yeux vers lui et lui tendant la main en un geste de franchise et d'estime :

— Je vous remercie de me parler ainsi !... Mais, je vous le répète, les choses n'en sont pas au point que vous redoutez !... S'il était obligé de partir !...

— Rassurez-vous ! fit-il avec un pâle sourire, il restera !... Vous avez vu son assurance, tout à l'heure, sa confiance en lui... Et puis... il est homme de ressources... Même si cette menace était réelle, il se tirerait sans doute de ce mauvais pas, comme il s'est tiré de tant d'autres. Espérez !...

L'automobile s'arrêta.

— Vous êtes arrivée !... continua-t-il.

Et, serrant les doigts gantés de la jeune fille :

— A demain !...

— A demain ! répéta-t-elle, en mettant pied à terre. Et de tout cœur, merci encore, Perry !...

Il la regarda monter les marches de marbre du perron, et sonner à la porte.

Au moment où François lui ouvrait, elle se retourna gracieusement, et, avec un joli geste de la main, lui envoya un dernier adieu.

A son tour, il poussa un long soupir.

La voiture s'éloigna rapidement.

* *

Le lendemain matin, de bonne heure, dans le laboratoire, une fois le courrier dépouillé, Clarel se tourna vers son secrétaire, qui était en train de pianoter un article sur sa machine à écrire.

— En somme, Walter, je ne vous ai pas expliqué hier le fonctionnement de l'instrument que nous avons installé à notre fenêtre !... Elaine et son cousin sont arrivés au moment où je me préparais à le faire.

— C'est vrai !... Vous m'avez dit seulement qu'il venait de Philadelphie...

— Oui, c'est une invention du professeur Langley, un perfectionnement très complet, et très étudié, de ces miroirs espions, qu'on voit quelquefois à l'extérieur des maisons, et qui renseignent les habitants sur leurs visiteurs en permettant d'éviter les indiscrets et les fâcheux...

— Ah ! Tant mieux !... Nous serons moins souvent dérangés !...

— Celui-ci possède non seulement cet avantage, mais encore celui d'embrasser tout ce qui se passe en bas, en face, et des deux côtés de notre demeure, jusqu'à une distance assez éloignée !... Vous pouvez en faire vous-même l'expérience !...

Walter se leva, et, se dirigeant vers la fenêtre, jeta les yeux sur l'appareil du professeur Langley.

Justin Clarel avait dit vrai... Dans toutes les directions, le spectacle grouillant de la rue lui apparaissait.

Sur les deux trottoirs, contre leur maison, et de l'autre côté de la chaussée, les passants allaient et venaient, affairés ou désœuvrés...

Tout à coup, un homme qui déambulait lentement, et se préparait à passer le seuil du laboratoire, porta la main à son front, comme saisi d'une souffrance subite, et s'affaissa presque instantanément sur le sol.

A cette vue, un cri de surprise échappa à Jameson, qui appela aussitôt son maître.

Tous les deux, penchés sur le miroir, examinaient le tableau qui s'y reflétait.

On s'empressait autour de l'homme... On le releva et, après quelques pourparlers, il fut transporté dans la direction de la station de police la plus proche.

A ce moment, neuf heures sonnèrent à l'horloge appendue au mur.

Les deux hommes quittèrent leur poste d'observation.

Clarel, les sourcils froncés, s'assit dans son fauteuil et, son menton dans sa main, s'absorba dans une profonde méditation.

Au bout de cinq à six minutes, sans mot dire, il se leva et s'en fut de nouveau jeter un coup d'œil au miroir devant lequel il fit une assez longue station.

Puis, un pli de plus en plus profond

— Il vous aime !... Et je suis sa fiancée !...

— Enfin ! s'écria-t-il en éclatant de rire, la lumière se fait.

C'était un policeman de service dans l'avenue...

Il n'avait pas fait un pas que Clarel bondissait hors de son abri...

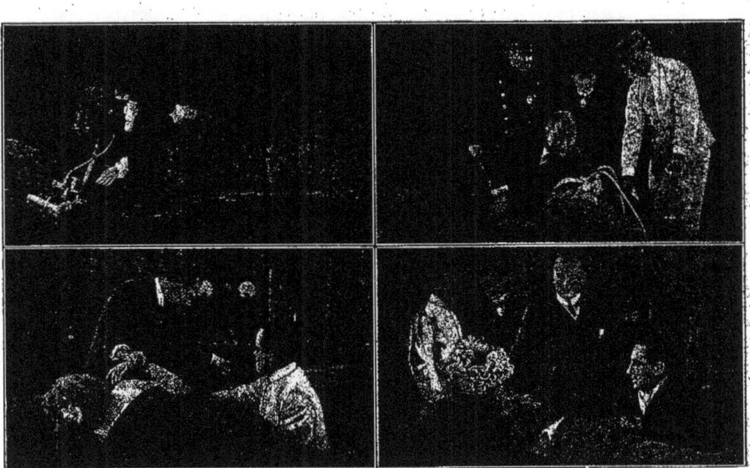

Photo-film Pathé frères.

Passionnément appliqué à son labeur, Clarel redoubla de patience et d'efforts, tenta l'impossible pour ranimer la jeune fille qu'il avait sauvée.

— *Shin, vous allez vous charger de surveiller miss Dodge.*

Photo-film Pathé frères.

— *Regardez, poursuivit Suzy en tendant son bras au jeune homme.*

2-XVII.

creusant verticalement son front, il vint s'asseoir à son bureau...

Sa main s'allongea lentement vers un tiroir, d'où il tira la lettre apportée la veille par Perry Bennett.

Posément, il la relut et parut en peser chacun des termes...

Après quoi il la replaça dans le tiroir, et se replongea dans sa méditation...

Quelques minutes s'écoulèrent.

— Faut-il téléphoner à miss Dodge ?... questionna timidement Jameson.

La voix de son collaborateur tira Clarel de son recueillement.

— C'est inutile, puisqu'elle doit venir.

Puis, comme s'il se parlait à lui-même :

— « Toutes les heures !... » a dit le billet... Quelle heure est-il ?...

— Neuf heures trente-cinq minutes !...

— Encore vingt-cinq minutes !...

La sonnette de la porte résonna.

— Allez ouvrir, voulez-vous, Jameson ?... Ce doivent être les amis que nous attendons !...

C'était en effet Elaine et Perry Bennett. La jeune fille était très pâle... Elle marcha vivement vers Justin, et, lui tendant les deux mains, tandis qu'elle plongeait dans ses yeux un regard apeuré :

— Nous venons d'apprendre en bas que ce que nous redoutions s'est produit...

Il baissa affirmativement la tête, tout en serrant la main de Perry.

— C'est terrible !... continua-t-elle. Que pouvez-vous faire ?...

— Rien, que ce que je vous disais hier... Attendre !...

Il leva les yeux vers l'horloge : l'aiguille marquait dix heures moins un quart.

Une angoisse indicible pesait sur cette scène muette et tragique.

— C'est peut-être un hasard ?... une coïncidence ?... risqua le jeune avocat.

— Je ne crois pas ! répliqua froidement Clarel. Et vous non plus !...

Perry Bennett ne le contredit point.

Après quelques minutes, cruellement longues, au milieu de cet impressionnant silence, Justin se leva, et les mains derrière le dos, arpenta lentement la pièce.

En passant près d'Elaine, il s'arrêta, et la contempla longuement.

Les grands yeux de la jeune fille se tournèrent vers lui.

Mais ni l'un ni l'autre ne prononcèrent une parole ; et Clarel, après cette station de quelques secondes, reprit sa promenade à travers la chambre.

Les regards de tous guettaient la marche de l'aiguille sur le cadran.

— Dix heures moins cinq !... murmura Elaine.

— Notre patience n'en a plus pour longtemps !... Walter, voulez-vous regarder au dehors, comme nous l'avons fait tout à l'heure... Je préfère ne pas être vu en ce moment à cette fenêtre !...

Le jeune secrétaire obéit à l'invitation.

Les dernières minutes s'écoulèrent.

Soudain, le timbre de l'horloge se déclancha, et, successivement, les dix coups résonnèrent.

Le dernier retentissait encore, que Walter balbutia d'une voix étouffée :

— Un autre homme vient de tomber juste à la même place...

Saisis d'effroi, les quatre assistants se regardèrent, sans oser prononcer une parole.

— Comment cela s'est-il passé ?... fit Clarel d'une voix brève.

— C'est un ouvrier !... Il marchait dans le sens opposé au précédent. En arrivant devant la maison, il a porté, comme l'autre, la main à son front, et, lui aussi, s'est écroulé à terre comme une masse...

— Dans la rue, cela doit produire une émotion ?...

— La même que tout à l'heure ! continua Jameson qui, le regard rivé sur le miroir, ne cessait d'observer le spectacle qui se déroulait au-dessous de lui, et dont la glace lui apportait la fidèle reproduction... Les passants s'attroupent... Deux policemen arrivent... On relève l'homme... On l'emporte... Une partie de la foule le suit... L'autre reste devant la maison. On discute... Il y a des gens qui font de grands gestes... On montre notre porte...

Clarel, n'y tenant plus, s'était levé à son tour et regardait, lui aussi, ce qui se passait au dehors...

— Oui, fit-il, au bout d'un instant, en se tournant vers Perry Bennett et Elaine, les gens réfléchissent... Ils s'interrogent, et cherchent à s'expliquer la raison de ces deux morts mystérieuses, se succédant à la même place en si peu de temps...

Il était revenu s'asseoir, abîmé dans ses pensées... Ses traits soucieux reflétaient le combat qui se livrait en lui...

— La menace contenue dans la lettre d'hier s'est réalisée ! articula timidement Elaine.

— Oui !... répondit-il, sur le même ton. Ces forcenés ont atteint leur but... Si sauvages que je les savais, je ne croyais pourtant pas qu'ils pussent aller jusque-là, et frapper froidement d'inoffensives créatures, qui ne comptent pour rien dans leurs projets... Ah !... Ils ont pris le bon moyen !...

— Que voulez-vous dire ?...

— Mes amis, poursuivit-il, d'une voix altérée, il faut regarder les choses telles qu'elles sont... Nous sommes battus... Nous ne pouvons pas lutter contre cela !...

En disant ces mots, il étendait la main dans la direction de la fenêtre.

— Mais, objecta Perry Bennett, la police peut intervenir !... Ces morts mystérieuses ont une cause, un auteur !... On les recherchera, on les trouvera !...

— Qu'en savez-vous ?... En attendant, dans une heure un troisième passant tombera en face de cette porte !... Et puis un quatrième !... Et ainsi de suite !... Ne comprenez-vous pas que toutes ces morts devant ma maison ont pour objet de la désigner à la vindicte et à la haine publiques ?... Déjà, en bas, vous le voyez, les gens cherchent, causent, interprètent... La mentalité publique est simpliste !... Et malgré les progrès de la science, malgré l'époque où nous vivons, les colères du peuple sont aveugles !... Demain, je ne serai plus un professeur, un savant, mais une sorte de malfaiteur, d'assassin scientifique !... On dira que les substances, les gaz qui se dégagent de mon laboratoire tuent des innocents !... Le quartier entier s'ameutera contre moi, en attendant que les bas-fonds de la ville se joignent à lui pour m'acculer à la résolution que ces bandits veulent me faire prendre !... Tel est le plan nouveau de « la Main qui étreint ». Et contre celui-là, je vous le répète, je n'ai rien à faire, qu'à courber la tête, et à obéir !... Je partirai demain pour le Sud !...

Elaine eut un violent sursaut.. Son visage, pâli par l'émotion, était devenu plus pâle encore.

— Que vais-je faire, sans vous ?... balbutia-t-elle.

— « La Main qui étreint » possède maintenant les papiers qui étaient pour elle une incessante et inexorable menace... Elle ne redoutera plus que je la traque, et que je la démasque..Elle désarmera, au moins en ce qui vous concerne !...

— Alors nous capitulons ?...

Avec mélancolie, Clarel secoua affirmativement la tête.

Rien ne put ébranler sa résolution, pas même les prières d'Elaine, qui appela vainement à elle tous les arguments qu'elle jugeait susceptibles de le fléchir.

La pensée que, à cause de lui, à onze heures, une troisième victime pourrait succomber encore, suscitait en Justin Clarel une émotion plus forte que tous les raisonnements.

La jeune fille, à bout d'énergie, se décida à quitter le laboratoire... Elle refoulait le chagrin qu'elle sentait lui monter à la gorge, et qui l'empêchait presque de parler.

— Si vous saviez, mon ami, murmurat-elle, quelle douleur me causera votre départ !...

— Elle ne sera pas plus grande que la mienne, Elaine !... répondit-il. Mais qui sait ce que nous réserve l'avenir, quand tous ces soucis seront effacés ?...

Il s'arrêta, incapable, lui aussi, d'en dire davantage.

Il fit ses adieux à la jeune fille et à Perry Bennett, plaisantant sur ce voyage qui, disait-il, lui ferait du bien...

Il y avait si longtemps qu'il ambitionnait un peu de repos, qu'il voulait se retremper pendant quelques semaines dans le sein de la nature !... Jamais il n'en avait eu le temps !... Il allait pouvoir réaliser à son aise ce rêve inutilement caressé.

On se retrouverait d'ailleurs avant la minute de la séparation définitive. Elaine et son cousin tenaient à cœur d'accompagner le voyageur jusqu'au paquebot qui devait l'emporter, et de rester près de lui jusqu'au dernier moment.

Jameson, qui, naturellement, devait accompagner son maître, sortit avec les deux jeunes gens, pour aller prévenir sa famille de son prochain départ.

Clarel, une fois seul, reprit parmi les papiers épars devant sa place, la lettre signée de « la Main qui étreint », et en relut attentivement le post-scriptum.

— Avant tout, fit-il comme à lui-même, il faut empêcher ces misérables de commettre un crime de plus !...

Un vase contenant de belles roses mettait sur un coin de son bureau une note de vie et de gaîté.

Il le prit, et, ouvrant la fenêtre, le posa sur le rebord extérieur, de manière que les fleurs, éclatantes sous les rayons du soleil, fussent visibles de loin.

Puis, rabattant le montant qu'il avait levé, il s'éloigna de quelques pas.

Mais, au lieu d'aller se rasseoir devant son bureau à sa place habituelle, il s'accroupit, et, ainsi courbé, se dissimulant de son mieux le long du mur, il se rapprocha de la partie basse de la fenêtre.

Dans cette position, aucun regard venant du dehors ne pouvait le découvrir ; tandis qu'au contraire, grâce à l'appareil du professeur Langley, invisible pour tous, il avait la possibilité de distinguer ce qui se passait aux divers étages des demeures situées de l'autre côté de la rue...

Clarel avait eu raison de se défier de la maison d'en face.

Dans une chambre pauvrement meublée deux hommes se trouvaient réunis...

L'un d'eux n'était autre que l'individu qui, sous l'étiquette du médecin suédois Akerlund, s'était présenté quelques semaines auparavant, au sanatorium d'Hillside, et y avait dérobé la fiole de scopolamine, dont s'était servi le chef de « la Main qui étreint » pour réduire à sa merci Elaine Dodge...

Allemand d'origine, son vrai nom était Karl Goerlitz.

Après d'assez bonnes études de médecine à Leipzig, une affaire scandaleuse l'avait forcé à quitter son pays et à émigrer aux Etats-Unis, où il végétait, malgré son savoir, à cause de ses vices, et d'un funeste penchant pour la boisson.

L'autre était Dago, notre ancienne connaissance.

Le médecin allemand manœuvrait un étrange instrument placé au milieu de la pièce, devant la fenêtre ouvrant sur la rue.

C'était une sorte de projecteur, monté sur un pied de fonte, qui permettait de le diriger dans tous les sens.

Mais le foyer, au lieu d'être disposé comme c'est l'usage, offrait une combinaison de puissants arcs électriques, dont les rayons passaient d'une espèce d'entonnoir dans un convertisseur de concentration, duquel s'échappait l'irrésistible force qui venait de tuer successivement deux hommes.

— Quand je te le disais, fit-il avec orgueil, en s'adressant à son compagnon, que tout marcherait comme je l'avais prédit !...

— N'empêche que si ce damné Clarel s'obstine, il va nous falloir recommencer dans vingt-cinq minutes la même opération !...

— On recommencera ! Voilà tout.

— Et tu n'as pas peur que la police, dirigée par notre adversaire, ne fasse des recherches ici ?...

Le médecin haussa les épaules.

— Elle ne découvrira rien !... La cave est là pour cacher notre appareil, et je défie qu'on trouve le passage par où il y entre !... D'ailleurs, à cette heure-là, M. Clarel aura fort à faire pour se défendre des accusations qui commencent à peser sur lui !... Quelle heure as-tu ?...

Dago tira sa montre :

— Onze heures moins le quart !...

— Encore un quart d'heure !...

— Il est entêté tout de même, le détective scientifique !... Tu verras qu'il ne se décidera pas à placer à sa fenêtre le signal qui terminerait tout !...

— Dame !... ricana l'ancien étudiant de Leipzig. Il paraît qu'il a donné dans l'œil d'Elaine Dodge !... Et elle est assez riche pour qu'on tienne à elle !...

Tout en parlant, il s'était avancé prudemment du côté de la fenêtre et jetait un regard au dehors.

— *Donnerwetter* !... s'écria-t-il. Nous nous trompons !... Regarde !...

Dago se pencha.

A la fenêtre relevée du laboratoire de Clarel, un bras venait d'apparaître, déposant sur le rebord de l'encadrement un vase rempli de roses rouges.

Puis, le bras disparut, et le montant de la fenêtre retomba.

— Mais oui !... C'est le signal qu'on lui a demandé !... Quand je te le disais, que nous avons pris le bon moyen !

Le docteur, en prononçant ces mots, caressait de la main son instrument.

— Il faut prévenir le chef tout de suite !... Je cours lui téléphoner !...

Vivement Dago prit son chapeau, ouvrit la porte et sortit.

Quelques instants plus tard, dans le laboratoire, Jameson venait de rejoindre son maître... Au moment où il se dirigeait vers lui, Clarel lui fit brusquement signe de la main de s'arrêter.

— Que se passe-t-il, patron ?... demanda le jeune journaliste, immobilisé à sa place.

— Regardez !...

Un rayon lumineux, passant par la fenêtre, venait d'entrer tout à coup dans la pièce...

— Qu'est-ce que cela ?...

— Cela, ce n'est rien !... Rien que le rayon d'un projecteur avec lequel tous mes gestes sont observés... Mais c'est l'instrument qui produit ce rayon dont on s'est servi pour provoquer ce matin la mort de ces deux hommes !...

— Est-ce donc dans la maison d'en face que sont les assassins ?...

— Oui !...

— Pourquoi n'y pas lancer immédiatement la police ?...

Clarel secoua négativement la tête.

— Je causerais probablement la mort d'autres malheureux, et c'est ce que je veux éviter à tout prix !... Ma résolution est définitive... Je l'ai dit tout à l'heure à Elaine, et je viens de le notifier à nos adversaires... Nous partirons demain !...

Jameson s'inclina.. Il savait que lorsque son maître avait pris une décision, elle était irrévocable.

Le lendemain matin, le laboratoire fermé, les bagages empilés sur un taxi, les deux voyageurs se dirigèrent vers l'embarcadère du paquebot à destination du Sud.

<h2 style="text-align:center">X</h2>

A BORD DE « L'ABRAHAM-LINCOLN »

Dans le trajet de Chatham Square au quai, Clarel n'échangea avec son compagnon que de rares paroles...

Mais ce dernier vit luire sur le visage de son maître un éclair de satisfaction, lorsqu'en descendant de voiture ils remarquèrent, stationnant à quelque distance, l'automobile d'Elaine.

Justin semblait profondément touché de constater que la jeune fille avait tenu sa promesse, et n'avait pas hésité à se lever à une heure si matinale pour lui apporter un dernier adieu.

De loin, dans l'encadrement de la portière, son gracieux visage se profilait et sa petite main gantée s'agitait, faisant signe au défenseur qu'elle allait perdre de venir la retrouver.

Celui-ci répondit par une amicale inclinaison de tête. Mais, au lieu de se diriger du côté de la voiture, il se tourna vers la foule des porteurs qui l'entouraient, en lui offrant leurs services...

Il les dévisagea de son regard aigu, et son choix se porta sur deux d'entre eux, auxquels il donna l'ordre de l'attendre à côté de son taxi.

L'un d'eux était un vieil Irlandais boitant légèrement ; l'autre, un Français, barbu, maigre et long.

Cette formalité accomplie, il marcha vers l'automobile de la jeune fille.

Celle-ci n'était pas seule : la tante Betty et Perry Bennett l'accompagnaient. Ils avaient, eux aussi, tenu à venir serrer la main de l'ami qui avait lutté avec tant de courage pour les protéger tous, et qui ne renonçait au combat que par un scrupule d'honnête homme, attestant une fois de plus la noblesse et la générosité de son cœur.

— Alors, c'est vrai ? demanda la jeune

fille, tandis que Clarel lui donnait la main pour l'aider à mettre pied à terre. Vous êtes inébranlable dans votre résolution ?...

— Il le faut, répondit-il gravement. Mais croyez que ce n'est pas sans tristesse, sans douleur même que je m'éloigne !...

Perry Bennett et la tante Betty les avaient rejoints, avec Jameson.

Eux aussi paraissaient très affectés.

Clarel regardait les yeux d'Elaine, d'où les larmes étaient tout près de jaillir.

Il le devina, et comprit qu'il fallait brusquer la séparation.

Les feux de l'*Abraham-Lincoln* étaient sous pression, et un long ululement de la chaudière signalait son prochain départ.

Une dernière fois, les mains se serrèrent avec effusion et les deux voyageurs gravirent la passerelle, suivis de leurs porteurs.

L'œil de Justin examinait la foule qui s'empresse toujours au défilé des passagers se rendant à bord.

Il y remarqua tout de suite deux personnages d'allure suspecte, dont le regard s'attachait particulièrement sur lui.

Mais rien dans son attitude ne révéla qu'il avait surpris leur manège, et il continua son chemin, en faisant des recommandations nombreuses aux portefaix qui le suivaient, avec les bagages.

Lorsqu'il fut à bord, il s'arrêta un moment, près du bastingage, et adressa au groupe qu'il avait laissé à terre un affectueux signe d'adieu, que les deux femmes et leur compagnon lui retournèrent.

Jameson, lui aussi, s'était arrêté, se demandant si le reste des bagages laissés sur la voiture allait arriver à temps.

— Par ici, fit Clarel aux porteurs, en désignant la cabine qu'il avait retenue d'avance sur le pont.

Sur le quai, les deux bandits qui avaient pour mission de s'assurer de son départ, se consultaient.

Après une brève délibération, l'un d'eux se faufila sur le navire, mêlé aux retardataires qui traversaient rapidement la passerelle. Il marcha d'un air détaché jusqu'à la cabine occupée par Clarel et Jameson, et jeta un regard furtif à travers le petit carreau de la fenêtre.

Le premier était déjà plongé dans la lecture d'un journal ; l'autre s'occupait à ouvrir un de leurs sacs.

Edifié, l'homme rebroussa chemin, pour regagner la terre ferme.

Son compagnon, pendant ce temps, était resté à sa place, guettant le retour des deux porteurs, qui, après avoir mis en place les premiers bagages dans la cabine de leurs clients, en étaient vivement sortis pour aller chercher ceux qu'ils avaient laissés sur le taxi et dont Jameson paraissait fort anxieux.

Il restait à côté du chauffeur une caisse de dimensions ordinaires, mais fort lourde, que le plus vigoureux des deux portefaix,

aidé par son compagnon, chargea assez difficilement sur ses épaules.

Hâtivement, ils repartirent... Les matelots du bord étaient en train de relever la passerelle.

Les deux hommes crièrent pour demander qu'on les laissât entrer, désignant le colis qu'ils portaient.

Mais les officiers, d'un signe de tête, leur firent comprendre qu'il était trop tard.

— Ce sera pour la prochaine fois !... leur cria un marin, d'une voix goguenarde.

Le plus vieux des porteurs, embarrassé, se grattait la tête...

Que faire de cette caisse pesante que ses possesseurs inconnus allaient attendre vainement ?...

L'idée leur vint de la porter jusqu'à l'automobile dont ils avaient vu la propriétaire s'entretenir avec leur client, et de lui demander des instructions.

Elaine et ses compagnons étaient remontés le long du quai, et agitaient leurs mouchoirs du côté de l'*Abraham-Lincoln* qui, au milieu d'un bouillonnement d'écume, s'éloignait majestueusement.

Lorsque le bâtiment eut disparu derrière d'autres navires, ils revinrent sur leurs pas vers la voiture, devant laquelle ils arrivèrent presque en même temps que les porteurs.

Ceux-ci, en quelques mots, expliquèrent leur déconvenue.

— Qu'allons-nous faire de ce colis ? conclut le vieil Irlandais, en désignant la caisse où étaient inscrits ces mots :

INSTRUMENTS SCIENTIFIQUES
A manier avec précautions

— Il n'y a qu'une solution ! dit Elaine... Remettez-la sur le taxi, et portez-la chez moi... Vous n'aurez qu'à dire au chauffeur de suivre ma propre voiture...

Alléché à l'idée d'un nouveau pourboire, le vieil Irlandais opina de la tête, et s'éloigna avec son compagnon.

Tandis qu'il rechargeait le colis, les deux émissaires de « la Main qui étreint » s'étaient rejoints devant les docks.

— Eh bien ?... demanda le premier à celui qui revenait.

— Ils sont partis !... répondit-il. Je les ai vus installés dans leur cabine !...

— Alors tout va bien...!

Et tous les deux s'éloignèrent, satisfaits de s'être acquittés comme il convenait de leur mission...

Cependant la voiture d'Elaine rentrait à petite allure, suivie par le taxi, qui contenait les deux hommes.

Perry Bennett aida la jeune fille et la tante Betty à descendre, et s'excusa de ne pouvoir rester plus longtemps auprès d'elles, mais il se faisait tard, et il était grand temps pour lui de se rendre à son bureau...

Tandis qu'il s'éloignait, Elaine fit signe aux deux porteurs.

— Déposez cette caisse dans le vestibule...

Nous l'expédierons à nos amis par le prochain paquebot !

Elle franchit la porte, accompagnée de sa tante, pendant que les hommes obéissaient à ses ordres.

La vieille demoiselle était remontée tout droit à sa chambre.

La jeune fille, après avoir tendu à Mary son manteau et son chapeau, entra dans la bibliothèque.

Une fois seule, elle s'affaissa sur une chaise, les yeux mouillés de larmes. Puis son regard se tourna vers le bureau, sur lequel, dans un cadre d'argent, souriait une photographie de Justin Clarel... Elle la prit, et la contempla longuement.

A ce moment, la portière se souleva, et François apparut...

Derrière lui, dans le vestibule, se dessinaient les têtes des deux porteurs.

— Mademoiselle, dit-il, ce sont ces hommes qui voudraient vous dire un mot...

Derrière le valet de chambre, le plus vieux des commissionnaires s'était glissé dans la pièce.

— Je vous demande pardon ! fit-il avec son accent irlandais. Mais j'ai une communication pour vous, miss... Une communication personnelle !... ajouta-t-il en désignant François...

Elaine, un peu étonnée, fit signe au valet de s'éloigner.

Quand il fut hors de la pièce, le portefaix se rapprocha d'elle, avec une vivacité qui augmenta sa surprise.

Cet homme, lui semblait-il, avait tout à coup pris une attitude bizarre... Ses manières n'étaient plus les mêmes que tout à l'heure... Sa voix même paraissait changée...

Cette inquiétude ne dura pas longtemps.

En un clin d'œil, le porteur s'était débarrassé de sa perruque et de la barbe postiche habilement appliquée sur ses joues.

Devant les yeux ébahis d'Elaine, apparut le visage souriant de Justin Clarel.

En même temps, le deuxième porteur imitant son compagnon, jetait au loin la barbe noire qui le métamorphosait, et démasquait les traits juvéniles du fidèle Jameson.

— Vous ?... C'est vous ?... murmura Elaine stupéfaite. Oh ! que je suis contente !...

Clarel ne prononça pas une parole. Il regardait le portrait qu'elle tenait entre ses mains, et une joie intense inondait son cœur.

La jeune fille suivit la direction de ses yeux, et rougit jusqu'à la racine de ses cheveux.

— Expliquez-moi... dit-elle, en allongeant sa main vers le bureau, pour y replacer le cadre d'argent... Comment avez-vous fait pour que je ne m'aperçoive pas de cette substitution ?...

— C'est un petit tour de mon métier !... répondit-il en riant. Et la conviction que vous n'avez rien deviné me permet de croire que ceux qui nous guettaient n'ont pas été plus perspicaces que vous...

— Mais à quel moment s'est opérée cette transformation ?...

— N'avez-vous pas remarqué que nous avions choisis, Walter et moi, des manteaux de voyage un peu voyants ?... Ce n'était pas sans motif... L'échange s'est fait en un clin d'œil, dans la cabine où nos porteurs étaient venus déposer nos colis...

— Ainsi ces deux commissionnaires...

— Etaient deux hommes à moi !... En quelques secondes, celui qui était attaché à ma personne a passé mon ample pardessus à carreaux, tandis que celui de Jameson agissait de même... Comme nous avions d'avance revêtu sous nos manteaux deux costumes en tous points semblables aux leurs, il ne nous a fallu que quelques instants pour faire peau neuve...

— En sorte, poursuivit Elaine, qu'à cette heure, ce sont vos deux porteurs qui voguent vers le Sud ?...

— Exactement !... Mais rassurez-vous, ils descendront à la première escale... Et je vais profiter de ce que « la Main qui étreint » me croit en ce moment loin de New-York, pour essayer de lui tailler encore une fois des croupières !...

— Ah !... mon ami... je ne peux pas vous dire le sentiment que j'éprouve en sachant que vous êtes de nouveau là, à côté de moi, prêt à me défendre aujourd'hui comme hier... Je me suis sentie tout d'un coup si seule, si désemparée !... Rirez-vous de moi, si je vous dis qu'en rentrant ici, et en tombant dans ce fauteuil, j'ai senti de grosses larmes me monter aux yeux ?...

En entendant ces paroles qui résonnaient si doucement à ses oreilles, Clarel sentait, lui aussi, une émotion qu'il ne connaissait pas, envahir délicieusement tout son être : mais ce n'était pas le moment de s'abandonner à l'attendrissement...

Il baisa la main de la jeune fille et prit congé d'elle, suivi de Jameson.

En un instant, le maître et le disciple étaient redevenus les deux commissionnaires introduits par François, et leur sortie de l'hôtel Dodge ne provoqua aucune surprise...

Elaine, après leur départ, demeura assise à la place où ils l'avaient laissée.

Il lui semblait qu'elle était le jouet de quelque hallucination... Elle ne pouvait pas croire à ce qui venait de se passer...

Sa main, après quelques instants, s'allongea vers le téléphone, et elle demanda la communication avec l'office de Perry Bennett.

Il lui tardait d'apprendre au jeune avocat qui, quelques moments plus tôt, s'était associé avec une franchise si cordiale à son propre chagrin, qu'il pouvait partager la joie qu'elle éprouvait, comme il avait été de moitié dans sa tristesse.

— Est-ce vous, Perry ?... demanda-t-elle.

— Oui, Elaine !... répondit la voix, au bout du fil.

— Ah !... Si vous saviez comme je suis contente !... Devinez qui sort de chez moi !...

— Ma foi, ma cousine, vous m'imposez une tâche trop difficile !... Et je vous avoue que je donne ma langue au chat !...

— Si vite que cela ?... Vous ne faites même pas une tentative pour me montrer votre perspicacité ?...

— Comment voulez-vous que je trouve ?... Vous recevez trop de visites !...

— Cherchez parmi les plus inattendues !... Vous n'êtes pas sur la voie ?...

— Ma foi, non !... Je le confesse humblement...

— Deux voyageurs que nous croyions loin, et que nous avions ce matin embarqués nous-mêmes...

— Pas possible !... s'écria joyeusement le jeune homme... Quand je vous disais que je n'aurais jamais trouvé !... C'est tout de même vrai que Justin Clarel est un génie !... Mais racontez-moi ... Comment s'y est-il pris ?...

Elaine, tout à sa joie, lui communiqua les détails qu'elle venait d'apprendre elle-même sur la miraculeuse transformation de leurs deux amis.

Ni l'un ni l'autre ne se doutait que cette confidence, interrompue à plusieurs reprises par les remarques et les exclamations de Perry, avait à quelques pas de celui-ci un second auditeur.

L'oreille collée contre la porte, Chu, le domestique chinois de l'avocat n'avait pas perdu un seul mot de la stupéfiante révélation faite à son maître.

Lorsque la jeune fille eut terminé, et que Perry eut achevé de lui exprimer la part qu'il prenait à sa joie, il raccrocha l'appareil, et se remit au travail.

Mais ses véritables sentiments n'étaient peut-être pas aussi totalement désintéressés, qu'il s'était efforcé de le manifester à sa cousine.

De temps en temps, il posait sa plume, et son regard se perdait dans le vide.

Il songeait évidemment au retour inopiné de ce rival qu'il avait pu croire à un moment hors de sa route... Un long soupir s'exhalait de sa poitrine, et il reprenait son labeur...

Au bout d'une vingtaine de minutes, il cessa d'écrire, et tira sa montre : le moment était venu pour lui de se rendre comme de coutume au Palais de Justice.

Il sonna son domestique, avec lequel il eut une brève conversation. Puis, ses dossiers sous le bras, il sortit.

A la fenêtre, derrière le rideau, Chu le vit appeler un taxi et s'éloigner.

Alors, rapidement, il remit de l'ordre autour de lui dans la pièce et, prenant son chapeau, sortit lui-même en toute hâte.

Une demi-heure ne s'était pas écoulée qu'il arrivait devant la maison où, la veille, dans une pièce du rez-de-chaussée

le professeur Karl Goerlitz et Dago épiaient avec une scrupuleuse attention tout ce qui se passait en face d'eux, chez Justin Clarel.

Prévenu dès l'apparition du vase de fleurs sur le rebord de la fenêtre du laboratoire, le chef de « la Main qui étreint » avait sur-le-champ donné des ordres pour que deux de ses hommes allassent surveiller par eux-mêmes à bord de l'Abraham-Lincoln le départ du détective scientifique.

Certains, après leur propre examen, que le paquebot qui venait de partir emportait leur ennemi vers d'autres rivages, ceux-ci étaient revenus au quartier général, faire leur rapport au chef, qui en avait paru satisfait.

Il se préparait à quitter la place, lorsque trois coups, différemment espacés, résonnèrent à la porte.

Chu, le domestique de Bennett, montra son visage jaune et sournois.

— Je voudrais dire deux mots au chef !... fit-il à mi-voix, s'adressant à Dago.

— Tu arrives à propos. Il est justement là.

De la main, il désignait l'homme au mouchoir rouge, qui conférait avec le docteur Goerlitz.

— Ah ! C'est vous, Chu ?... fit le chef de « la Main qui étreint » en tournant la tête. C'est à moi que vous en avez ?...

— Oui, chef !... J'ai une communication importante à vous faire...

— Eh bien, parlez !... Je n'ai pas de secrets pour ceux qui sont ici !...

— Savez-vous ?... fit le Jaune, que Justin Clarel et Jameson sont de retour ?...

Un cri de surprise des bandits accueillit cette déclaration inattendue.

Celui des deux hommes qui avait épié le départ des voyageurs à bord de l'Abraham-Lincoln s'avança, et, d'un ton rogue :

— Ce n'est pas vrai !... Ce Chinois ne sait pas ce qu'il dit... Je n'ai pas perdu de vue nos ennemis... J'ai assisté à leur départ !...

— Et moi, je vous parie qu'ils sont revenus, ou plutôt, qu'ils ne sont pas partis...

— C'est impossible !... Je les ai laissés dans leur cabine au moment où le paquebot levait l'ancre !...

— Les voyageurs que vous avez vus ne sont pas ceux que vous aviez mission de surveiller !... C'étaient deux portefaix, deux complices achetés, avec lesquels Clarel et Jameson avaient changé de vêtements.

— Comment le savez-vous ?...

— Miss Dodge, il y a une demi-heure, a téléphoné à mon patron pour l'avertir. Elle lui a raconté par le menu comment les choses s'étaient passées, et le tour que ce damné Clarel vous avait joué...

Le chef de la redoutable association saisit le Chinois au collet, en proie à une fureur violente.

— Tu es sûr de ce que tu viens d'affirmer, interrogea-t-il, en grinçant des dents.

— Puisque je vous dis que j'ai entendu

toute la conversation de mon maître avec
miss Dodge !... Pas un seul mot ne m'a
échappé !...

L'homme au mouchoir rouge se retourna
d'un bond vers Dago :

— Il n'y a plus à tergiverser, dit-il.
Toutes les dispositions sont-elles prises,
comme je l'avais prescrit ?...

— Oui, chef !... Après votre visite de
cette semaine au laboratoire, nous avons
travaillé toutes les nuits sur la plate-forme
de l'escalier extérieur qui y accède, et vos
instructions ont été ponctuellement exécu-
tées... Tout est prêt pour agir, quand vous
nous en donnerez l'ordre !...

— Faites donc !... rugit le maître criminel. Clarel et Jameson ne tarderont pas à
rentrer chez eux !... Un quart d'heure
après leur retour, vous leur montrerez ce
qu'il en coûte de ne pas avoir de suite
dans les idées...

Puis, appelant d'un geste le docteur allemand, il lui murmura quelques mots à
l'oreille, et, le dos plus courbé encore que
de coutume, l'entraîna en boitillant vers le
fond de la pièce, où il continua à lui donner à voix basse ses instructions...

<h2 style="text-align:center">XI</h2>

<h3 style="text-align:center">LE RAYON ROUGE</h3>

Le premier soin de Justin Clarel, en quittant Eldine, fut d'aller examiner à la station de police où ils avaient été déposés,
les deux innocentes victimes immolées froidement par « la Main qui étreint » à la
poursuite de son implacable but.

Lorsqu'il se fut fait reconnaître par les
autorités, celles-ci s'empressèrent de lui
faciliter sa tâche, en le mettant en présence
des deux corps.

D'abord, il considéra longuement celui
du premier passant.

Aucun vestige, aucune trace visible
d'agression n'y apparaissait, sauf sur le
front une tache noirâtre de forme ronde,
que Clarel étudia à la loupe, pendant près
de dix minutes.

Il se dirigea ensuite vers le cercueil voisin, celui de l'ouvrier, et releva le drap
qui couvrait le visage.

Du doigt, il désigna à Jameson la même
marque, à la même place.

— Qu'est-ce que cela signifie ?... demanda celui-ci. Est-ce cette tache sombre
qui a déterminé la mort de ces deux
hommes ?...

— Oui !... répondit Clarel. Je présumais
que c'était en effet le moyen dont s'étaient
servi les assassins... Maintenant j'en suis
sûr... Avez-vous entendu parler Walter,
des rayons infra-rouges ?...

— J'ai lu à plusieurs reprises dans les
journaux, des articles qui traitaient ce sujet...

— Dans les dernières communications
scientifiques faites à l'Université, un
nommé Karl Goerlitz, un Allemand, nous

a signalé qu'il avait découvert, ou perfectionné, je ne me rappelle plus au juste,
un instrument susceptible de produire ces
rayons, qui projette sa force à une grande
distance, et laisse une trace analogue à
celles-ci...

— Cet homme est encore à New-York ?...

— Je le crois... Et maintenant, nous
n'avons plus rien à faire ici...

Il remercia les autorités, qui s'étaient
prêtées si courtoisement à son utile investigation, et se retira avec Jameson.

— Pas une minute à perdre ! dit-il au
jeune homme, une fois dehors.

— Où allons-nous ?...

— Au bureau central, conférer avec le
chef général de la police !... Il faut que cet
après-midi même, il ordonne une descente
dans la maison d'où sont partis ces rayons
de mort... La bande doit être encore là !...

Avec sa précision ordinaire, le célèbre
détective expliqua au chef général de la
police la découverte capitale qu'il venait
de faire, et la nécessité impérieuse de lui
apporter une assistance qui pouvait être
décisive.

Un quart d'heure plus tard, il sortait du
bureau central, après s'être concerté avec
l'officier qui devait commander l'expédition, et avoir pris toutes les mesures nécessaires pour assurer son succès.

Le retour au laboratoire ne s'opéra
qu'avec de minutieuses précautions.

C'est en se dissimulant l'un après l'autre,
au milieu des passants affairés, et certains
qu'ils n'avaient été reconnus par personne,
que Clarel et Jameson firent leur entrée
par une porte de derrière, dans les bâti-
ments de l'Université.

Ils se glissèrent dans les sous-sol, et pénétrèrent chez eux par un passage souterrain, utilisé seulement pour le service,
dont ils refermèrent soigneusement la
porte derrière eux.

Une fois en sûreté au milieu de ses meubles et de ses instruments familiers, Justin Clarel poussa un soupir de soulagement.

Il se dirigea vers un placard d'où il tira
un livre, dont il feuilleta vivement quelques pages.

— Tenez, Walter, dit-il; voici qui répon-
dra à vos questions au sujet de ces mystérieux rayons, dont je vous parlais tout
à l'heure.

Il indiquait du doigt un passage que Jameson s'empressa de parcourir. Il était
ainsi rédigé :

*Le pur rayon infra-rouge, découvert par
le savant italien Ulivi, produit, lorsqu'il est
concentré par l'appareil perfectionné du
docteur allemand Karl Goerlitz, une com-
bustion instantanée des surfaces non élec-
trices.*

*Il est toujours mortel, lorsqu'il est pro-
jeté sur les centres cérébraux.*

*Néanmoins, son effet peut être neutra-
lisé à l'aide d'un miroir divergent composé
de platine et d'amiante.*

— Comprenez-vous ?... demanda le professeur de la Columbia University.

— Je crois que oui !... répondit son disciple. Cette explication est claire. Il est seulement regrettable, pour le cas où « la Main qui étreint » renouvellerait sur nous un attentat pareil à ceux dont nous avons constaté tout à l'heure les effets, que nous ne possédions pas ce tutélaire miroir !...

— J'en ai un !... déclara Justin. Voyez au tiroir numéro 5.

L'indication était exacte. Presque aussitôt, Jameson rapporta une petite boîte de cuir que Clarel ouvrit.

Il en tira un miroir rond, fait de platine et d'amiante, dont il expliqua le maniement à son compagnon.

Il avait à peine terminé, qu'un bruit singulier lui fit tourner la tête. Il n'eut que le temps de dissimuler vivement dans sa poche le miroir qu'il tenait.

Entre les deux battants d'une armoire basse qui venait de s'entr'ouvrir derrière eux, un revolver était braqué dans leur direction.

Avant qu'ils aient eu le temps de faire un geste, le chef de « la Main qui étreint » surgissait.

Presque au même instant, d'un autre placard, sortaient quatre autres bandits, revolver en main, qui les entourèrent.

Clarel et Jameson, instinctivement, s'étaient rapprochés l'un de l'autre, immobiles et désarmés.

L'homme au mouchoir rouge s'avança en boitant vers eux :

— Alors, monsieur le professeur, fit-il en ricanant, vous avez voulu vous jouer de moi avec votre petite comédie de départ !... Mais je ne suis pas de ceux qu'on bafoue, et vous allez en avoir la preuve !...

Tout en parlant, il s'était rapproché de Clarel, qui, impassible, les bras croisés, le regardait en face, se demandant quel visage pouvait bien se cacher derrière cet impénétrable mouchoir.

Soudain, quand le chef de la bande ne fut plus qu'à quelques pas de lui, Justin bondit, et, la main étendue, arracha d'un geste le foulard rouge.

Il laissa échapper un cri de déception.

Sous le mouchoir à carreaux, un masque noir couvrait hermétiquement les traits de l'invisible criminel.

— Encore une déconvenue, monsieur Clarel !... fit ce dernier d'une voix railleuse. Vous n'êtes décidément pas en un jour de chance !...

En même temps, il fit un signe, et les hommes qui entouraient les deux amis les entraînèrent.

* *
*

Après le départ de Justin Clarel, Elaine avait eu la fantaisie d'aller faire un tour à pied. Mary, envoyée par elle auprès de la tante Betty pour lui proposer de l'accom-

pagner, revint l'avertir que la vieille demoiselle était sortie elle-même depuis une demi-heure environ, pour faire quelques emplettes.

— Eh bien !.. fit la jeune fille, j'irai me promener toute seule !... Vous direz seulement à ma tante, quand elle rentrera, que je suis allée du côté du parc, et que si elle veut venir me rejoindre, elle me fera plaisir !...

Il y avait déjà quelque temps qu'Elaine marchait d'un pas allègre le long de la grande avenue. Son délicat et fin visage était tout éclairé du plaisir qu'elle éprouvait à se remémorer sa surprise devant le retour inopiné de celui dont elle s'était cru séparée pour de si longs jours.

A ce moment, une automobile la dépassa, et s'arrêta à quelques mètres devant elle, au bord du trottoir.

Un homme avait mis pied à terre, et vint à sa rencontre, la main à sa casquette :

— C'est à miss Dodge que j'ai l'honneur de parler ?... demanda-t-il.

— Oui, répondit-elle, en reconnaissant le valet de chambre chinois de Perry Bennett... Que voulez-vous, cher ?...

— J'arrive de chez vous, miss Dodge, où l'on m'a dit que je vous trouverai sur cette avenue... J'avais une commission pressée à vous faire de la part de mon maître et de M. Justin Clarel... !

— De quoi s'agit-il ?... Parlez !.. .

— Ils m'envoient l'un et l'autre vous demander de bien vouloir les retrouver tout de suite au laboratoire de M. Clarel... Ils m'ont chargé d'ajouter que les deux hommes qui étaient partis sur l'*Abraham-Lincoln* étaient de retour, et que si M. Clarel, surtout, désire vous parler sans retard, c'est à cause d'une communication importante qu'ils lui ont faite !...

Si Elaine avait eu la moindre défiance, ces derniers mots l'auraient complètement dissipée.

Elle monta docilement dans la voiture dont le Chinois lui ouvrait la portière, et qui s'éloigna.

Une fois arrivée dans la rue où se trouvait le laboratoire, l'automobile, au lieu de stopper contre la porte de l'Université, s'arrêta de l'autre côté de la chaussée.

La jeune fille tapa au carreau pour expliquer à Chu sa méprise, mais celui-ci ne parut pas comprendre ce qu'elle désirait.

Pensant que c'était pour éviter une perte de temps que le chauffeur ne faisait pas demi-tour, elle mit pied à terre, tandis que le domestique descendait lui-même de son siège.

— Si mademoiselle veut entrer !... dit-il en désignant la petite porte qui se trouvait à côté de lui.

— Mais ce n'est pas ici !... répondit-elle, soupçonnant pour la première fois quelque machination. Le laboratoire de M. Clarel est de l'autre côté de la rue !...

— Je le sais bien, miss Dodge !... dit le
Jaune, en manière d'excuse. Mais il est
pour le moment dans cette maison avec
M. Bennett, et c'est là qu'ils m'ont chargé
de vous dire que vous les retrouveriez !...

Un individu venait d'apparaître dans
l'embrasure de la porte. Entendant l'explication donnée par le Chinois, il s'empressa
de la confirmer, en déclarant qu'en effet
les deux personnes qui attendaient miss
Dodge se trouvaient bien dans cette demeure.

Surprise et inquiète malgré l'assurance
avec laquelle cette double affirmation était
fournie, Elaine voulut demander quelques
éclaircissements de plus.

Elle n'en eut pas le temps... Au moment
où elle ouvrait la bouche, les deux hommes
la poussèrent violemment à l'intérieur de
la maison, dont la porte se referma sur
elle.

Toute résistance était inutile.

Les deux hommes entraînèrent brutalement Elaine à travers un corridor sombre
jusqu'à une autre porte, qui s'ouvrit devant eux.

Elle était dans la grande chambre où se
trouvaient réunis les bandits.

Au milieu d'eux, allant et venant, ges-
ticulant et donnant des ordres, elle entrevit
avec terreur la silhouette de l'homme au
mouchoir rouge.

La jeune fille recula, trop effrayée
même pour crier...

A sa vue, le chef de « la Main qui
étreint » se détacha du groupe qui l'entourait, et vint au-devant d'elle, déployant
toutes les marques d'une sarcastique cour-
toisie.

Puis, les bras croisés, la regardant en
face, il l'apostropha, en scandant chacune
de ses paroles de son diabolique ricanement.

— Eh bien ! mon bel oiseau !... Nous
avons réussi à vous mettre en cage !... Cela
n'a pas été sans peine !... Mais maintenant
que nous vous tenons, je crois que vous
aurez du mal à vous envoler, sans laisser,
au moins, quelques plumes à vos barreaux !...

Il sembla que ces railleries eussent soudainement rendu à la jeune fille le courage
qui l'avait un instant abandonnée. Énergique et fière, elle se redressa, et, bravant
le criminel du regard, ne lui répondit que
par un silence méprisant.

— On a dû vous dire, continua-t-il sur
le même ton, pour vous décider à vous
laisser conduire ici, que vous y retrouveriez MM. Justin Clarel et Bennett... Ce
n'est pas tout à fait exact, et l'un d'eux
nous fait défaut... Il est vrai que nous
l'avons remplacé par un autre de vos familiers. Et vous allez pouvoir constater par
vous-même que nous ne vous avons qu'en
partie menti...

Se tournant vers Dago qui observait curieusement cette scène au milieu de ses
compagnons :

— Messieurs !... Veuillez mettre miss
Dodge en rapport avec ses amis !... On
sans les déranger... et en les laissant dans
l'appartement malheureusement trop peu
confortable où nous avons eu le plaisir de
leur donner l'hospitalité... Miss Dodge nous
excusera, si, pour des raisons faciles à
comprendre, la conversation qu'elle voudra
sans doute avoir avec eux ne peut s'enta-
mer qu'à une certaine distance...

Dago marcha vers le milieu de la pièce,
et, aidé de deux de ses acolytes, souleva
une large trappe, dont l'ouverture était
habilement dissimulée dans les rainures
du plancher.

Une chambre souterraine se démasqua
aux regards terrorisés d'Elaine...

— Approchez, miss Dodge !... poursuivit
ironiquement son impitoyable persécuteur. Et rendez-vous compte par vous-
même que je n'ai rien dit qui ne soit
l'exacte expression de la vérité...

Elle fit un pas en avant, et plongea dans
l'ouverture béante ses yeux agrandis par
l'effroi.

Dans un coin obscur du caveau, elle
n'eut pas de mal à reconnaître la silhouette
hautaine de Clarel... A côté de lui, se tenait Walter Jameson.

La situation périlleuse dans laquelle ils
se trouvaient ne semblait nullement avoir
entamé le moral, ni la fermeté des deux
hommes.

L'ouverture soudaine de la trappe, en jetant dans leur prison un peu de lumière,
ne modifia en rien leur attitude et leur impassibilité.

Mais tout à coup, Justin Clarel tressaillit... Le chef de la bande avait prononcé
ces paroles :

— Approchez plus près, miss Dodge...
Vous voyez mal...

Il leva la tête.

Elaine !... C'était Elaine qui était là, au-
dessus de lui, dans ce repaire, au pouvoir
de ces misérables qui la poursuivaient depuis si longtemps...

Une expression horrifiée apparut sur son
visage.

Qu'allaient-ils faire d'elle ?... A quelle
épreuve nouvelle, à quelle souffrance la
destinaient-ils ?...

La jeune fille, presque inconsciemment,
avait obéi à l'invite de son interlocuteur.

— A la bonne heure !... reprit celui-ci. A
la place où vous êtes, vous ne perdrez rien
des faits et gestes de vos protecteurs ha-
bituels !... Je vais maintenant vous faire
assister à un petit jeu de cache-cache,
comme vous n'en avez jamais vu !...

Remontant de trois pas dans la direction
du projecteur, à côté duquel se tenait Karl
Goerlitz :

— Es-tu prêt, docteur ?... demanda-t-il. Et
peux-tu nous montrer l'effet sur ces messieurs de tes merveilleux rayons rouges ?...

L'Allemand fit un signe... Une porte de
côté s'ouvrit...

Deux hommes en sortirent, apportant

une sorte de grande chambre noire, d'aspect singulier, qu'ils ajustèrent, au moyen de solides écrous, devant la puissante lentille du réflecteur.

— Je suis prêt !... déclara Goerlitz.

— Alors, commencez la danse !... ordonna en ricanant l'homme au mouchoir rouge.

Un rayon ardent, de couleur rougeâtre, jaillit subitement de l'appareil.

Avec une maîtrise consommée, l'ancien étudiant de Leipzig le dirigea vers les deux hommes.

Le jet lumineux parcourut le souterrain, s'agitant d'abord sur les murs rocailleux, puis sur le ciment qui couvrait le sol.

Jameson, à son approche, retira son pied, mais pas assez vivement pour qu'une parcelle du rayon ne l'atteignît.

Instantanément, le cuir de la chaussure s'enflamma, et le jeune homme étouffa un cri de douleur.

Clarel l'attira plus étroitement de son côté, essayant de le protéger de son propre corps.

A l'approche de cette langue de feu acérée et mortelle, comme celle du plus venimeux des serpents, il l'entraînait en reculant devant elle... Mais le terrible ennemi les suivait sans trève, les menaçant inexorablement à tous les points de l'étroit caveau où ils se réfugiaient pour l'éviter.

Le chef de « la Main qui étreint » avait saisi le bras d'Elaine, et, de sa peigne vigoureuse, la retenait à côté de lui, afin qu'elle ne perdît rien de cette étrange et implacable chasse.

En même temps, il donnait des instructions à Goerlitz et à ses autres complices, les ponctuant d'instant en instant de son abominable rire.

— Arrêtez !... s'écria Elaine. Je vous en supplie, arrêtez !... Et quoi que vous puissiez vouloir, je vous le donnerai !...

Pour toute réponse, la voix féroce du bandit clama :

— Tâche d'atteindre le visage, docteur ! Et puis, tu viseras au front et aux tempes !... Mais pas tout de suite !... Il ne faut priver miss Dodge d'aucune des péripéties de ce palpitant spectacle !...

Tout à coup, un homme se précipita par la porte d'entrée.

— La police !... cria-t-il haletant.

— Où cela ?... rugit furieusement l'homme au mouchoir, en lâchant le bras d'Elaine.

— Au dehors !... Devant la maison !... Le guetteur a vu tout un détachement qui s'avançait, avec des leviers pour forcer la porte !... Il n'a eu que le temps de fermer la grille intérieure, et d'accourir !...

— L'obstacle est solide !... Avant qu'ils ne l'aient enfoncé, nous avons le temps d'en finir ici !... Allons, docteur, achève-les !...

Clarel et Jameson étaient acculés contre le mur... L'encoignure où ils avaient battu en retraite était à peine assez large pour leur offrir un refuge.

Le rayon, habilement dirigé, passa à cinq centimètres d'eux.

Sous sa formidable chaleur, le ciment du sol commençait à fondre...

On entendait dans l'éloignement les coups de massue assénés par les policiers contre la clôture dressée devant eux !...

— Hâte-toi !... s'écria le chef de « la Main qui étreint ». Et maintenant frappe au crâne !... Il faut en finir !...

Clarel avait poussé Jameson dans le coin où il se recroquevillait avec lui.

Volontairement, de nouveau, il se plaça devant le jeune homme, et tira de sa poche le miroir de platine et d'amiante, afin de l'opposer au rayon rouge.

Le jet mortel fut détourné...

Mais sa puissance était telle qu'il alla frapper une des poutres qui soutenaient le plafond... Instantanément, le bois prit feu.

Une fumée aveuglante s'éleva presque aussitôt, envahissant la pièce.

Au loin, on entendait les clameurs des policiers qui se rapprochaient.

— Fuyez tous !... s'écria l'homme au mouchoir rouge...

Il appuya sur un ressort : la cheminée, qui occupait le centre d'un des panneaux, tourna sur elle même, découvrant une issue secrète.

L'incendie augmentait... C'étaient des flammes maintenant qui commençaient à jaillir du bois rougi...

Tous les bandits avaient disparu... Seul, leur tyran était demeuré là...

Dans un dernier effort, il se précipita sur le projecteur, cherchant à en diriger l'objectif sur la cave.

Mais Elaine, profitant de la situation, se rua du même côté, et, avant qu'il eût eu le temps de parvenir à l'appareil, le détourna d'un mouvement brusque.

Une courte lutte s'engagea, que les coups précipités des policemen sur la porte d'entrée interrompirent.

Au moment où elle allait céder, le criminel, vomissant des imprécations et des jurons, s'échappa par la même issue que ses compagnons, ayant soin de la refermer hermétiquement derrière lui.

Les policiers faisaient irruption dans la salle... La jeune fille courut à leur rencontre, et, en quelques mots, leur expliqua ce qui venait de se passer.

— M. Clarel et son secrétaire sont là dans ce caveau !... s'écria-t-elle, en désignant la trappe...

Cependant les flammes croissaient en hauteur et en force...

Mais dans le couloir, une échelle était accrochée au mur, qu'on jeta vivement dans le souterrain.

A moitié suffoqués, Clarel et Jameson l'escaladèrent, et, en quelques secondes, mirent pied à terre sur le plancher de la salle, déjà en train de s'embraser.

Justin courut à Elaine et la saisit dans ses bras...

— Etes-vous blessé ?... demanda-t-elle anxieusement. Cet horrible rayon ne vous a-t-il pas ateint ?...

— Non ! dit-il. Nous sommes tous les deux sains et saufs... Mais tournez vers moi vos grands yeux, Elaine, afin que leurs rayons me fassent oublier les autres !

XII

LA TÊTE DE CERF

L'issue par laquelle s'étaient échappés le chef et les affiliés de « la Main qui étreint » communiquait avec un passage en briques traversant la rue, qui aboutissait lui-même à la voie du chemin de fer, du côté de la rivière.

Le jour tombait lorsque, l'un après l'autre, les bandits s'aventurèrent prudemment au dehors.

Rendez-vous avait été pris pour le lendemain, avec les trois principaux lieutenants de la bande, dans une des nombreuses retraites, préparées de longue date, qu'ils possédaient dans les différents quartiers de la ville.

A l'heure dite, les trois affiliés étaient exacts. Quelques minutes plus tard, un panneau mobile se soulevait dans la boiserie, et l'homme au mouchoir rouge faisait son apparition.

— J'ai longuement réfléchi depuis hier, dit-il d'une voix où perçait encore un reste de colère mal éteinte, et j'ai décidé, à compter d'aujourd'hui, de modifier notre plan de campagne.

— Seriez-vous donc disposé à abandonner la lutte que nous avons entamée contre Justin Clarel ?... interrogea Dago.

— Loin de moi cette pensée !... Mais je prétends, au moins pour le moment, employer contre lui d'autres armes que celles auxquelles nous avons eu recours... Il est souvent plus habile d'attaquer certains hommes par leurs passions et leurs sentiments, que par des moyens violents !...

— Les armes nouvelles dont vous voulez vous servir, demanda l'un des bandits qui n'était pas encore intervenu directement de sa personne dans les différentes tentatives de la bande, vous les avez sans doute déjà choisies ?...

— Vous savez bien que je ne vous parle jamais d'un projet qu'après l'avoir longuement élaboré et mûri... Celui-là est tout combiné dans mon esprit, et c'est précisément sur vous, Steve Webster, que j'ai compté pour le mettre à exécution !...

— A vos ordres, chef...

— Votre amie Florence Jess est-elle toujours disposée à travailler pour nous ?...

— Toujours !...

— Pensez-vous que nous la trouvions chez elle à cette heure-ci ?...

— C'est plus que probable !....

— Téléphonez-lui, pour en être certain.

Tandis que Steve Webster s'acquittait de la commission, le chef de l'association congédiait les deux autres collaborateurs, après leur avoir donné à chacun en particulier certaines instructions.

— Comme je le supposais, fit Webster en revenant, Flossy est chez elle, et, je lui ai annoncé notre visite !...

— Alors, partons... L'automobile est à la porte, et il ne faut pas faire attendre les dames !

Flossy Jess était une fort jolie femme, brune, de vingt-quatre à vingt-cinq ans, dont le séduisant visage était éclairé par deux grands yeux noirs, dans la flamme desquels brillait, par intermittences, un éclair de malice perverse.

La conversation qu'elle venait d'avoir avec Webster et son chef touchait à sa fin, et paraissait avoir vivement intéressé la jeune femme, car une expression de joie cruelle se lisait sur ses traits, tandis qu'elle riait, en découvrant ses dents blanches et aiguës.

— Avez-vous bien compris mes recommandations ?... fit l'homme au mouchoir rouge.

— De point en point !...

— C'est avant tout ce Clarel qu'il faut atteindre !... Si vous exécutez intelligemment mon plan, nous arriverons à le séparer d'Elaine plus sûrement que si nous employons la force.

— Soyez tranquille, chef !... fit la jolie femme. Je ne négligerai rien pour réussir !...

— C'est par l'intermédiaire de Jameson, son secrétaire, comme je vous l'ai expliqué, qu'il faut agir sur lui, sans apparaître d'abord personnellement !... Tout cela est-il bien gravé dans votre esprit ?...

— Exactement !... fit à son tour Webster. Et vous pouvez compter que, Flossy et moi, puisque vous nous avez demandé de travailler ensemble, nous suivrons scrupuleusement la ligne de conduite que vous nous avez tracée.

Les trois complices se séparèrent.

Le lendemain, dans l'après-midi, Walter Jameson travaillait dans les bureaux du *Star*, tout en plaisantant avec plusieurs jeunes reporters, au milieu du tapage des machines et de l'indescriptible brouhaha qui accompagne toujours, à Paris, à Londres, ou à New-York, la confection d'un grand journal quotidien.

L'un des rédacteurs s'approcha de lui, le numéro du matin à la main, et, le lui tendant :

— Dites donc, Walter, avez-vous lu cet entrefilet ?... Votre opinion sur le fait qu'il relate a de la valeur, maintenant que vous êtes devenu, vous aussi, une sorte de détective scientifique !...

Sans relever l'ironie de la remarque, le collaborateur de Justin Clarel prit le journal qu'on lui tendait, et lut :

ENCORE LE MICROBE DU BAISER

Trois jeunes femmes de la ville affirment avoir été embrassées par un mystérieux étranger. — Un évanouissement profond s'ensuit. — A quoi faut-il l'attribuer ?

Walter avait à peine terminé la dernière ligne, qu'un des petits chasseurs de service arriva en courant près de lui et l'interpella :

— On vous demande au téléphone, monsieur Jameson !...

Le jeune homme se précipita à l'appareil :

— Allo !... interrogea-t-il. Qui est là ?

Une voix musicale répondit à son appel.

— Est-ce vous, Jameson ?...

— Oui !... fit-il de son ton le plus aimable. C'est lui-même !... Mais à qui ai-je l'honneur de parler ?...

— Vous ne me connaissez pas, monsieur Jameson ; mais j'ai entendu parler de vous au *Star* !... Si je vous dérange, c'est pour vous prévenir que, comme les personnes dont il parle ce matin, j'ai eu a me défendre contre le mystérieux étranger, et dû subir, moi aussi, son baiser !...

— Pas possible !... Et pouvez-vous me donner quelques détails sur l'incident ?...

— Oh ! Cela s'est passé de la façon la plus simple !... Je marchais dans la rue d'un pas tranquille, lorsqu'un homme me saisit brusquement les deux bras et m'embrassa !... Je ne me rends plus bien compte de ce qui s'est passé, car je suis presque aussitôt tombée sans connaissance !... J'avais mon adresse dans mon petit sac, et on a pu me transporter à mon domicile, où je ne revins à moi qu'une heure plus tard !... J'ai demandé ce qu'était devenu l'homme, on m'a répondu qu'il s'était enfui, sans que personne le remarquât, ou songeât à le poursuivre !... J'ai pensé que mon aventure pourrait intéresser le *Star* !...

— Je suis tout à fait de votre avis !... répliqua le jeune journaliste.

Et après avoir pris le nom et l'adresse de sa correspondante, il revint vivement vers la vaste salle, où en bras de chemise, affairé, répondant à tout et à tous, travaillait, au milieu de l'agitation générale, le secrétaire de la rédaction.

— Dites, Fred, expliqua le secrétaire de Clarel, c'est une jeune femme qui vient de me téléphoner qu'elle aussi a reçu le baiser du mystérieux étranger, dont parle notre édition de ce matin !...

— Tiens, tiens !... Mais vous pourriez peut-être aller la voir ?... répondit son interlocuteur, flairant un reportage intéressant.

Amusé, Walter saisit la balle au bond, et quelques minutes plus tard, il sautait dans le tramway, pour se rendre à l'adresse indiquée...

Flossy Jess n'était pas seule, lorsqu'elle avait téléphoné au bureau du *Star*... Steve Webster était à côté d'elle, épiant anxieusement la réponse qui allait être faite à la communication.

Elle fut sans doute conforme à ce qu'il attendait, car aussitôt le récepteur raccroché par la jeune femme :

— Vite !... dit-il. Terminons tous nos préparatifs ! Nous n'avons que le temps, avant l'arrivée de ce jeune blanc-bec !...

En achevant ces derniers mots, il entrait dans la pièce voisine, et en ressortait presque aussitôt, rapportant entre ses bras une magnifique tête de cerf naturalisée, un dix cors, au front duquel de superbes andouillers faisaient une imposante et altière couronne.

Sous son bras, il tenait un rouleau de fil métallique, rattaché déjà à l'intérieur de la tête.

Très habilement, il détacha un des beaux yeux bruns de l'animal, et le remplaça par un minuscule objectif photographique, qui occupait exactement le même espace. A quelque distance, il était absolument impossible de se douter de la substitution.

Cette opération faite, Webster accrocha la tête à une certaine hauteur au-dessus de la cheminée.

Puis il fit courir les deux fils le long de la moulure du plafond, jusqu'à un cabinet voisin où il les relia à un petit appareil terminé par une poire en caoutchouc, pareille à celles dont se servent les opérateurs photographiques pour obtenir des épreuves instantanées.

— Alors, questionna Flossy, vous croyez que votre installation va marcher ?

— J'en suis certain !... Regardez plutôt !...

A plusieurs reprises, il pressa sur la poire qui déclancha l'objectif, avec une parfaite régularité.

— Vous voyez que tout fonctionne à merveille !... Et maintenant, je vous laisse, ma chère !... J'ai rempli mon rôle... A vous de jouer le vôtre !...

— Soyez tranquille !... fit-elle en riant. Que justin Clarel, après, ou avec ce jeune Jameson, mette seulement le pied dans cette maison, et je vous réponds que tout se passera selon les désirs et les instructions du chef !...

Webster, pendant ce court dialogue, avait ramassé les outils dont il venait de se servir, et, consultant sa montre :

— Votre visiteur ne doit pas être loin !... Je m'installe à mon poste d'observation !...

Après un dernier coup d'œil, il disparut dans le cabinet voisin, dont il referma soigneusement la porte.

— C'est ici, dit le conducteur du tramway à Jameson, en appuyant sur le bouton électrique pour faire arrêter la voiture, que vous devez descendre pour Prospect Avenue.

De là, le journaliste n'avait qu'à remonter la rue jusqu'à la petite maison d'extérieur confortable et sans prétention, que Flossy Jess lui avait indiquée comme son domicile.

Il consulta l'adresse qu'il avait notée, pour être certain de ne pas se tromper, et sonna à la porte.

Dès le premier abord, Walter ne put s'empêcher d'approuver et même de partager le goût du mystérieux embrasseur, car la personne qui vint lui ouvrir était, à coup sûr, des plus affriolantes.

Il déclina ses nom et qualité, et fut aussitôt introduit dans un petit boudoir de bonne apparence.

Le récit qui lui avait été fait au téléphone fut en tous points confirmé. Miss Flossy Jess y ajouta quelques détails qu'elle n'avait pas eu le temps de lui donner dans leur premier entretien, mais qui ne jetaient malheureusement aucune lumière sur la personnalité de son agresseur.

— Et vous pensez vraiment, interrogea Walter, que c'est le baiser de cet homme qui vous a fait perdre connaissance ?...

— J'en suis certaine, puisque c'est à ce moment même que s'est produit l'étrange évanouissement dans lequel j'ai été plongée pendant près d'une heure !...

Le jeune journaliste réfléchit un moment.

— Il y a là un problème curieux, et qui intéressera, j'en suis sûr, un de mes amis. J'ajoute même qu'il est la seule personne capable d'en trouver la solution !...

— C'est donc un homme bien habile, que votre ami !... objecta Flossy avec un sourire un peu railleur.

— Vous devez connaître son nom : il s'appelle Justin Clarel !...

L'expression d'ironie qui errait sur les lèvres de la jeune femme fit place à une surprise mêlée d'un certain respect.

— Le célèbre détective scientifique qui a tant fait parler de lui ?...

— Lui-même !...

— Je crois, en effet, que si ce problème, comme vous dites, ne lui paraît pas trop au-dessous de ses préoccupations, il parviendra aisément à le résoudre !...

— Puis-je lui téléphoner ?...

— Certainement, fit Flossy, en désignant d'un geste l'appareil placé à portée de la main, sur une petite table.

Jameson prit le récepteur, et demanda le numéro du laboratoire.

En quelques mots, il mit son maître au courant de l'incident.

Tout d'abord, Clarel ne parut pas le prendre très sérieusement... Cependant au fur et à mesure que son collaborateur lui fournissait des détails, son intérêt allait s'augmentant.

— Eh bien ! conclut-il, c'est entendu, Walter !... Le cas est amusant... Et puis, comme vous dites, cela vous fait de la copie pour le *Star* !... Je n'ai pas grande besogne pour le moment, et je vais venir vous retrouver tout de suite !... Vous dites Prospect Avenue, numéro 20 ?...

Après lui avoir confirmé l'adresse et le nom de miss Jess, Walter raccrocha le récepteur.

— Voilà qui est fait ! dit-il en se tournant vers la jolie femme. Dans quelques instants, monsieur Justin Clarel sera ici !...

— Oh !... Je ne sais comment vous remercier !... reprit-elle. Car vous avez raison, avec un homme d'une telle valeur, je suis sûre que cet étrange mystère ne tardera pas à être éclairci.

La conversation de Flossy Jess était aussi attrayante que sa personne ; et les vingt minutes qui séparèrent l'appel au téléphone de Justin Clarel du moment où il sonna à la porte, s'écoulèrent aux yeux de Jameson comme par enchantement.

Son interlocutrice paraissait au courant des mille potins de la ville, ces potins dont on est si friand à New-York dans une certaine classe de la société, et elle les commentait avec esprit, en les assaisonnant des réflexions les plus piquantes.

Lorsque Clarel fit son entrée, et lui fut présenté par Walter, elle sut trouver les phrases les plus aimables pour le remercier de s'être rendu si vite à l'appel de son secrétaire, et s'excuser de le déranger au milieu de ses importantes occupations.

Sur l'invitation du nouveau venu, elle avait commencé à lui faire le récit des événements, tel qu'elle l'avait exposé à Jameson, lorsque la sonnerie du téléphone retentit.

Elle porta le récepteur à son oreille :

— C'est vous qu'on demande, cher monsieur !... dit-elle en se tournant vers le jeune homme.

— Moi ?... fit-il, surpris. Qui peut savoir que je suis ici ?...

— La communication vient des bureaux du *Star* !...

— Ah ! s'il en est ainsi, je ne m'étonne plus !... Le secrétaire de la rédaction était en effet au courant de ma visite !...

Tout en parlant, il avait pris le cornet de l'appareil, et écoutait.

— C'est bien ! fit-il au bout de quelques instants, une moue de contrariété sur le visage. Je viens !...

Il raccrocha le récepteur, et, s'adressant à la maîtresse de la maison :

— Excusez-moi, miss Jess, je suis précisément appelé au *Star* !... C'est un des ennuis de notre métier, lorsqu'on se trouve lancé sur une affaire, d'être brusquement aiguillé sur une autre ; et c'est justement ce qui m'arrive !... Mais M. Clarel est là, et vous ne pouvez trouver de meilleur conseil !... Je lui demanderai seulement de vouloir bien me fournir, après vous avoir quittée, quelques renseignements supplémentaires pour l'enquête que je vous consacrerai !...

Il serra la main de son chef, s'inclina devant Flossy, qui lui renouvela avec grâce ses remerciements.

Une fois seule avec Clarel, elle acheva le récit détaillé qu'elle avait commencé.

Il l'écoutait avec attention, mais l'expression peinte sur son visage, et le sourire légèrement ironique de ses yeux, ne laissaient pas de dénoter un involontaire scepticisme.

Flossy Jess s'en aperçut sans doute, car, avec un peu de tristesse dans la voix, elle remarqua :

— Vous n'avez pas l'air de croire à ce que je vous dis !... C'est pourtant l'exacte vérité !... Je vous assure !...

Elle s'était levée, et, poursuivant avec animation son explication :

— Je ne m'attendais à rien, je marchais dans la rue, tranquille, en regardant les étalages des magasins, lorsque, à brûle-pourpoint, je me suis trouvée en face d'un homme qui venait de s'arrêter devant moi, exactement comme vous y êtes vous-même en ce moment...

— Et alors, que s'est-il passé ?... demanda Clarel, qui s'était levé en même temps qu'elle.

— Alors, sans même que j'aie eu le temps de le dévisager, car c'est à peine si j'ai entrevu ses traits, il me saisit les deux mains, comme ceci...

Joignant le geste aux paroles, elle avait pris les mains de Justin, et, pénétrée par l'émotion du souvenir qu'elle évoquait, les serra étroitement dans les siennes.

— Puis, continua-t-elle, m'attirant brusquement à lui avec une force contre laquelle je pouvais d'autant moins lutter que la soudaineté de l'attaque m'avait plus surprise, il imprima sur mes lèvres cet odieux baiser qui m'a fait tant de mal !...

En même temps, emportée sans doute par le feu de sa démonstration, elle se rapprochait presque inconsciemment de son interlocuteur, et lui mettait aux lèvres un baiser, qui, s'il n'était pas aussi dangereux que celui auquel elle venait de faire allusion, n'en était pas moins aussi ardent.

Clarel éprouva le même étonnement qu'à l'en croire elle avait dû ressentir elle-même. Mais l'étreinte avait été si inattendue, qu'il n'avait pas pu s'en défendre...

Presque aussitôt d'ailleurs Flossy parut remarquer l'incorrection de son acte et, baissant les yeux, le visage couvert d'une soudaine rougeur, elle balbutia :

— Oh !... Monsieur Clarel !... Qu'ai-je fait, et qu'allez-vous penser de moi ?... Si vous saviez comme je suis honteuse !...

Il fit un signe de la main, pour apaiser un scrupule, dont le brusque embarras de la jeune femme semblait attester la sincérité.

Mais, tandis qu'il s'efforçait de trouver des mots pour calmer son émoi, l'imperceptible sourire qui flottait dans son regard s'évanouit tout à coup.

Une image, presque oubliée déjà, venait de lui traverser le cerveau : celle de la grande Marcelle, et le souvenir d'un baiser semblable à celui dont il sentait encore la saveur sur ses lèvres.

En même temps, l'étrangeté et l'invrai-semblance de toute cette aventure lui sautaient irrésistiblement aux yeux. Il se reprochait maintenant la complaisance avec laquelle il s'était rendu à l'appel de Walter.

Sa défiance professionnelle, tardivement éveillée, lui révélait dans l'enchaînement des faits qui venaient de se passer, quelque chose de suspect, et la pensée de « la Main qui étreint » se présenta vaguement à son esprit.

Tournant vers la jeune femme son regard aigu :

— Je crois, dit-il, être suffisamment édifié, miss Jess, et je vous demande la permission de me retirer !... Je vais réfléchir à tout ce que vous m'avez dit, et j'ai la conviction que je ne tarderai pas à en tirer quelque appréciable conséquence !...

Il salua, tandis qu'elle se confondait encore en remerciements, et se retira.

Dès qu'elle l'eut quitté, Florence se pencha du côté de la fenêtre, le suivant du regard pendant qu'il s'éloignait, jusqu'à ce qu'il eût disparu dans l'avenue.

Alors, seulement, elle courut vers la porte de la petite chambre où Steve Webster était caché.

— Eh bien ! dit-elle en l'ouvrant, me suis-je acquittée de ma tâche comme il le fallait ?...

— A merveille, ma chère !... Et vous serez demain si le désir vous en prend, je suis prêt à l'attester, une des plus remarquables comédiennes de New-York !...

— Et vous, continua-t-elle, avez-vous réussi ?...

— Je n'ai plus qu'à développer mes clichés... Et je serais bien supris s'ils ne nous donnaient pas toute satisfaction !... Encore cinq minutes de patience, et nous serons fixés !...

XIII

MAISON A LOUER

Bien des fois, depuis la lutte terrible qu'il avait soutenue sur la croix du clocher de Darnemouth, Justin Clarel avait songé que, seuls, le sang-froid et l'énergie d'Elaine l'avaient sauvé ce jour-là d'une mort certaine.

La jolie pensée lui était venue de consacrer cette date mémorable par un souvenir, un petit présent sans importance, de ceux dont on dit en France qu'ils entretiennent l'amitié.

Longtemps, il était demeuré perplexe, ne sachant sur quel objet fixer son choix. Il est toujours malaisé de donner quelque chose à ceux qui ont tout. Elaine, fille d'un milliardaire, et gâtée par son père dès sa plus tendre enfance, n'avait pour ainsi dire pas eu de désirs et de fantaisies qui ne fussent aussitôt satisfaits.

Après avoir longtemps hésité, Clarel s'était rendu chez un des premiers bijoutiers de New-York et lui avait commandé une bague, un simple cercle d'or mat, autour duquel il avait fait enchâsser tout de suite, en souvenir de celle de Darnemouth, de minuscules petites croix en rubis.

Le bijou n'était pas de ceux qui s'imposent par leur richesse, et il ne valait que par la pensée reconnaissante qui avait inspiré son donateur.

Le lendemain de sa visite à Florence Jess, Clarel était allé chercher la bague chez le joaillier, et s'était montré très satisfait de son exécution.

Après l'avoir payé, il avait pris le petit écrin de cuir, qu'il avait serré dans sa poche, et s'était dirigé pédestrement vers l'hôtel Dodge, se réjouissant d'avance du plaisir que cette gentille attention ne pourrait manquer de causer, espérait-il, à la délicate et sensible jeune fille.

Cet après-midi-là, une averse soudaine s'était prise à tomber, au moment où Elaine se préparait à aller faire quelques courses avec sa tante.

Contrariée par cette déconvenue, elle avait choisi un livre parmi le tas de nouveautés qui lui avait été envoyé la veille par son libraire, et s'était installée confortablement dans la bibliothèque, pour y attendre que la pluie eût cessé.

Absorbée par sa lecture, elle commençait à s'intéresser aux personnages imaginés par l'auteur, lorsque la sonnette électrique de la porte d'entrée résonna.

Une jeune femme, vêtue d'une toilette simple, mais d'assez bon goût, entra dans le vestibule, introduite par François.

— Miss Elaine Dodge est-elle à la maison ?... demanda-t-elle.

— Je vais m'en assurer !... répondit le serviteur. Madame veut-elle me donner son nom ?...

La visiteuse tira du petit sac de satin pendu à son bras une carte de visite, et la tendit au valet de chambre, qui la fit entrer dans le salon.

— Que madame veuille bien prendre la peine de s'asseoir un moment !... dit-il.

Refermant la porte, il pénétra lui-même dans la bibliothèque, et présenta à Elaine, sur un plateau d'argent, la carte qui venait de lui être remise.

Interrompant sa lecture, la jeune fille allongea la main, et lut sur le bristol :

MISS FLORENCE JESS

20, Prospect Avenue.

— Je ne connais pas !... C'est la première fois que je vois ce nom ! Comment est cette personne, François ?... interrogea-t-elle.

— Oh ! Très bien, mademoiselle !... Elle a l'air tout à fait comme il faut !...

— Elle n'a pas dit à quel sujet elle voulait me parler ?...

— Elle a simplement demandé de passer son nom à mademoiselle !...

— C'est bien, je vais la voir !...

Laissant là son livre, Elaine quitta son moelleux fauteuil, et, après avoir un instant arrangé ses cheveux devant la glace, passa dans le salon, où l'attendait la visiteuse.

— Mademoiselle, dit celle-ci en se levant, je vous remercie, avant tout, très vivement, d'avoir bien voulu me recevoir sans que j'aie l'honneur d'être connue de vous !...

Favorablement impressionnée par l'extérieur de la jeune femme et l'aisance empreinte d'une dignité de bon aloi avec laquelle avait été débitée cette petite phrase, Elaine lui fit signe de s'asseoir, et prit place en face d'elle, sur un canapé.

— De quoi s'agit-il, mademoiselle ?...

— Mon Dieu ! fit son interlocutrice, avec hésitation, je m'aperçois tout à coup, miss Dodge, que la démarche que je tente auprès de vous est plus difficile que je ne l'avais jugée tout d'abord !... Dans le chagrin que j'éprouve, je n'ai pensé qu'à venir vous trouver, pour vous demander une explication nette et franche !... Et maintenant que je suis en votre présence, je sens tout ce que ma visite a de hardi et combien notre situation l'une en face de l'autre est embarrassante et peut-être même incorrecte !...

A mesure que l'inconnue parlait, une surprise qui croissait de phrase en phrase se peignait sur le visage d'Elaine... Ces derniers mots la portèrent à son comble !

— En vérité, mademoiselle, fit-elle d'une voix où perçait son étonnement, je vous avoue que je ne vous comprends pas !... A quelle situation faites-vous allusion ?... Et quelle difficulté, quel embarras pouvez-vous éprouver en vous trouvant en face de moi, qui vous vois aujourd'hui pour la première fois !...

— Bien que je ne vous ai jamais approchée, miss Dodge, je vous connais !... Et je peux vous avouer que j'ai déjà versé bien des larmes à cause de vous !...

— A cause de moi ?... Encore une fois, expliquez-vous plus clairement !...

— Miss Dodge, fit la visiteuse en fixant sur elle deux beaux yeux pleins de douleur, je suis venue vous implorer, et faire appel à votre bonté et à votre justice !...

— A propos de quoi ?...

— Vous connaissez M. Justin Clarel ?...

La jeune fille, en entendant ce nom, releva la tête avec hauteur.

— Oui !... Je le connais... Et après ?...

— Vous étonnerais-je beaucoup, en vous disant qu'il vous aime ?...

Comme si ce mot lui faisait du mal à prononcer, la jeune femme porta sa main gantée à son cœur, et fit une légère pause.

Mais presque aussitôt, par un effort de volonté, elle reprit :

— Il vous aime !... Et je suis sa fiancée !...

Stupéfaite, Elaine la regardait fixement. Elle croyait avoir mal entendu...

— Sa fiancée ?... Vous ?... C'est impossible !...

— Pourquoi ?... Je ne suis pas une riche

héritière, c'est vrai !... Mais je suis d'une famille honorable, et un honnête homme peut s'allier à moi sans rougir !... D'ailleurs, voici la bague qu'il m'a donnée, en attendant notre prochaine union !...

En même temps, Florence Jess se dégantait, et tendait sa main, où brillait un diamant d'assez belle eau...

Les sourcils froncés, Elaine gardait le silence... Elle s'efforçait de réfléchir, mais ses idées n'étaient plus nettes.

Cependant elle fit un effort pour les rassembler, et voir clair dans cet imbroglio étrange.

— Voyons, articula-t-elle, je ne veux pas vous dire que je ne crois pas à votre affirmation, mais laissez-moi vous faire observer qu'une assertion comme celle qui vient de sortir de votre bouche est facile à émettre !... Cette bague même n'est pas une preuve convaincante à l'appui d'une telle déclaration !...

— Vous ne me croyez pas ?...reprit Florence Jess avec un accent d'amertume qui, à lui seul, eût soulevé l'admiration de son complice Steve Webster. Et je vous comprends !... Il est si dur, n'est-ce pas ?... de perdre ses illusions, de tomber du haut de son rêve !... Et sans doute, comme moi, vous en aviez fait un !...

Elaine ne répondit pas... Elle continuait à regarder en face son interlocutrice, qui poursuivit !

— Les preuves que vous demandez, miss Dodge, je vous les apporte !...

Elle fouilla dans son petit sac et en tira deux photographies, que sa rivale présumée saisit dès qu'elle les lui tendit.

— Ceci vous paraîtra-t-il assez convaincant ?... interrogea Flossy Jess, en portant à ses yeux un fin mouchoir de batiste.

Elaine regardait avidement les deux épreuves : c'étaient les photos prises la veille, dans la maison de Prospect Avenue.

Sur l'une d'elles, Flossy passait tendrement ses bras autour du cou de Justin Clarel ; et sur l'autre, leurs lèvres se joignaient passionnément...

Après les avoir examinées, la jeune fille, lentement, les reposa sur la table...

— C'est bien !... fit-elle d'une voix blanche. Je verrai quelle suite je dois donner à votre communication... Pour le moment, miss Jess, il me semble que nous n'avons plus rien à nous dire !...

En parlant, elle appuyait le doigt sur la sonnette électrique, tandis que Flossy continuait à essuyer doucement ses yeux noirs.

Après le dernier mot d'Elaine, lentement, sans mot dire, elle s'inclina légèrement et, très digne, se dirigea vers la porte qui s'ouvrait, livrant passage au valet de chambre.

— François !... ordonna sa maîtresse, veuillez reconduire mademoiselle !...

La visiteuse sortit.

Dès qu'elle fut hors du salon, Elaine saisit les photographies et rentra précipitamment dans la bibliothèque...

Elle avait hâte d'être seule pour les regarder, pour les regarder encore, pour remplir ses yeux de leurs deux images...

Une douleur lancinante traversait son cœur... Sa tête aussi lui faisait mal... Elle la prit entre ses deux mains, en se demandant si elle avait réellement vécu les minutes qui venaient de s'écouler...

Les pensées et les sentiments les plus divers se heurtaient dans son cerveau, et leur contre-coup se reflétait sur son visage convulsé...

— Non, non !... murmura-t-elle. Je n'ai pas le droit de douter !... Cette femme a raison !... La preuve est là !...

A ce moment, le timbre de la porte d'entrée résonna de nouveau...

Elaine tendit l'oreille, pendant qu'on ouvrit, et elle reconnut la voix familière de Justin Clarel...

Doucement, il souleva la portière qui séparait la bibliothèque du hall...

Elaine était demeurée assise à la même place ; elle avait simplement rejeté les photographies sur la table à côté d'elle, en les couvrant d'un journal.

La voyant immobile, Clarel s'avança vers elle, un sourire de confiance et de satisfaction épanouissant son visage...

Dans son âme simple de grand laborieux, il se réjouissait du plaisir qu'il espérait faire à celle qui tenait dans sa pensée la première place.

Tirant de sa poche l'écrin qu'il y avait serré :

— Regardez ceci, mademoiselle, mon amie ! fit-il en l'ouvrant. Et devinez pour qui est ce petit anneau ?...

Ce ne fut pas vers l'écrin, mais vers lui qu'elle tourna les yeux... Pas un mot, cependant, ne sortit de ses lèvres...

Malgré sa perspicacité ordinaire, Clarel était si loin de supposer ce qui se passait en elle, qu'il ne remarqua point cette étrange attitude.

Sur le même ton de bonne humeur, il poursuivit :

— Voulez-vous me confier votre menotte, et me permettre de voir si cette modeste bague fait bien à votre doigt ?...

De la tête, Elaine fit un signe négatif... Et au lieu d'obéir à l'invitation, elle recula.

Leurs regards se croisèrent, et, alors seulement, Clarel remarqua l'expression de froid dédain qui luisait dans ces beaux yeux...

— Qu'avez-vous ?... dit-il. Que vous est-il arrivé ?... Et pourquoi me faites-vous un pareil accueil ?...

Elle prit sur la table les deux photographies et les lui tendit.

— Avez-vous quelque explication à me donner à ce sujet ?... demanda-t-elle, sortant enfin de son mutisme.

De plus en plus surpris, Justin regardait les deux épreuves...

Puis, comme s'il venait de trouver seulement le mot longtemps cherché d'une inso-

Bien qu'un peu déçue, Elaine sortit du magasin.

Photo-film Pathé frères.

— Vous avez raison : ils se ressemblent en tous points.

Photo-film Pathé frères.

Elaine avait longuement contemplé la photographie de l'absent. — Miss Dodge mit son nom sur le registre de livraison. — Avec la joie d'une enfant,
Elaine admirait son nouveau bijou. — Toute heureuse, la jeune fille fit admirer à Perry l'effet que faisait à son bras le bracelet de platine.

2-XIX.

2-XX.

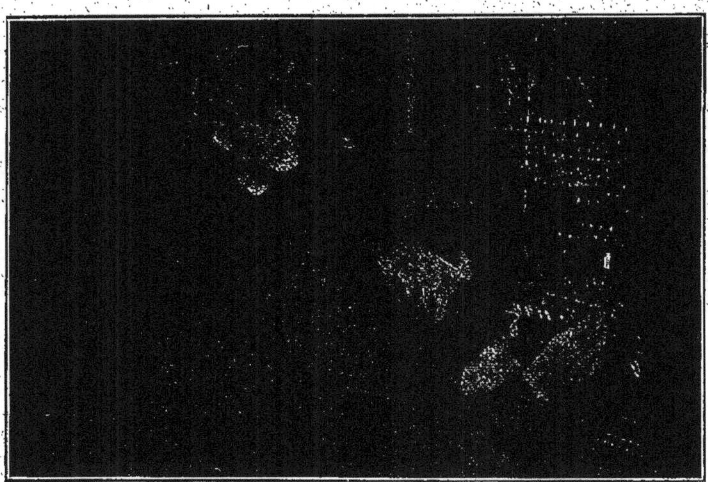

En quelques minutes les fils téléphoniques furent débranchés.

Photo-film Pathé frères.

Tout en parlant il avait ouvert le sac et en tirait l'objet indiqué.

2-XXI.

luble énigme, il les rejeta sur le bureau, en éclatant de rire.

— Enfin !... s'écria-t-il. La lumière se fait !... Dire que voilà vingt-quatre heures que je me creuse la tête pour découvrir le but auquel pouvait tendre toute cette invraisemblable histoire !... C'est donc pour cela qu'ils se sont servis de Jameson ?...

— Je ne m'explique pas, questionna Elaine, à quel propos vous faites intervenir ici le nom de monsieur Jameson ?...

— Tout simplement parce que, certains qu'en s'adressant directement à moi, ils me trouveraient sur la défensive, les gens qui ont combiné cette piètre mystification ont eu recours à Walter pour m'attirer chez eux !... Ainsi voilà le dénouement qu'ils voulaient obtenir !... Toute cette mise en scène imaginée pour dissimuler l'objectif d'un kodak !... Un tel travail pour arriver à prendre cet instantané truqué !... En vérité, à en juger par leurs précédentes tentatives, je croyais à nos adversaires plus d'envergure dans leurs conceptions !...

— Je vous répète, reprit Elaine sur le même ton glacé, que je ne vous comprends pas !...

— Quoi !... Vous ne devinez pas que nous sommes encore en face d'une nouvelle entreprise de nos éternels ennemis !... Et que c'est « la Main qui étreint » qui a ourdi cette trame mesquine, dans laquelle, d'après ce que je vois, vous semblez sur le point de vous laisser prendre !...

Alors, en quelques mots, Clarel fit le récit des incidents survenus la veille.

Il relata l'entrefilet paru dans le *Star* sur le prétendu baiser empoisonné, le coup de téléphone donné à Jameson, la visite de celui-ci à miss Florence Iess, la demande de son secrétaire de venir le retrouver chez celle-ci ; son départ inopiné, et le tête à tête soigneusement prémédité qui en était résulté entre lui-même et la jeune femme.

— Quand je pense, conclut-il, que je ne m'expliquais pas son attitude singulière à mon égard et l'expansive démonstration qu'elle avait tenu à me faire de l'agression dont elle se plaignait !... Maintenant me voilà fixé !... Et je pense que vous l'êtes aussi !...

— Eh bien non !... reprit Elaine, d'une voix altérée. Et je ne m'explique pas encore, je vous l'avoue, comment cette prétendue enquête scientifique sur ce que vous appelez le microbe du baiser peut justifier de pareils actes !...

D'un geste dédaigneux, elle désignait la photographie restée sur la table.

Jusqu'à ce moment, c'est avec un sourire que Clarel avait fourni toutes les explications capables d'éclairer la jeune fille.

Fort de son innocence, il ne pouvait admettre que l'esprit de celle-ci fût effleuré par un soupçon...

Le moyen auquel ses adversaires avaient recours lui semblait si grossier, si puéril, qu'un seul mot devait suffire, pensait-il, pour en détruire l'effet.

Le grand savant, l'homme de science qu'il était, neuf et malhabile aux choses d'amour, ignorait que chez les femmes, et surtout chez les femmes qui aiment, la jalousie sera toujours le point sensible, et que la calomnie la plus invraisemblable, quand elle s'attaque à cette fibre, les trouvera toujours vulnérables.

La réponse d'Elaine le désabusa.

Il se rendit subitement compte qu'elle le croyait vraiment coupable, et qu'il lui fallait à tout prix détruire le doute dont il la sentait envahie...

Une gravité soudaine succéda sur son visage à la confiance et à l'alacrité qui y régnaient.

— Voyons, reprit-il, ce n'est pas sérieux ! Vous ne croyez pas aux stupides inventions de cette femme ?... Il ne vous manquerait plus que de me dire que je lui ai promis le mariage, et qu'elle est ma fiancée !...

Lentement, d'un ton martelé, son interlocutrice laissa tomber ces mots :

— J'allais vous le dire, car elle me l'a affirmé !...

— Et vous êtes sa dupe !...

— J'attends que vous vous disculpiez !...

— Soit !... Je vais le faire, puisque vous m'y obligez !... Vous n'avez qu'à interroger Jameson !... S'il ne vous confirme pas littéralement le récit que je viens de vous faire, je vous permets de douter de moi !...

— Oh ! monsieur Clarel !... Allez-vous me forcer à vous répondre que votre secrétaire ne saurait vous démentir, et que si cette femme dit vrai, comme je suis bien forcée de le croire, vous devez avoir depuis longtemps donné à monsieur Jameson des instruction précises, pour le cas où j'en viendrais à l'interroger !...

— Ainsi, vous en êtes là !... fit-il en joignant les mains en un geste de stupeur. Et moi qui, tout à l'heure, haussais les épaules devant la niaiserie et la sottise de cette attaque !... Ah ! nos adversaires connaissent mieux que moi le cœur des femmes !... Je n'aurais pourtant jamais supposé que le vôtre pût être si facilement détourné de moi !...

— Prouvez-moi que je me trompe, je ne demande pas mieux !...

— Ma pauvre enfant, en pareil cas, on peut quelquefois prouver qu'un homme a des torts envers une femme, mais il lui est impossible de démontrer qu'il n'en a pas !... Je vous ai exposé par quel concours de circonstances j'avais été amené chez une personne que je ne connaissais pas, que je n'avais jamais vue... Je vous ai raconté en détail ce qui s'est passé entre elle et moi !... Mais comment voulez-vous que j'arrache de votre cerveau la défiance qu'elle y a perfidement semée !...

— Et comment un savant tel que vous peut-il me demander de douter d'une épreuve photographique ?... interrogeait-elle avec une froide ironie.

Malgré son empire sur soi-même, Clarel eut un geste de colère, que par un effort de volonté il parvint toutefois à réprimer.

Mais l'irritation qu'il venait de maîtriser grondait en lui... Une irrésistible rancœur s'y mêlait contre une injustice dont il ne pouvait pas voir combien souffrait celle à qui il la reprochait.

— C'est bien !... fit-il avec une amertume qu'il ne songeait pas à dissimuler. Puisque vous allez jusqu'à me soupçonner d'une préméditation et d'une connivence avec un tiers pour vous tromper, je n'ai plus qu'à me retirer... C'est ce que je fais !...

S'inclinant profondément devant elle :

— Mademoiselle, veuillez agréer l'hommage de mon respect.

Elaine ne répondit pas...

Elle restait debout, le sourcil froncé, farouche et inébranlable.

Avant de franchir le seuil, Clarel jeta un dernier regard sur elle, et, voyant qu'elle ne bougeait pas, que pas un muscle ne tressaillait sur son visage, il sortit.

Le bruit de la porte de la rue se refermant parvint jusqu'à la jeune fille.

A ce moment, un remords la saisit, un repentir de ne pas avoir cru en la parole de cet homme qu'elle avait toujours connu si loyal, de ne pas avoir été touchée par la sincérité de son accent...

Elle fit un pas pour l'appeler, mais son amour-propre, sa dignité froissée arrêtèrent le geste qui aurait pu tout réparer.

La nuit qui s'écoula fut pour Clarel une longue insomnie...

Le lendemain matin, quand il gagna son laboratoire, loin de s'affaiblir, la douleur intime qu'il ressentait au plus profond de son cœur s'était encore avivée...

L'idée qu'Elaine pouvait le croire capable d'une trahison pesait sur lui comme un insupportable fardeau...

Il tendit la main à Jameson et s'assit à sa place habituelle... Mais, au lieu de vaquer à ses besognes journalières, il s'absorba dans ses pensées, accoudé sur son bureau, les yeux clos, le front entre ses mains...

Walter le regardait de loin, se demandant quel pouvait être le motif d'une si insolite préoccupation.

Au bout de quelques instants, Clarel releva la tête...

Dans la lutte intérieure qu'il soutenait contre son orgueil, son amour était décidément le plus fort.

Il prit son chapeau et son pardessus, et sans rien dire à Jameson, sortit rapidement.

Dix minutes plus tard, il sonnait à la porte de l'hôtel Dodge.

Il lui semblait impossible qu'Elaine, de son côté, n'eût pas réfléchi, et qu'un regret ne l'eût pas gagnée...

La tante Betty était seule dans la bibliothèque.

— Oh ! Monsieur Clarel !... fit-elle innocemment. Comme je suis ennuyée que ma nièce ne soit pas là !... Mais elle doit avoir quelque grave souci, car depuis hier, elle est toute triste... Et après dîner, je l'ai surprise qui pleurait silencieusement... Tout à l'heure, elle s'est habillée, et elle est sortie !...

— Savez-vous où elle est allée ?...

— Oui, chez une jeune femme qu'elle semblait pressée de rencontrer... Une nommée Florence Jess, je crois !...

— Florence Jess ?... répéta Clarel avec angoisse. Vous êtes sûre de ce nom ?...

— Oui !... C'est bien celui qu'Elaine a prononcé devant moi !...

— Me permettez-vous de me servir de votre téléphone ?...

— Comment donc !... Vous savez bien qu'ici vous êtes chez vous !...

Il se précipita sur l'appareil, et demanda le numéro de son laboratoire.

Jameson y était toujours, occupé à terminer son travail.

Sans songer à s'excuser de la brusquerie avec laquelle il l'avait quitté, son maître lui dit d'une voix brève :

— Walter, toute affaire cessante, rejoignez-moi dans une demi-heure, devant la porte de miss Florence Jess !...

Sans attendre la réponse, il raccrocha le récepteur, et, prenant congé de la tante Betty, s'éloigna précipitamment.

L'anxiété le tenaillait... Sa perspicacité professionnelle et un instinct secret, plus fort que tous les raisonnements, lui faisaient craindre une embûche nouvelle.

La simplicité presque enfantine du moyen employé le lui rendait plus suspect encore.

En même temps, par un sentiment naturel chez un homme de sa valeur, l'ingéniosité déployée par ses éternels ennemis l'émerveillait.

Il demeurait confondu de la variété de leurs ressources, de la souplesse avec laquelle ils changeaient leur tactique, employant tour à tour la force et l'adresse, la brutalité et l'astuce, l'assassinat et la psychologie...

N'ayant pu avoir raison d'Elaine dans les tentatives successives où s'était dépensée leur violence, c'est dans son moral, dans sa sensibilité féminine qu'ils l'attaquaient, et l'événement semblait prouver que leur calcul était juste, et que le coup avait porté.

Le fait patent, manifeste, c'est qu'ils avaient réussi une fois de plus à attirer la jeune fille dans un guet-apens...

Le prétexte avait été différent, mais le résultat était le même...

Qu'allait-elle trouver en face d'elle, dans cette maison interlope, à côté de cette femme tarée ?...

Si elle était de nouveau au pouvoir de ses persécuteurs, qu'allaient-ils en faire ? Où l'auraient-ils peut-être déjà entraînée ?... A quelles extrémités ne se seraient-ils pas portés ?

Tout en agitant ces diverses pensées, il était arrivé à Prospect Avenue...

L'œil aux aguets, il examinait attentivement les alentours, fouillant de son regard sagace les diverses maisons devant lesquelles il passait.

Il arriva ainsi à la porte de celle où, deux jours plus tôt, il avait été appelé par le coup de téléphone de Jameson...

A son grand étonnement, les volets étaient clos, et un vaste écriteau portant ces mots « A louer » s'étalait devant la façade.

— Qu'est-ce que cela veut dire ?... s'exclama Clarel.

A ce moment, des pas retentirent derrière lui : c'était Jameson qui, à l'heure dite, arrivait exact au rendez-vous.

— Regardez !... fit Justin désignant l'écriteau.

— Comment ?... La maison est vide ?... questionna le jeune homme.

— Ou tout au moins elle le paraît... Mais c'est peut-être un piège pour dérouter les investigations... Voilà ce qu'il nous faut savoir à tout prix !... Venez !...

Entraînant Jameson, il pénétra dans le jardinet qui s'étendait devant l'escalier desservant le premier étage.

Les deux hommes l'escaladèrent rapidement.

— Que s'est-il donc passé depuis notre visite d'avant-hier, questionna Walter, pour que vous sembliez si ému !...

— Je vous raconterai cela plus tard... Pour le moment, sachez qu'Elaine est sortie de chez elle, il y a plus d'une heure, pour venir ici... Cette Florence Jess s'y trouvait-elle encore lors de sa venue ? Dieu veuille que non, car je craindrais tout pour Elaine !...

— Est-ce possible ?... Mais alors, cette femme ?

— Pour moi, Walter, cette femme est une des complices de « la Main qui étreint ».

— By God !... exclama le jeune journaliste... Alors, vous avez raison, patron, il faut tirer la chose au clair...

Ils étaient arrivés devant la porte d'entrée : elle était fermée, comme toutes les fenêtres donnant sur la terrasse qui prolongeait le premier étage.

Les deux amis eurent beau carillonner à qui mieux mieux, personne ne répondit à leurs appels.

— Il n'y a pas à hésiter !... déclara Justin. Il faut employer les grands moyens !...

D'une brusque poussée, il enfonça un des volets, et se préparait à briser les vitres...

— Holà !... vous autres, cria une voix venant d'en bas ! Que faites-vous donc ?... Est-ce là une manière honnête de pénétrer dans les maisons ?...

C'était un policeman de service dans l'Avenue, qui, de loin, avait suivi leur manège, et, en les voyant prêts à traiter les fenêtres comme ils avaient traité les volets, s'était rapproché vivement.

— Voilà une bonne chance !... dit le détective scientifique, en le voyant gravir à larges enjambées l'escalier, pour venir à eux !... Vous êtes justement l'homme qu'il nous faut !...

Il lui tendit sa carte et expliqua en quelques mots les graves raisons qui avaient motivé son intervention.

— Il doit s'être passé dans cette maison quelque chose d'insolite... conclut-il, et l'assistance d'un représentant de la loi ne sera pas de trop, si l'éventualité que je redoute s'est par malheur réalisée...

Les trois hommes enjambèrent la fenêtre et se trouvèrent dans la pièce où Clarel et Jameson s'étaient réunis l'avant-veille.

Le coquet petit salon où Flossy Jess avait roucoulé sa plaintive romance était maintenant complètement désert. Toute trace d'habitant, tout vestige de meubles avaient disparu. On avait tout enlevé, excepté une vieille chaise brisée hors d'usage, et quelques caisses trop démolies pour être employées. Seul, un relent de parfum violent, du chypre sans doute, indiquait qu'une femme élégante, ou tout au moins coquette, avait séjourné là quelque temps.

Du salon, ils passèrent dans les autres chambres. Partout l'aspect était le même, cet aspect triste et glacé des demeures abandonnées...

Après avoir parcouru de fond en comble le premier étage, le policeman déclara d'un ton doctoral :

— Vous voyez, messieurs, que non seulement il n'y a personne dans la maison, mais qu'aucun indice suspect ne nous permet de croire qu'il s'y soit rien accompli qui tombe sous le coup de la loi...

— Nous n'avons pas encore tout exploré ! répondit Clarel.

— Que nous reste-t-il donc à voir encore ?...

— La cave !... C'est peut-être là que nous trouverons ce que nous cherchons !... Allons mon brave, suivez-nous, et, si vous m'en croyez, ayez l'œil aux aguets et la main sur votre revolver, car nous avons affaire à des gaillards pour qui la vie d'un homme ne compte guère plus que celle d'un rat !

XIV

TROIS CHEVEUX BLONDS

Il y avait deux caves sous la maison, l'une pour le charbon, l'autre pour la bière et le vin. Tout paraissait y avoir été déménagé comme à l'étage supérieur, sauf un vieux casier à bouteilles démantibulé gisant dans un coin.

Jameson s'approcha de son maître, qui, après un coup d'œil général examinait minutieusement la première cave, sondant les murailles, étudiant le sol avec une scrupuleuse attention.

Sa lampe électrique à la main, il passa ensuite dans la seconde, où ses deux compagnons le suivirent. Une fois là il recommença la même inspection approfondie des aîtres, sans arriver à un plus heureux résultat.

Mais au lieu de se décourager de son insuccès et d'abandonner cette stérile investigation, il s'immobilisa tout à coup, les yeux fixés sur le sol.

Puis, presque au même moment, il tendit la tête en avant, comme s'il prêtait l'oreille à quelque bruit étrange et lointain.

— Que se passe-t-il, patron ?... questionna Jameson, en s'avançant... Avez-vous entendu quelque...

Un geste impératif de Clarel coupa brusquement la phrase...

En même temps, il faisait à ses compagnons un signe énergique de la main, pour leur enjoindre de s'éloigner.

— Cachez-vous tous les deux !... murmura-t-il d'une voix qui ressemblait à un souffle.

Docile comme toujours, Walter entraîna le policeman dans un coin de la cave, où la pâle lueur qui partait du soupirail extérieur né parvenait pas.

Mais rien ne survint d'inattendu, et déjà le jeune homme se préparait à sortir de sa cachette, pensant que son maître avait été le jouet de quelque illusion, lorsque le silence impressionnant qui pesait sur cette scène fut soudainement troublé par un léger bruit qui ressemblait au grincement d'une porte dont les gonds auraient besoin d'huile.

Du fond de leur ténébreuse retraite, les spectateurs distinguèrent sur le sol une plaque carrée, qui se soulevait lentement, en démasquant une ouverture, pratiquée dans la terre.

Un homme apparut.

Sa tête était couverte d'une sorte de boule de métal, au centre de laquelle des verres épais abritaient les yeux. Des tuyaux de caoutchouc partaient de cette singulière coiffure, aboutissant à une boîte oblongue qu'il portait sur le dos.

Jameson et le policeman eurent tôt fait de reconnaître un des casques à oxygène pareils à ceux qu'emploient les pompiers pour combattre la fumée et les émanations d'acide carbonique dans les incendies.

Une fois qu'il eut pris pied sur le terrain de la cave, l'individu se hâta de repousser la plaque levée derrière lui.

Mais si rapide qu'eût été son geste, une odeur fétide se dégagea de l'ouverture, et parvint jusqu'aux trois guetteurs.

Le couvercle retombé, l'homme esquissa un mouvement pour gagner l'escalier. Il n'avait pas fait un pas, que Clarel bondissait hors de son abri et se précipitait sur lui. Jameson et le policeman, d'un même élan, suivaient son exemple.

L'individu, embarrassé par son attirail, fut vite maîtrisé.

Ce fut l'affaire de quelques secondes pour lui retirer son casque.

La face pâle et effarée de Steve Webster apparut...

— D'où venez-vous ?... interrogea rudement Clarel.

L'ami de Florence Jess reprenait peu à peu son sang-froid... Il promena un regard circulaire sur ses trois antagonistes, et, lentement, se croisa les bras sur sa poitrine, gardant un silence farouche.

— Bon !... Il paraît que vous ne voulez pas répondre !... Libre à vous !... Nous nous passerons de vos éclaircissements... D'ailleurs, j'en sais déjà assez, et votre coiffure est à elle seule un renseignement !... Il est certain que dans le souterrain d'où vous sortiez, l'air n'est pas respirable, et que seul ce casque vous a permis de l'affronter...

Il se dirigea vers l'orifice, dont il souleva le couvercle avec précaution...

L'exhalaison méphitique qui se dégagea faillit le suffoquer, et le força à rabaisser aussitôt la plaque de fer.

— C'est bien ce que je pensais !... dit-il. Ce sont des émanations d'égout.

Et, se tournant vers le policier :

— D'où supposez-vous qu'elles peuvent venir ?...

— Ce doit être de la conduite Saint-James, une très vieille construction, qui passe à proximité d'ici...

Clarel marcha de nouveau vers Webster.

— Qu'avez-vous fait de la jeune fille qui est venue il y a une heure et demie retrouver ici votre complice ?...

Le bandit haussa les épaules :

— Je ne sais pas de qui vous voulez parler !... articula-t-il.

— Vous mentez !... Par une combinaison machiavélique, vous avez attiré dans cette maison miss Elaine Dodge !... Je veux savoir ce qu'elle est devenue !...

Steve Webster toisa son interlocuteur d'un œil dédaigneux, et se replongea dans son obstiné mutisme.

— Si vous persistez à ne pas répondre à ma question, prenez garde !... fit Clarel incapable de maîtriser plus longtemps sa colère, et le saisissant violemment.

Les deux revolvers de Walter et du policeman s'abaissèrent... Un geste de leur compagnon les releva.

Tandis que sa poigne de fer étreignait le gredin, un détail insignifiant en apparence attira soudain son regard.

Sur le veston de celui-ci, il distinguait quelques cheveux, des cheveux de femme, blonds et fins, qui s'étaient enroulés autour d'un bouton et serpentaient le long de l'étoffe.

— Des cheveux d'Elaine !... murmura-t-il.

Et, du doigt, désignant les fils d'or :

— Voilà qui vous trahit !... dit-il. Et maintenant, il faut que vous parliez !...

Les lèvres de Webster demeuraient opiniâtrément fermées.

— Dites-moi où est cette jeune fille !... poursuivit Clarel, qui l'avait empoigné de nouveau par les épaules, et le secouait furieusement.

L'affilié de « la Main qui étreint » n'eut même pas l'air d'avoir entendu la question.

Exaspéré, Justin, d'un geste vigoureux, l'envoya rouler sur le sol.

Puis, il s'empara du casque à oxygène, dans lequel il introduisit sa tête, et assujettit sur son dos le réservoir qui en formait le complément.

— Qu'allez-vous faire, patron ?... demanda Jameson.

— Suivre la piste qui vient de s'offrir à nous !... C'est le seul moyen de parvenir jusqu'à Elaine !... Pourvu que je ne la retrouve pas trop tard !...

— Mais cet homme ?... interrogea le policeman.

— Gardez-le ici jusqu'à ce que je revienne !...

Il avait relevé la plaque, et s'engagea lentement à travers l'ouverture.

Lentement, il descendit une espèce d'échelle à barreaux de fer, pareille à celles qui donnent accès dans les égouts.

Au dernier échelon, il sentit le sol sous ses pieds...

Il avait de l'eau presque à la poitrine, une eau noirâtre, aux relents fétides, dont les miasmes asphyxiants montaient jusqu'à Jameson, qui, penché au-dessus de l'orifice, son mouchoir sur son nez et sur sa bouche, essayait de se rendre compte de ce qui se passait au-dessous de lui, dans ces ténèbres...

Mais, malgré cette précaution, l'odeur nauséabonde le prit à la gorge, et il fut forcé de reculer.

Au fonds du puits où il était parvenu, Clarel trouva un étroit passage qu'il suivit... Le boyau était si rétréci qu'il y avait à peine place pour un homme.

Il s'agrippa comme il put aux aspérités des parois et arriva enfin au viaduc principal, une très ancienne construction de pierre, où les eaux roulaient plus rapides et plus pestilentielles encore.

C'est à peine s'il pouvait lutter contre ce courant, dont les flots boueux menaçaient de l'entourer à chaque pas.

En haut, entre les trois hommes demeurés dans la cave, les minutes s'écoulaient avec une lenteur désespérante...

Jameson, à l'aide de la lampe électrique du policier, regarda sa montre...

Il y avait maintenant tout près d'un quart d'heure que son maître avait disparu dans le gouffre.

Adossé à la muraille, jusqu'à laquelle il avait reculé avec ses gardiens, pour échapper le plus possible aux exhalaisons suffocantes de l'égout, Steve Webster, toujours sous le canon du revolver du policeman qui le menaçait, ne bougeait pas.

— Patron !... appela Walter, penché encore une fois au-dessus du trou, et en proie à une insurmontable angoisse... Patron !...

Aucune réponse ne lui parvint.

Redoutant une catastrophe, il eut la pensée de le suivre, de courir à son secours... Mais comment eût-il été possible de s'aventurer dans ce cloaque ?...

A l'endroit où il s'était avancé, Clarel ne pouvait pas l'entendre.

Tout à coup, le boyau, qui s'était rétréci, s'élargit de nouveau....

Dans l'angle du mur était encastrée une série de barreaux de fer.

Il commença à les escalader... Comme il touchait au dernier, il se trouva au milieu d'une sorte de chambre pratiquée à même la pierre.

L'obscurité qui régnait là l'empêchait de presque rien distinguer... Instinctivement, il allongea le bras, et tâta autour de lui.

Un cri lui échappa...

Sa main venait de toucher un morceau d'étoffe...

Il l'attira doucement à lui. C'était une robe de femme.

Ses regards essayaient de percer la pénombre... Peu à peu ils y parvinrent.

Elaine était étendue là, sur la pierre, ne respirant plus, inerte et inanimée...

Vainement, il tenta de la rappeler à la vie... Tous ses efforts furent inutiles...

Alors, il la souleva, la prit dans ses bras, et redescendit, chargé de son précieux fardeau.

Soutenant la tête de la jeune fille hors de l'eau, il reprit sa marche en sens inverse, du côté de la première échelle.

Si le chemin pour y arriver lui avait paru long, la route pour regagner son point de départ lui sembla plus interminable encore.

Mais sa hâte de retrouver ses compagnons n'était rien auprès de l'angoisse avec laquelle ceux-ci attendaient un signe, un indice, une manifestation quelconque qui les rassurât sur son compte.

— Il ne revient pas !... fit Jameson, haletant d'impatience. S'il n'est pas de retour dans trois minutes, quoi qu'il arrive, j'irai à sa recherche !...

— Ecoutez !... fit l'agent, tendant l'oreille.

Dans la profondeur du puits, on distinguait un bruit vague.

Une corde qui longeait l'échelle, et servait à la descente, s'agita comme si quelqu'un d'en bas la tirait.

— Mon maître, mon cher maître, appela le jeune homme, est-ce vous ?...

Aucune réponse ne lui parvint, mais la corde continuait à remuer.

Sans doute, le casque qui couvrait la tête et les oreilles de Clarel l'empêchait-il d'entendre...

A force d'énergie, le sauveur d'Elaine était bien arrivé jusqu'au bas de l'échelle.

Mais, une fois là, il comprit que jamais, en portant dans ses bras, ou sur ses épaules le corps de la jeune fille, il ne parviendrait à escalader les barreaux.

Une idée lui traversa l'esprit... Il attira hors de l'eau le bout de corde qui y trempait, et en entoura plusieurs fois la taille d'Elaine.

Après y avoir fait un nœud solide, il la secoua pour appeler l'attention de Jameson, puisqu'il lui était impossible d'articuler un son.

Walter, instantanément, comprit le signal, et, son mouchoir noué sur sa bouche, s'efforça de hisser le fardeau que Clarel en bas soulevait à mesure qu'il montait.

Mais lorsque ses mains cessèrent de le soutenir, la tension devint brusquement trop rude.

— Aidez-moi !... cria le jeune journaliste au policeman, qui se hâta de prendre sa place.

— By God ! grommela celui-ci. C'est joliment lourd !...

— Attendez !... fit le jeune homme.

Et, braquant son revolver sur la tempe de Webster :

— Donnez un coup de main à cet homme !... dit-il, ou je vous brûle !...

Le bandit mâchonna un juron, mais force lui fut d'obéir.

Bientôt le corps de la jeune fille apparut. Justin, gravissant les échelons un à un, suivait en continuant à le soutenir.

Enfin le policeman put le saisir, et l'étendre sur le sol.

Clarel, sorti de l'ouverture, se débarrassait vivement du casque et de l'appareil qui l'accompagnait, tandis que Jameson repoussait du pied la plaque de fer qui boucha hermétiquement l'orifice.

— Il y a des vieux paniers dans le coin où nous étions !... indiqua-t-il.

Le policeman et Webster les alignèrent, formant une sorte de civière, sur laquelle ils étendirent le corps inanimé d'Elaine.

— Vite ! dit Clarel à l'agent, courez téléphoner pour faire venir une ambulance.

Tandis qu'il s'élançait pour obéir, les deux hommes élevaient et abaissaient les bras de la jeune fille, selon les principes de la respiration artificielle.

Webster qui les observait, vit l'occasion qui s'offrit à lui.

Sans bruit, il ramassa une chaise grossière et massive, oubliée dans un coin, et s'approchant à pas de loup derrière Clarel, la brandit au-dessus de la tête de celui-ci pour l'assommer.

Mais, à ce moment, Jameson dirigea les yeux de son côté et aperçut son geste.

Il tira de sa poche le revolver qu'il y avait replacé pour aider son maître, et ajusta rapidement l'homme.

Celui-ci s'écroula comme une masse sur le sol, laissant tomber la chaise qu'il tenait à la main.

Clarel, tout à son œuvre de salut, n'avait paru remarquer ni l'attaque de Webster ni l'irrémédiable châtiment qui l'avait suivi... Mais, bien qu'il n'eût ni tourné la

tête, ni jeté un regard sur le bandit, aucun détail de ce brusque drame ne lui avait échappé.

— Merci Walter !... dit-il. Vous m'avez devancé !... Venez vite maintenant reprendre votre place à côté de moi, et continuons à travailler ensemble, comme nous avons commencé !...

Pendant un long moment, le maître et l'élève s'épuisèrent en efforts ; mais quelque ardeur qu'ils y missent, et si méthodiquement qu'ils pratiquassent tous les mouvements recommandés par la science en pareille circonstance, le résultat ne répondit pas à leur attente.

Le corps d'Elaine demeurait toujours inerte. Son ravissant visage était livide, et de ses lèvres décolorées, en dépit des frictions et des tractions rythmiques, il ne sortait pas le plus léger souffle...

Ses admirables cheveux blonds, épandus sur ses épaules, l'enveloppaient comme un suaire doré...

— Mon Dieu ! mon Dieu !... murmurait Justin. Faut-il donc abandonner tout espoir !

Jameson ne répondit pas... Il continuait à travailler avec acharnement, à l'imitation de ce qu'il avait vu faire par Clarel ; mais, dans ses yeux fixés obstinément sur le corps inanimé de la jeune fille, montait peu à peu l'expression d'une profonde douleur...

Le bruit d'une voiture s'arrêtant devant la porte lui fit relever la tête...

— Ce doit être l'ambulance que notre compagnon est allé chercher !...

Le policeman, en effet, avait couru à l'indicateur situé dans la rue la plus proche, et, ouvrant le couvercle avec la clef réglementaire qu'il portait sur lui, il avait téléphoné à la station de police.

Avec une étonnante rapidité, la voiture d'ambulance prévenue était sortie de sa remise, et s'était dirigée en toute hâte vers la demeure qui lui avait été indiquée.

C'était bien elle, comme Jameson l'avait annoncé, qui stoppait devant la grille du petit jardin.

Un jeune docteur et deux aides en descendirent, transportant avec eux une pompe respiratoire, et les divers accessoires nécessaires à son fonctionnement.

Le policeman, qui les attendait, les guida vers la cave.

Tandis que les infirmiers mettaient l'appareil au point, le docteur, d'un coup d'œil, envisagea la gravité de la situation, et secoua la tête d'un air de doute.

— Vous n'êtes arrivé à rien ?... demanda-t-il à Clarel.

— Non, pas encore, vous le voyez !... répondit celui-ci, tout en continuant obstinément à remuer un des bras d'Elaine, tandis que Jameson faisait mouvoir l'autre.

— Espérons que nous serons plus heureux que vous !...

— Nous sommes prêts, monsieur le docteur !... dit un des aides.

Le praticien prit d'une main le long tube qu'il lui tendait, et, de l'autre, appliqua sur les lèvres d'Elaine l'embouchure de métal qui le terminait. L'autre infirmier mettait l'appareil en action.

Pendant cinq minutes, qui leur parurent éternelles, un silence angoissant pesa sur les assistants...

Clarel et Jameson, penchés sur le corps immobile, guettaient anxieusement un mouvement de la poitrine, un frémissement des lèvres, un tressaillement de la face, si imperceptible qu'il fût...

Mais ce fut en vain. Aucun indice, même le plus fragile, ne vint leur indiquer qu'un souffle de vie fût sur le point de ranimer cette chair déjà glacée...

L'épreuve dura encore plus de dix minutes sans amener aucun résultat plus satisfaisant.

Le docteur fit de la main un signe à ses deux infirmiers, qui arrêtèrent l'appareil.

Puis, se tournant lentement vers Clarel :

— Nous avons fait tout ce que nous pouvions, monsieur !... Je crois malheureusement qu'il ne nous est plus permis de garder aucun espoir !...

Justin jeta sur lui un regard désolé. Puis, reportant les yeux sur le visage délicieux d'Elaine, que cette rigidité faisait plus pur et plus aimable encore :

— Non, non !... fit-il. Ce n'est pas possible !... Elle n'est pas morte !...

— Hélas ! murmura Jameson, essuyant de la main deux larmes qui perlaient à ses yeux..

— Après l'expérience que nous venons de faire, articula le praticien, je crains bien qu'il ne puisse nous rester aucun doute !...

— Eh bien ! j'en ai, moi !... J'en ai quand même !... clama d'une voix ardente Justin Clarel. Puisque votre voiture d'ambulance est là, veuillez donner des ordres, docteur, et faites qu'elle transporte, sans perdre un instant, cette jeune fille à mon laboratoire !...

— Que voulez-vous donc tenter ?...

— Tout !... Pour la sauver !...

— Il faudrait un miracle !...

— La science d'aujourd'hui a l'habitude d'en faire !.. Si faible qu'elle soit, il me reste encore une lueur d'espoir !... Venez avec moi !... Nous allons essayer l'impossible !...

Le trajet de Prospect Avenue à l'Université fut accompli avec une étonnante rapidité.

Elaine, maintenant, était étendue sur un canapé, dans une salle attenante au laboratoire. Les rideaux étaient tirés et la lumière tombait en plein sur son pâle visage...

Jameson avait téléphoné à la tante Betty, qui ne tarda pas à arriver, accompagnée de Perry Bennett.

Au bras de celui-ci, elle traversa la pièce en chancelant, et vint s'agenouiller auprès de la couche où reposait Elaine.

Ses yeux étaient baignés de larmes, et son désespoir si violent, qu'elle semblait près de défaillir...

Sur l'ordre de Clarel, Jameson s'approcha de l'avocat, et lui dit quelques mots à l'oreille.

— Oui, oui, fit celui-ci, je comprends...

Penché vers la vieille dame, tandis que Walter s'empressait de l'autre côté, il l'aida doucement à se relever... Le secrétaire de Clarel les guida tous les deux vers la pièce voisine, où il demeura lui aussi, s'efforçant, ainsi que Perry, de prodiguer ses consolations à la tante d'Elaine.

Cependant, son maître, le regard sombre, les traits empreints d'une immuable résolution, s'était dirigé vers un petit meuble, d'où il avait tiré un rouleau qu'il fixa à une pile...

Puis, ayant relié les fils électriques à une prise de courant, il approcha ce curieux appareil du corps de la jeune fille...

Le médecin l'examinait en silence.

— Docteur, demanda tout en travaillant le détective scientifique, connaissez-vous le professeur Leduc, de l'école de médecine de Nantes ?...

— Oui certes !... Son nom est assez célèbre !... Mais pourquoi cette question ?...

— Alors, sa méthode de rappel à la vie par l'électricité ne vous est pas étrangère ?...

— J'en ai souvent entendu parler mais on affirme qu'elle n'est pas sans présenter de sérieux dangers....

Il s'arrêta, regardant interrogativement son interlocuteur.

— Au point où nous en sommes, répliqua celui-ci, nous n'avons pas le droit de nous arrêter devant de vains scrupules et de pusillanimes hésitations !... D'ailleurs, j'ai pratiqué plusieurs fois cette expérience, et je réponds de l'application !...

Il s'approcha d'Elaine, tenant en main les électrodes.

— Vous voyez, expliquait-il avec un imperturbable sang-froid, j'applique sur ce point l'anode, et la cathode sur cet autre...

Le praticien contemplait anxieusement Clarel, qui plaçait les deux points du courant sur la nuque et sur la colonne vertébrale.

La machine commença à fonctionner, attentivement guettée par l'œil intelligent du docteur.

— Est-ce possible ! s'écria-t-il au bout de quelques minutes... Regardez !...

La poitrine d'Elaine s'était lentement soulevée...

Clarel, passionnément appliqué à son labeur, redoublait de patience et d'efforts...

— Voyez !... Ses joues et ses lèvres se colorent !... murmura le médecin émerveillé.

Quelques secondes s'écoulèrent encore, et les yeux de la jeune fille, ces yeux clos depuis si longtemps, s'entr'ouvrirent, péniblement... puis, se refermèrent.

L'expérience allait-elle réussir ?... Ou

bien était-ce l'effet seul du courant électrique qui venait de produire cet étrange phénomène ?...

Le docteur posa son oreille sur le cœur d'Elaine, écoutant si la vie allait définitivement revenir.

Tout à coup, il releva la tête.

— Elle vit !... s'exclama-t-il, le cœur bat !...

En effet, sous l'effort de la respiration rétablie, le sein de la jeune fille s'élevait et s'abaissait régulièrement...

Clarel s'était relevé, triomphant.

— Jameson !... appela-t-il d'une voix que l'émotion faisait trembler. Venez !... Venez vite avec nos amis !...

La porte s'ouvrit.

Derrière Walter, la tante Betty, luttant pour dominer la surexcitation nerveuse à laquelle elle était en proie, montra son visage bouleversé, à côté de Perry Bennett.

— Entrez ! entrez !... dit le jeune médecin, la face rayonnante d'admiration et d'allégresse. Le miracle que nous avait promis M. Clarel s'est produit !... Regardez !...

Tous les trois s'empressèrent autour de la jeune fille, qui, les yeux ouverts maintenant, les contemplait, en essayant un timide sourire.

D'abord, ses yeux s'arrêtèrent sur Justin, puis, presque aussitôt, se portèrent sur Perry Bennett.

Un souvenir traversa sans doute son cerveau, car elle lui tendit la main, dans un geste affectueux, presque tendre.

A cette vue, Clarel ne put réprimer un geste de surprise et de souffrance. Sur son visage, une contraction douloureuse succéda à la joie qui l'avait soudainement irradié.

Il recula de quelques pas, le regard toujours fixé sur le jeune avocat, qui serrait ardemment la main de sa cousine.

— Est-ce donc pour lui que je l'ai sauvée ?... murmura-t-il avec amertume...

XV

CADEAU D'ANNIVERSAIRE

Dans une chambre assez vaste, mais simplement meublée d'une grande table, d'une demi-douzaine de chaises et d'un large bureau américain adossé au mur, l'état-major de « la Main qui étreint » se trouvait réuni.

L'homme au mouchoir rouge faisait à ses lieutenants un exposé rapide de la situation.

L'index tendu, parlant d'une voix brève, où perçaient une rancune et une haine inassouvies, il dénombrait les pertes subies par l'association, depuis le jour où Justin Clarel était entré dans la lutte contre elle, avec l'opiniâtre désir de venger le meurtre de Taylor Dodge et des autres victimes, dont la disparition avait si profondément bouleversé New-York.

— Sans parler des traîtres que nous avons justement punis, Smithson, le sacristain de Darnemouth, et Dan le Noir sont tombés tour à tour dans la lutte sans merci que nous soutenons... Hier, c'était le tour de Steve Webster, mon meilleur lieutenant... Vous penserez comme moi, j'en suis sûr, que ces braves camarades doivent être vengés, et que nous ne devons avoir ni répit ni cesse avant que nos ennemis aient payé chèrement les brèches qu'ils ont faites dans nos rangs...

— Oui, oui !... clamèrent d'une seule voix les bandits. Vengeance !...

— Vous pouvez compter sur moi pour que cette vengeance soit implacable et prompte... Pour le moment, il est nécessaire qu'une vigilance de tous les instants nous renseigne sur les moindres actions de ceux qui jusqu'ici ont échappé à nos coups, mais qui ne nous braveront pas plus longtemps... Slim, vous allez vous charger de surveiller miss Dodge et de m'indiquer exactement tous ses faits et gestes...

— A vos ordres, chef !...

— Vous êtes adroit, débrouillard... Ne la perdez pas de vue, et suivez-la partout où elle ira... J'attends de vos nouvelles... Selon le rapport que vous me ferez, je compléterai mes instructions...

Le bandit fit signe de la tête qu'il avait compris. Puis il se leva, prit son chapeau et sortit pour aller accomplir sa mission, tandis que le chef de « la Main qui étreint » achevait de mettre ses hommes au courant de la trame nouvelle ourdie par lui contre leurs adversaires.

Un grand mouvement régnait devant l'hôtel Dodge lorsque Slim, fidèle exécuteur des ordres de son chef, vint se poster aux alentours, assez près pour ne rien perdre des allées et venues de celle qu'il s'était chargé de surveiller.

C'était, ce jour-là, l'anniversaire de naissance d'Elaine, et ses nombreux amis, justement à cause de la perte subie par elle, avaient tenu à cœur de ne pas laisser passer cette date sans lui apporter un témoignage de leur affection ou de leur sympathie.

Aussi était-ce, depuis le matin, dans les salons du rez-de-chaussée, un défilé ininterrompu de visites, un déluge de souhaits, une avalanche de cadeaux et de fleurs.

Elaine répondait à tous et à toutes, avec sa grâce coutumière et son irrésistible sourire.

Vers le milieu de l'après-midi, l'affluence se calma un peu, et quand François apporta le thé, il n'y avait plus dans la serre, à côté de la jeune fille, que sa tante et son amie Suzy Martins, qui bavardaient à qui mieux mieux.

Tandis que miss Martins allongeait le bras pour prendre un morceau de cake que lui tendait Elaine, la manche de son corsage s'écarta légèrement, et laissa voir, enserrant son poignet, un bracelet-montre en platine, d'un modèle tout à fait simple, mais du plus haut goût.

— Tiens, tiens !... observa Elaine, en le désignant du doigt, toi aussi, Suzy, tu as reçu un cadeau !...

— C'est vrai, fit la jeune fille du richissime joaillier de la 5th. avenue, tu ne l'avais pas encore vu !... C'est un présent de mon père !... N'est-ce pas qu'il est joli, et que ces petits diamants parsemés sur le cadran et sur le cercle de platine sont du meilleur effet ?...

— C'est-a-dire que je n'en ai jamais vu un qui me plaise autant !...

— Puis-je l'admirer aussi ?... fit la tante Betty.

Miss Martins se leva, et tendit son poignet à la vieille dame, pour lui faire voir de plus près le bijou qui provoquait l'admiration de sa nièce.

A ce moment, des pas se firent entendre derrière elles.

— Puisque c'est le jour de naissance de miss Dodge, s'écria une voix familière, peut-être permettra-t-elle à son cousin et à son avocat, de lui faire aussi leur cadeau d'anniversaire ?

Les trois femmes se retournèrent, surprises.

— Oh ! Perry !... s'exclama Elaine savez-vous que vous nous avez fait presque peur ?

— Alors, je suis un maladroit !... Car je voudrais aujourd'hui surtout que ma visite ne vous fît que du plaisir !...

— L'un n'empêche pas l'autre !... dit gracieusement la jeune fille, en lui tendant la main.

Il y posa ses lèvres, avec un peu plus d'insistance peut-être que ne le comportait sa parenté, et, après avoir salué la tante Betty et la visiteuse :

— Eh bien !... fit-il avec entrain, ma proposition aura-t-elle l'heur d'être agréée par vous ?...

— J'y suis très sensible, je vous assure !... Seulement je vous avoue franchement que je ne sais trop que désirer !... J'ai l'habitude d'être gâtée tous les jours de l'année, et aujourd'hui, je l'ai été plus encore !...

— Alors, vraiment, rien ne vous tente ?...

— Ma foi, non !... Mais je vous le répète, je ne vous en suis pas moins reconnaissante de votre affectueuse pensée !...

Miss Martins, qui ne s'était pas mêlée encore à l'entretien, leva la main en l'air.

— Je demande la parole !... fit-elle.

— Et je te l'accorde !... répliqua joyeusement sa blonde amie.

— Puisque tu admirais tout à l'heure à mon bras le bracelet de platine que m'a donné mon père, pourquoi ne laisserais-tu pas ton cousin t'offrir le pareil ?...

— Quelle bonne idée !... s'écria Perry.

— Regardez !... poursuivit Suzy, en tendant son bras au jeune homme. Comprenez-vous qu'une femme résiste au désir d'en avoir un semblable ?...

— Ce n'est pas possible !... répliqua le jeune avocat, en contemplant le bijou d'un regard connaisseur.

— Non, vraiment, reprit Elaine, hésitante et confuse à la fois, je n'ose pas !...

— Vous craignez peut-être que ce ne soit un présent trop coûteux pour ma modeste bourse d'avocat ?... Rassurez-vous ! Pendant cette dernière année, ma clientèle s'est accrue presque du double !... Et vous pouvez, sans crainte de me ruiner, adopter l'heureuse idée de miss Martins !

— Alors, c'est convenu ! déclara avec autorité celle-ci. Et, si vous le voulez, nous pouvons aller toutes les deux avec vous, faire tout de suite notre choix au magasin... Ces bracelets n'ont été terminés que depuis quelques jours, mais ils ont un tel succès que tout le monde en veut !...

Elaine fit encore quelques objections, dont l'insistance de Perry Bennett eut vite raison. Au fond, la jeune fille était ravie de l'idée de Suzy, et, si comblée qu'elle fût de toutes les inutilités dont les riches encombrent leur vie et leurs tiroirs, elle se réjouissait comme une enfant à la pensée de voir à son bras le séduisant colifichet qui faisait si bien à celui de son amie.

— Voilà qui est dit !... fit Perry, je vous enlève !... A la condition que votre tante permette que je vous serve de chaperon !...

— Oh oui !... petite tante !... demanda Elaine, en entourant de ses bras le cou de la vieille dame, et en attachant sur elle ses beaux yeux noirs, aux reflets d'or, auxquels il semblait bien difficile de résister...

Tante Betty n'en eut pas la pensée, car elle se rendit tout de suite aux cajoleries de la jeune fille.

— Vite, en route !... dit celle-ci, en battant des mains.

Quelques minutes plus tard, les trois jeunes gens sortaient en coup de vent, et montaient dans l'automobile d'Elaine, qui fila rapidement vers la joaillerie Martins.

Quand elle stoppa en face du somptueux magasin, où aucune trace n'apparaissait plus de l'audacieuse agression tentée contre la plus riche de ses vitrines, par « la Main qui étreint » ils devisaient si gaiement entre eux, qu'ni l'un ni l'autre n'aperçurent un individu, qui avait sauté hors d'un taxi quelques secondes avant eux.

Filant lestement entre les passants, Slim — c'était lui — s'arrêta à quelque distance de la bijouterie, sous la porte cochère voisine, sans perdre un instant de l'œil ceux qu'il avait mission de filer.

Tout en continuant à bavarder, les deux jeunes filles, escortées de leur compagnon, pénétrèrent dans la boutique et, guidées par miss Martins, se dirigèrent vers le comptoir des montres.

Le lieutenant de l'homme au mouchoir rouge leur emboîta le pas, se tenant à une distance suffisante pour ne rien perdre de leurs agissements.

— Monsieur Parker ? demanda Suzy à

l'un des employés de la maison, qui s'empressait auprès d'elle pour la saluer. Voulez-vous avoir la complaisance de montrer à miss Dodge les montres-bracelets pareilles à celle que mon père m'a donnée... Vous savez ?...

— Avec grand plaisir !...

Le commis prit dans un rayon, derrière lui, une boîte de cuir, sur le velours de laquelle se détachaient les attirants bijoux.

Slim, sans être vu, s'était rapproché et faisait mine d'examiner une des vitrines voisines, sans que son regard se détachât du gibier qu'il guettait.

Après quelques hésitations, Elaine finit par fixer son choix sur un bracelet d'un goût très délicat, qu'elle allait passer autour de son poignet, quand Parker l'arrêta :

— Je vous demande pardon, suggéra-t-il, mais peut-être serait-il préférable que vous nous laissiez le temps de régler la montre !...

— En effet, fit Perry Bennett, cela vaudrait mieux !...

Bien qu'un peu déçue de n'avoir pas tout de suite en sa possession son nouveau joujou, Elaine accéda à la demande, et le trio sortit du magasin.

A ce moment-là, Slim, qui semblait jusque-là avoir eu de la difficulté à faire un choix parmi les objets qu'il examinait, s'approcha du rayon des montres.

— J'ai un cadeau à faire à une dame, dit-il à l'employé. Voudriez-vous me montrer quelques bracelets-montres... Tenez !... Pareils à celui que vient d'acheter miss Elaine Dodge !...

— A votre service !... fit Parker, en tendant à l'acheteur la boîte de cuir dans laquelle Elaine venait de faire son choix.

— Ma foi, déclara naïvement Slim, après une hésitation remarquablement jouée, les hommes connaissent si peu le goût des femmes que j'ai bonne envie de m'en rapporter à celui de votre cliente de tout à l'heure, et de prendre exactement le même modèle qu'elle !... Je suis sûr ainsi que mon cadeau plaira !...

— C'est une méthode qui en vaut une autre !... répliqua le commis, heureux de vendre à cet inconnu un bijou plus important et plus cher qu'il ne l'avait supposé tout d'abord. Voici le bracelet identique à celui qu'a acheté cette personne !... Comme qui dirait son frère jumeau !...

— Vous êtes certain qu'il est tout à fait semblable ?...

— Jugez-en vous-même ?...

L'employé avait pris à côté de lui l'écrin dans lequel il venait d'enfermer le bracelet-montre d'Elaine, et après l'avoir ouvert, le tendit à son client.

Celui-ci compara attentivement les deux bijoux, et parut satisfait de l'examen :

— Vous avez raison, ils se ressemblent en tout point, et c'est décidément celui-là que j'adopte !...

— Dans ce cas, il vaudrait peut-être mieux que vous nous le laissiez un jour ou deux, afin que je vous fasse aussi, comme à l'autre, régler le mouvement !...

Slim fit mine de réfléchir un moment.

— Oui, cela serait probablement préférable ; mais la personne à qui je destine ce présent est si impatiente de l'avoir que j'aime mieux le lui donner tout de suite !... S'il y a quelque chose à y faire, elle vous le rapportera ultérieurement !...

Il paya à la caisse, reçut le petit paquet des mains de son vendeur, et quitta rapidement le magasin.

* *

Justin Clarel n'avait pas oublié, lui non plus, l'anniversaire d'Elaine, et parmi les fleurs qui embaumaient le salon de la jeune fille, la plus belle gerbe était incontestablement la sienne.

Son cœur était cependant ulcéré. Il ne pouvait chasser de sa mémoire le geste spontané qu'avait eu Elaine, lorsque, sauvée par lui au péril de sa propre vie, elle avait, en rouvrant ses yeux à la lumière, donné son premier regard et tendu la main à Perry Bennett.

Certes, elle avait trouvé des mots affectueux pour exprimer à Justin sa reconnaissance, mais malgré cette démonstration, il semblait à ce dernier que le son de la voix qui lui était si chère avait quelque chose de changé... Quand elle le regardait en lui parlant, ses beaux yeux n'avaient plus la même expression que jadis, et il n'y brillait plus cette lueur de tendresse émue qui remuait si délicieusement le cœur de l'amoureux.

A n'en pas douter, Elaine conservait au fond du sien un reste de défiance et même de rancune...

Peut-être avait-il eu tort d'estimer au-dessous de lui de se justifier par des paroles de l'acte dont elle l'avait cru coupable.

Mais l'amour qu'il portait à la jeune fille était tel que, la mettant lui-même au-dessus de tout soupçon, il ne pouvait pas admettre qu'elle le crût à son tour capable d'une forfaiture ou d'une trahison.

Aussi n'était-il pas allé en personne à l'hôtel Dodge apporter à Elaine ses souhaits de fête... Avant de faire un pas en avant, il voulait un mot, un signe d'elle... Il voulait qu'elle parlât la première, que la première elle revînt à lui, et lui prouvât ainsi que toute mauvaise idée et toute suspicion injuste avaient disparu de son esprit.

En attendant, pour essayer d'apaiser sa tristesse, il s'était plongé dans le travail avec frénésie.

Pour le moment, il était en train d'examiner une boîte de chêne, d'environ cinquante centimètres de long, sur vingt de large, dans laquelle, au milieu d'un enchevêtrement assez compliqué de disques et d'aiguilles, apparaissaient deux grosses bobines couvertes d'un fil métallique extrêmement fin.

— Qu'est-ce encore que ce nouvel engin ? interrogea curieusement Jameson.

— Ceci, mon cher ami, vous représente un des nombreux instruments qui doivent être utilisés, à l'époque où nous sommes, par tout détective scientifique vraiment digne de ce nom !... C'est un appareil qu'on pourrait appeler le téléphonographe !...

— Et quelle est son utilité ?...

— Elle est tout simplement formidable, puisque, grâce à lui, nous pouvons arriver à fixer et à noter les entretiens téléphoniques... Lorsqu'il est relié, avec toutes les précautions nécessaires, à un téléphone, il enregistre rigoureusement toutes les conversations échangées sur la ligne...

— C'est en effet un résultat merveilleux !... Mais comment arrivez-vous à l'obtenir ?...

Clarel expliqua :

— Le principe sur lequel repose l'invention est en tous points différent de celui du phonographe... Comme vous pouvez le voir, l'installation ne comporte ni disque, ni cylindre, mais seulement ces deux bobines de fil d'acier, remarquablement ténu... Le son n'est donc pas enregistré mécaniquement sur un cylindre, mais électro-magnétiquement sur ces fils...

— Il faut que ce soit vous, patron, qui m'affirmiez la possibilité d'obtenir de pareils effets, pour que j'y croie !...

Le professeur de la Columbia University continua :

— L'explication en est pourtant assez simple. Des parcelles de magnétisme sont pour ainsi dire communiquées à des parties du fil d'acier, au moment où celui-ci passe entre deux aimants... Chaque impression représente une onde sonore... Il n'y a pas de différence apparente sur le fil, et cependant chaque particule d'acier subit une transformation électro-magnétique, au cours de laquelle le son s'y imprime d'une manière indélébile...

— Alors, pour utiliser à nouveau le fil, il n'y aurait donc qu'à le gratter ?...

— Non pas !... Il est nécessaire d'en approcher un aimant ; c'est lui qui, automatiquement, efface l'impression... La rouille n'a aucun effet sur ces fils, et l'impression subsiste aussi longtemps que dure l'acier... D'ailleurs, vous allez pouvoir vous en rendre compte vous-même !...

Le lumineux démonstrateur avait décroché son appareil téléphonique, et était en train d'en brancher les fils sur la boîte de chêne. Ceci fait, il prit le récepteur, dans lequel il prononça un certain nombre de mots, que l'aiguille du téléphonographe imprima exactement...

— Vous avez raison, dit Jameson émerveillé ; c'est une découverte prodigieuse !...

— Le grand Edison y travaillait quand j'étudiais à son laboratoire... Mais elle n'a été complètement mise au point qu'il y a plusieurs mois, et j'ai quelque peu contribué, je dois le dire, à son perfectionnement !... Et maintenant, parlons d'autre chose...

— Je suis tout oreilles, patron !...

— Vous savez que j'ai prié un des hommes que j'emploie d'ordinaire dans mes recherches, Alfred Chase, de se lancer sur la piste de cette Florence Jess, qui nous a si lestement glissé des mains, l'autre jour !...

— Vous me l'avez dit... Vous avez justement estimé qu'il était préférable, étant donnés les rapports que nous avons eus, vous et moi, avec la donzelle, que ce fût un nouveau venu, inconnu d'elle, qui se chargeât de découvrir son gîte !...

— J'attendais Chase ce matin, et je suis étonné qu'il ne soit pas encore ici !... Mais j'entends des pas dans le vestibule... Ce doit être lui !...

Un homme jeune et bien découplé, à l'air simple et résolu, venait d'entrer dans le laboratoire.

— Bonjour, Chase !... fit Clarel, en lui tendant la main. Eh bien ! avez-vous réussi dans la mission que je vous ai confiée ?

— Mais je crois que oui !... fit l'arrivant en tirant de son portefeuille un papier. Voici l'adresse que vous m'avez demandée !...

Une expression de contentement éclaira le visage de Justin.

— Oh, merci !... Je vous suis tout à fait reconnaissant, Chase, d'avoir agi avec tant de promptitude... J'avais grande envie de connaître cette adresse...

Il avait jeté les yeux sur le papier, qui contenait l'indication d'une maison meublée assez confortable, dans un quartier bien fréquenté de la ville.

— Comment, fit-il, vous avez pu vous procurer aussi le numéro de l'appartement ?

— J'ai pensé que cela ne pouvait pas faire de mal !... La personne en question habite le 516 !...

— Bravo !... Vous êtes un garçon précieux !... fit Clarel qui, de l'adresse, reporta instinctivement le regard vers le téléphone.

Jameson l'observait du coin de l'œil, un léger sourire aux lèvres.

La vraie raison de l'ardent désir de Clarel de découvrir la retraite de Florence Jess, il l'avait pénétrée...

Mis au courant par son maître de la tension survenue entre Elaine et lui, il comprenait le prix qu'il attachait à pouvoir la placer en face de l'aventurière.

De cette confrontation jaillirait forcément la preuve irrésistible de son innocence dont ses affirmations, si énergiques et si sincères qu'elles fussent, n'avaient pu persuader l'ombrageuse jeune fille.

Clarel, cependant, avait pris le récepteur...

Cette bonne nouvelle que venait de lui

apporter Chase, il allait la communiquer tout de suite à Elaine...

Il lui tardait de pouvoir l'avertir que ces soupçons, dont il avait tant souffert, allaient être dissipés, et que le malentendu qui avait créé entre eux le malaise dont son âme était oppressée s'évanouirait en même temps qu'eux.

Mais, au moment de demander le numéro de l'hôtel Dodge, il s'arrêta...

Un combat, dont le reflet était visible sur sa physionomie, se livrait en lui...

Il hésitait à tenter une démarche, qui avait l'apparence d'une capitulation.

Non, décidément, ce n'était pas à lui à courir au-devant d'Elaine, à paraître vouloir s'innocenter auprès d'elle d'une faute qu'il n'avait pas commise...

Son amour-propre se rebellait contre son amour...

Qu'eût-il dit, qu'eût-il pensé, s'il avait su qu'à la même minute, les mêmes pensées agitaient le cœur et le cerveau d'Elaine, et qu'un combat identique se livrait dans son esprit ?...

Lorsque ses amis se furent retirés, et que la tante Betty eut regagné son appartement, pour s'absorber dans la lecture d'un de ses captivants magazines, Elaine était demeurée seule dans le salon, promenant ses regards sur les nombreux cadeaux qui l'entouraient, ainsi que sur les cartes, ou les lettres qui les accompagnaient...

Elle arriva devant l'admirable gerbe de roses et d'orchidées envoyée par Justin Clarel, et qui s'épanouissait dans un riche vase de cristal...

— Pourquoi n'est-il pas venu ?... murmura-t-elle. Il me boude !... Il m'en veut de lui en avoir voulu !... Il y avait pourtant de quoi, et la souffrance que j'ai ressentie aurait dû lui prouver combien je tiens à lui !...

Etait-il possible cependant, qu'une amitié comme la leur se brisât ainsi ?...

Les dénégations à la fois ironiques et ardentes, opposées par Justin à l'accusation lancée contre lui, résonnaient encore aux oreilles de la jeune fille.

Depuis lors, d'ailleurs, loin de se démentir, son dévouement s'était affirmé plus fervent et plus passionné que jamais, lorsqu'au péril de ses propres jours, il lui avait une fois de plus sauvé la vie...

Comme elle avait été cruelle, en rouvrant les yeux, de donner son premier regard à Perry Bennett, alors qu'il était là, à quelques pas, frémissant encore de l'effort surhumain qu'il venait de tenter, du danger auquel il s'était exposé pour elle !...

C'est pour cela qu'il n'était pas venu !... Elle en était sûre !...

Ses regards tombèrent sur la photographie de l'absent, et longuement s'y attachèrent...

Elle contemplait son visage mâle, ses traits réguliers et nobles, ses yeux où luisait une intelligence si haute, et qui, pourtant, savaient à de certains moments être si doux !

Presque machinalement, elle allongea la main vers le téléphone, et, comme Clarel lui-même le faisait à ce même moment, décrocha le récepteur...

Mais — toujours comme lui — elle s'arrêta...

— Eh bien non !... murmura-t-elle. Il faut qu'il comprenne que j'avais le droit d'être défiante, et que mon soupçon même est la preuve du prix que j'attache à son affection !... D'ailleurs, en pareil cas, ce n'est pas aux femmes à s'humilier !... Et les hommes surtout, lorsqu'ils prétendent aimer, doivent être les premiers à le comprendre !...

Et suivant, sans s'en douter, l'exemple de celui qui ne songeait qu'à elle, comme elle ne songeait qu'à lui, elle raccrocha lentement le récepteur...

Cependant Clarel, après avoir passé par les mêmes hésitations qu'Elaine, et être arrivé à la même conclusion, s'était doucement détourné, et son regard s'était de nouveau fixé sur l'ingénieux appareil dont il avait fait à Jameson la description.

Une idée venait de lui traverser brusquement le cerveau...

— Walter, dit-il, puisque le téléphonographe vous a intéressé, je vais vous en fournir, je crois, une démonstration plus probante que celle que je vous ai donnée tout à l'heure ! Elle aura, en outre, si je ne me trompe pas, l'avantage de nous livrer contre nos adversaires une arme qui doit nous permettre d'en avoir raison plus promptement qu'ils ne s'y attendent !

Il avait pris sur le bureau l'adresse apportée par Chase quelques instants plus tôt...

— Je connais cette maison meublée !... Elle est assez bien tenue !... C'est là que j'ai arrêté cette baronne autrichienne, venue pour espionner nos fabriques d'armes, et qui m'a donné tant de fil à retordre !...

— Espérons, monsieur, que vous serez aussi heureux avec Florence Jess !...

Le détective scientifique hocha la tête d'un air entendu.

— Pour le moment, ce n'est pas l'arrestation de cette jeune personne qui me préoccupe, et je veux me servir d'elle plus utilement... Mais je crois que je n'aurai plus besoin de vous, Chase, vous pouvez vous retirer !... Venez simplement demain, prendre mes instructions, à l'heure habituelle...

— Alors, au revoir, messieurs, et à demain...

Chase une fois sorti, Clarel se tourna vers Jameson.

— A nous deux, maintenant, Walter !... Nous n'avons pas de temps à perdre pour mener à bien l'entreprise que je veux tenter !...

Trois quarts d'heure après cette conversation, deux ouvriers, à la tenue assez négligée, dont le plus jeune portait sur l'épaule une botte de chêne, qui semblait assez lourde, pénétraient dans le hall de la maison meublée, où, après son départ précipité de Prospect Avenue, miss Florence Jess avait momentanément élu domicile...

Ainsi que Justin l'avait déclaré à Alfred Chase, la demeure avait assez bon air, et était fréquentée par une clientèle bourgeoise de la classe moyenne...

En hommes au courant des habitudes du lieu, les deux ouvriers se dirigèrent tout droit vers un petit bureau où, derrière le *standard* téléphonique, un jeune nègre centralisait tous les appels et toutes les sonneries de la maison.

— Il paraît qu'il y a du micmac dans vos appareils !... dit le plus vieux des hommes, dont le nez bourgeonnant trahissait un penchant qui ne datait pas de la veille pour les spiritueux. On vous entend très mal à la station centrale, et on nous envoie remettre un peu d'ordre dans votre bazar !...

— Allez-y, mon vieux !... Ne vous gênez pas !... fit le nègre, heureux de ce moment de répit inespéré...

Il se leva de son tabouret en s'étirant les bras, tandis que les ouvriers déplaçaient le *standard* et commençaient à en examiner les fils.

Leur travail dura environ une demi-heure, pendant laquelle ils s'absorbèrent dans leur besogne...

Quand ils eurent terminé, ramassé leurs outils, et remis le *standard* en place, le vieux appela le nègre, qui, assis dans un rocking-chair, se chauffait confortablement la plante des pieds contre le radiateur...

— Nous avons fini !... Mais, ajouta-t-il en désignant la petite caisse de chêne qu'il avait installée à côté du régulateur, en le reliant à elle par une série de fils, nous sommes obligés de vous laisser cet appareil pendant vingt-quatre heures. C'est un nouvel enregistreur qui contrôle et signale les défectuosités des différents postes... Nous viendrons le rechercher ce soir, ou demain !...

— Ça va bien !... fit le nègre, reprenant philosophiquement sa place devant son clavier...

Et les deux ouvriers sortirent paisiblement comme ils étaient entrés...

XVI

POUR VENGER LES MORTS

L'homme au mouchoir rouge n'avait pas quitté le quartier général où il travaillait avec son sinistre état-major à la perpétration de nouveaux et mystérieux forfaits...

Il était en train d'expliquer aux hommes groupés autour de lui ce qu'il attendait d'eux, lorsque brusquement il s'interrompit...

— Il me semble que l'absence de Slim se prolonge !... La journée va s'achever, et la surveillance dont je l'ai chargé doit toucher à sa fin...

— Ne vous impatientez pas, chef !... dit un des hommes qui l'entouraient. J'entends des pas au dehors... Ce doit être notre camarade qui revient...

La porte s'ouvrit, livrant passage à Slim...

— Eh bien ! demanda vivement le chef, avez-vous réussi ?...

— Au delà de ce que nous pouvions souhaiter !... Je me suis posté auprès de l'hôtel Dodge, comme c'était convenu, et je n'ai pas tardé à en voir sortir celle qui nous intéresse, accompagnée d'une de ses amies, et de son avocat...

— Où sont-ils allés ?...

— Chez le bijoutier Martins !...

— Celui-là nous devait une revanche !... fit sardoniquement le bandit... Naturellement, vous les avez suivis... Que s'est-il passé ?...

— L'avocat a acheté à miss Dodge une montre-bracelet en platine... Alors, j'ai acheté la même, pensant qu'elle pourrait vous être utile...

— A la bonne heure, Slim !... Voilà qui est supérieurement déduit !... Vous avez eu raison, nous nous servirons de votre emplette !... Vous l'avez sur vous ?...

— La voici !...

Le maître criminel saisit l'écrin, et l'ouvrit avec empressement...

Pendant près de cinq minutes, il tourna et retourna le bijou entre ses mains, l'examinant, le maniant, ouvrant tour à tour le boîtier de la montre, et le refermant.

D'un tiroir, il tira une collection d'instruments et d'outils remarquablement polis et aiguisés, qu'il plaça à côté de lui, sur la table.

Puis, il s'absorba dans une longue et minutieuse manipulation du délicat objet, qu'il tenait entre ses doigts.

Les bandits, qui l'entouraient, ne perdaient pas un seul de ses gestes, intéressés par la dextérité étonnante dont faisait montre le redoutable scélérat.

Après environ trente-cinq minutes de labeur acharné :

— Tenez !... fit-il, exhibant la montre aux regards de ses complices. Que dites-vous de ceci ?...

Lentement, il fit tourner les aiguilles sur le cadran, jusqu'à ce qu'elles arrivassent presque exactement à trois heures...

— C'est maintenant !... dit-il. Regardez bien ...

Ils se penchèrent, examinant la petite aiguille, qui se rapprochait peu à peu de l'heure...

A ce moment, une pointe d'acier, aiguë comme le dard d'un serpent minuscule, jaillit avec une force irrésistible, comme si elle sortait de la bouche d'un petit insecte, aux yeux de diamant, ciselé à même sur le métal du boîtier.

— Vous avez compris mon plan ? poursuivit-il... A trois heures, cette aiguille pénétrera subitement dans le poignet de celle qui portera ce bracelet, sans qu'il lui soit possible de s'en douter, ni de l'arrêter...

Il avait ouvert un autre tiroir, dont il tira une petite fiole.

— Voici l'un des plus puissants poisons végétaux qui existent au monde !... dit-il. A trois heures, demain, miss Elaine Dodge ne dérangera vraisemblablement plus nos combinaisons !...

Tranquillement, il remit dans son écrin le bracelet de platine, et, le tendant à Slim :

— Veillez à ce qu'elle reçoive ce cadeau de bonne heure demain, car elle doit l'attendre avec impatience !...

A ce moment, la sonnette du téléphone retentit...

— Chef, dit l'un des hommes, qui s'était empressé d'aller voir de qui venait la communication, c'est Florence Jess !... Elle veut vous parler !...

— C'est bien !... J'y vais !...

La mort de Steve Webster avait été cruellement ressentie par l'aventurière, qui avait lié son sort à celui du bandit. Unis dans tous leurs méfaits, de quelque nature qu'ils fussent, ils avaient, depuis trois mois environ, décidé de se marier.

La balle du revolver de Jameson avait mis fin à ce rêve !... Aussi, depuis lors, fidèle à la mémoire du mort, Flossie n'avait-elle plus qu'un but : le venger...

Elle englobait dans sa rancune, non seulement celui qui avait couché à terre l'homme de son choix, mais aussi Justin Clarel et Elaine Dodge, qu'elle rendait tous les deux responsables du coup de pistolet qui l'avait faite veuve, sans avoir été mariée...

Tous les jours, elle téléphonait au quartier général de « la Main qui étreint » pour savoir si quelque embûche nouvelle se dressait contre ses trois ennemis. Son plus ardent désir était qu'on employât à les combattre son zèle et son ressentiment, afin de lui permettre d'acquitter ainsi sa dette de haine.

Aussi, ce soir-là, dès qu'elle eut regagné la chambre qu'elle occupait dans sa maison meublée, avait-elle demandé au nègre proposé au *standard* le numéro 44-94 Green-Wich...

— Allo, chef !... C'est Flossie Jess !...

— Ne prononcez donc pas de noms au téléphone ! grommela-t-il... Ni le vôtre, ni d'autres ! Que voulez-vous ?...

— Savoir si vous avez décidé quelque chose au sujet de ce qui me tient tant à cœur !...

— Oui !... Tous vos vœux vont être satisfaits... A trois heures, demain, votre mort sera vengé !...

— A la bonne heure !... Je suis heureuse ! Merci, et au revoir !...

Elle raccrocha le récepteur, les yeux brillants d'une joie sauvage.

Le lendemain, dans la matinée, un jeune homme à l'apparence d'un commis de grand magasin sonnait à la porte de l'hôtel Dodge... Il tenait à la main un petit paquet soigneusement enveloppé...

— Je viens de la bijouterie Martins, dit-il à François qui lui ouvrit, apporter à miss Dodge la montre qu'elle nous a laissée à régler !...

— C'est bien !... Vous pouvez entrer. Je vais la prévenir !...

Elaine était assise dans la bibliothèque à côté de sa tante, lorsque le valet de chambre lui annonça le commis...

— Mon bracelet, déjà !... Quel bonheur ! s'écria la jeune fille, en battant des mains... Introduisez cet employé, François.

Et, se tournant vers la vieille dame :

— Vous allez voir, ma tante, quel ravissant cadeau m'a fait Perry !...

Avec une correction parfaite, le pseudo-employé de la maison Martins fit son entrée, et, après s'être incliné devant les deux dames, tendit l'écrin à Elaine.

Puis, tirant son registre de livraison :

— Voulez-vous signer mon reçu, miss Dodge ?... demanda-t-il.

— Volontiers !...

Elle mit son nom sur le livre... Le commis salua et se retira tandis qu'elle défaisait hâtivement le petit paquet.

— Regardez !... dit-elle en ouvrant l'écrin.

La vieille dame avait pris son face-à-main, et contemplait avec la curiosité que toutes les femmes, même les plus vieilles, ont pour les bijoux, le bracelet de platine, qui avait en effet fort bon air sur le lit de velours fauve où il reposait...

— C'est vrai qu'il est du meilleur goût !... déclara-t-elle. Voyons l'effet qu'il fait à ton bras ?...

Elaine passa le bijou autour de son poignet, et coquettement, avec un geste gracieux, l'éleva au-dessus de sa tête pour le mettre mieux en valeur...

— N'est-ce pas qu'il me va bien ?...

— A merveille !...

— Ecoutez le tic-tac de la montre !... dit-elle en l'approchant de l'oreille de la tante Betty. Vous savez qu'elle marche très bien... Le commis de chez Martins nous a garanti qu'elle était aussi exacte que le meilleur chronomètre !...

Avec la joie d'une enfant devant un nouveau joujou, la jeune fille écoutait à son tour avec ravissement le bruissement du mécanisme, sans se douter que chacune des secondes qu'il enregistrait la rapprochait un peu plus de l'heure fatale... et que cette petite montre, qu'elle admirait tant, recélait sous son boîtier, constellé de brillants, la plus diabolique des vengeances, et la plus terrible des morts !...

Quelques minutes plus tard, Elaine était dans le jardin d'hiver en train de faire la toilette de ses rosiers, lorsque la sonnette du vestibule retentit de nouveau.

— Mademoiselle, dit François, c'est M. Perry Bennett !...

— Qu'il vienne, qu'il vienne vite !... s'écria la jeune fille, heureuse de montrer au jeune homme l'effet que faisait à son bras le bracelet de platine. Regardez, Perry !... poursuivit-elle joyeusement après qu'il lui eut baisé la main. J'ai reçu votre cadeau !... Admirez-le à votre tour, comme tante Betty vient de l'admirer !...

— Je ne peux pas !... répliqua-t-il, en souriant, tout en conservant dans sa main celle de la jeune fille. Le bras qui le porte lui fait trop de tort !...

— Vraiment !... Tant que cela !... J'ai idée, mon cher cousin, que vous n'êtes qu'un flatteur !...

— Non, Elaine, je dis ce que je pense !... poursuivit-il en fixant sur elle un regard ardent... Et j'en pense encore bien plus que je n'en dis !...

— Oh, oh !... Mais savez-vous que c'est une déclaration que vous me faites là !...

— En aviez-vous besoin, pour être certaine de mon amour ?...

— Votre amour !... C'est un bien grand mot, Perry, que vous prononcez là !... Est-on jamais sûre qu'un homme vous aime ?... Pendant quelque temps, on le croit, et puis, on s'aperçoit un beau jour qu'on s'est trompé !... Non, voyez-vous, je crois que les hommes auront toujours plus d'amour-propre que d'amour !...

— Ne croyez pas cela !... Si vous consentez à être ma femme, Elaine, vous verrez que je vous aimerai assez pour tout sacrifier !... Mais le voudrez-vous ?...

— Perry... je ne vous ai jamais menti, et je veux être aussi franche aujourd'hui qu'hier !... Je ne peux pas vous répondre encore !...

— Pourtant, ces jours derniers, j'avais cru voir luire dans vos yeux un peu plus d'affection, de tendresse même que de coutume !... Et je reprenais un peu d'espoir... Faut-il donc que je le perde à nouveau ?...

— Je ne dis pas cela !... Mais vous ne voudriez pas d'une femme qui ne serait pas tout à vous... Pour moi, jamais je ne pourrais mettre ma main dans la vôtre, si je ne me donnais pas tout entière !... Et la vérité, c'est que j'ai besoin de me consulter encore, de voir vraiment clair dans mon cœur !

— Est-il donc si difficile à déchiffrer ? Pourquoi ne pas me répondre tout de suite ?... Désespérez-moi, si vous le voulez, mais mettez un terme à la souffrance que j'éprouve à ne pas savoir si je dois être le plus heureux des hommes, ou le plus malheureux !...

— Par pitié, mon ami, ne me pressez pas ainsi !... Accordez-moi encore quelque répit !... Tenez, deux jours !... Avant qu'ils soient terminés, je vous aurai donné ma réponse !...

— Ah !... Je ne la prévois que trop !... Comment, dans deux jours, pourriez-vous éprouver pour moi d'autres sentiments que ceux que vous ressentez aujourd'hui ?...

— Qui sait ?...

— Elaine, encore une fois, parlez maintenant !... Il le faut !... L'heure est plus grave pour moi que vous ne le supposez !...

— Pourquoi ?... Quelle est la raison qui vous pousse à vouloir ma réponse aujourd'hui plutôt que demain ?...

— Ne comprenez-vous pas que j'ai assez attendu, assez souffert ?... Elaine, décidez-vous !... Il le faut !...

— Eh bien, non !... fit la jeune fille... Je ne peux pas !... Subissez ma volonté, Perry, si vous voulez que je me décide un jour à subir la vôtre !...

L'arrivée de la tante Betty interrompit l'entretien des deux jeunes gens.

— Tu sais, Elaine, dit-elle, que tu m'as promis de venir avec moi chez ma couturière, pour surveiller l'essayage de la robe que j'ai commandée !...

— Je suis prête à vous accompagner quand vous le voudrez, ô la plus coquette des tantes...

— C'est dans une demi-heure mon rendez-vous !... Perry est trop de la maison pour ne pas me pardonner de t'enlever à lui !...

— La toilette des femmes est une chose sacrée !... répliqua le jeune homme en souriant. Et je n'aurais garde de vous priver de votre conseillère... Vous m'en voudriez trop !...

Il se fit un devoir de mettre lui-même les deux femmes en voiture...

— A demain, mon cousin !... fit gracieusement Elaine, en lui tendant la main.

— A demain !... répéta-t-il, en la serrant amicalement dans la sienne...

Immobile, il regarda pendant quelques instants disparaître dans le lointain l'automobile, et reprit pédestrement le chemin de son bureau...

Ce matin-là, de bonne heure, les deux ouvriers, qui étaient venus la veille mettre en état le téléphone de la maison meublée habitée par Florence Jess, se présentèrent de nouveau dans le petit bureau où trônait majestueusement le nègre, préposé à l'important office des communications.

— Eh bien ! dit le plus vieux des deux hommes, notre travail a porté ses fruits !... On vous entend mieux au bureau central !...

— All right !... répliqua philosophiquement le noir...

— Et chez vous, tout marche-t-il correctement ?...

— Personne ne s'est plaint !...

— Alors, nous pouvons enlever l'appareil de contrôle que nous vous avions laissé !...

En quelques instants, les fils reliant la caisse de chêne au *standard* furent débranchés, et le plus jeune des ouvriers la chargea sur ses épaules.

— A une autre fois !... dit son compagnon.

— A une autre fois !... répéta la voix du nègre, tandis que les deux hommes sortaient de la maison.

Après quelques pas, ils parvinrent à une petite ruelle, au coin de laquelle stationnait un taxi-auto qui ne tarda pas à les déposer devant la porte latérale de la Columbia University...

— Vite, Walter !... fit Justin Clarel, se débarrassant de sa casquette et de sa perruque, dès qu'il eut refermé sur eux la porte du laboratoire. Maintenant que nous voici en sûreté, mettons-nous au travail !...

Il prit un petit instrument sur lequel se trouvait un cadran, qu'il mit en communication avec les fils des deux bobines.

Et, prenant lui-même un transmetteur, il en passa un autre à son compagnon.

Tout d'abord, ils n'entendirent que quelques appels confus de divers habitants de la maison meublée avec leurs fournisseurs, ou des amis... Puis, brusquement, une voix résonna, qui fit tressaillir Clarel.

— Ecoutez !... dit-il... Voilà ce que j'attendais !...

Les deux hommes étaient penchés anxieusement sur l'appareil...

La voix déjà entendue continua :

« — Donnez-moi 44-94 Greenwich !...

» — Allô !... répondit une autre voix un peu plus lointaine.

» — Allo, chef, c'est Flossie Jess !...

» — Ne prononcez donc pas de noms au téléphone. Ni le vôtre ni d'autres !... Que voulez-vous ?...

» — Savoir si vous avez décidé quelque chose au sujet de ce qui me tient tant à cœur !...

» — Oui !... Tous vos vœux vont être satisfaits... A trois heures, demain, votre mort sera vengé !...

» — A la bonne heure !... Je suis heureuse ! Merci, et au revoir !... »

Jameson fixa sur son maître un regard interrogateur... Celui-ci, les sourcils froncés, réfléchissait...

— Avez-vous compris ?... questionna-t-il en relevant la tête vers son collaborateur. Elle a demandé Greenwich 44-94...

— Oui !... Quel peut être ce numéro ?...

— Je vais essayer de me renseigner sur ce point tout à l'heure !... Si c'est ce que je crois, nous aurions fait un grand pas, Jameson !... Mais la suite de cette conversation n'est pas sans m'inquiéter !... La voix lointaine a répondu à Florence Jess que tous ses vœux allaient être satisfaits, et que demain — c'est-à-dire aujourd'hui — son mort serait vengé !...

— De quel mort s'agit-il ?...

— De Steve Webster, évidemment... Et cette vengeance ne peut s'exercer que sur deux personnes, sur Elaine ou sur moi !...

— A moins que ce ne soit sur moi, répliqua Jameson, car le coup de revolver qui nous a débarrassés de ce gredin, c'est moi qui l'ai tiré !...

— C'est vrai !... répondit Clarel pensivement. Je ne crois pas cependant que ce soit à vous qu'on en veuille !...

— Bah !... reprit le jeune homme... Nous verrons bien !...

— En tout cas, nous nous tiendrons tous sur nos gardes... Mais pour le moment, ce n'est pas de cela qu'il s'agit... Je vous disais tout à l'heure que nous allons peut-être faire un grand pas !... Selon toute probabilité, l'homme avec lequel causait cette femme...

— Celui qu'elle a appelé « chef » ?... interrogea Walter.

— Précisément... Avez-vous deviné qui il était ?...

Jameson regarda son maître avec des yeux où luisaient à la fois une angoisse et une joie...

— Vous croyez que ce pourrait être...

— Le chef de « la Main qui étreint » !... L'homme au mouchoir rouge !... Oui, je le crois... Je dirais même que j'en suis sûr... Et c'est ce qui me faisait vous dire que nous touchons à notre but...

Un nouveau silence régna entre les deux hommes, pendant lequel Clarel, la main sur ses yeux, demeura plongé dans une absorbante méditation.

Enfin, son parti fut pris, et il se dirigea vers le téléphone...

— Il n'y a pas d'hésitation possible !... dit-il avec énergie... Et, quelles que soient les difficultés, je dois exécuter mon plan jusqu'à la fin...

A l'employé qui signalait sa présence au bout du fil :

— Donnez-moi le bureau des renseignements !... demanda-t-il.

Dès qu'il eut obtenu la communication :

— Je désirerais parler à votre directeur !... dit-il au commis qui lui répondait.

Puis, après quelques secondes :

— C'est vous, monsieur Richardson !... Je reconnais votre voix. Reconnaissez-vous la mienne ?...

— Parfaitement, vous êtes, si je ne me trompe, monsieur Justin Clarel !...

— Lui-même !... Si je me permets de vous déranger, c'est que j'ai un besoin urgent de savoir où se trouve le numéro 44-94 Greenwich... J'attendrai à l'appareil que vous ayez fait faire la recherche !...

Cinq minutes à peine s'écoulèrent, au bout desquelles la sonnerie du téléphone le rappela.

Tandis qu'il écoutait la voix du directeur, une expression d'intense satisfaction éclaira son visage.

— Ecrivez, Jameson !... fit-il.

Le jeune homme prit un bloc-notes, et, sous sa dictée, traça une adresse dans le West-Side, à côté du quai longeant la rivière...

— Merci, cher monsieur, poursuivit Clarel, dans le récepteur... Grâce à votre obligeance, je vais pouvoir, je crois, faire de bonne besogne !...

Il se tourna vers son collaborateur :

— Walter, apprêtez-vous à me suivre !... Ou je me trompe fort, ou, avant ce soir, nous tiendrons enfin en notre pouvoir « la Main qui étreint » !...

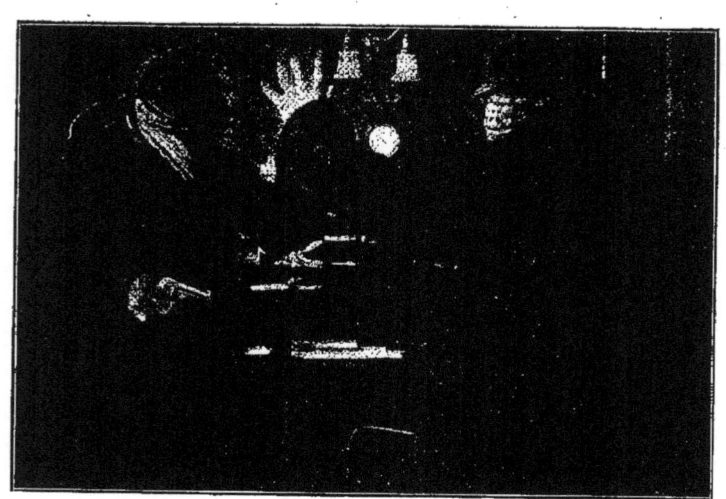

— *Haut les mains !... clama-t-il d'une voix tonnante.*

— *Me donnerez-vous l'explication de votre inqualifiable conduite ?*

2-XXII.

— En effet, je vois que vous êtes bien informé !...

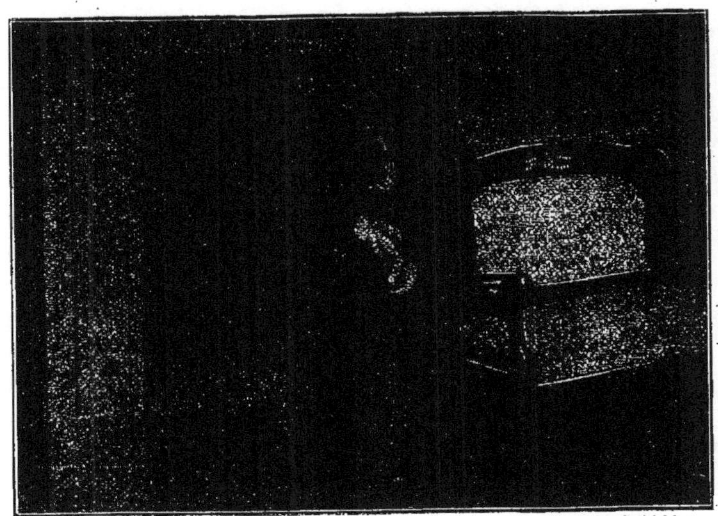

L'homme au mouchoir rouge se dirigea alors vers la cheminée.

— Vous avez désiré me voir, madame ? interrogea Elaine.

La voyante balbutia quelques paroles incompréhensibles...

Soudain, on put voir apparaître sur le rideau un visage indistinct.

— Je m'occupe de madame, fit le détective. Prévenez nos hommes.

Tous les deux se dirigèrent vers le lieu qui leur avait été indiqué.

Il y avait là un enchevêtrement de petites rues boueuses et sales, aux maisons branlantes et mal bâties, séparées les unes des autres par des palissades de planches.

Clarel s'arrêta devant l'une d'elles.

— Ce doit être ici !... dit-il.

Et, tirant de sa poche des jumelles dont il s'était muni, il regarda à travers un interstice laissé entre les pièces de bois mal équarries.

— Distinguez-vous quelque chose ?... demanda Walter, qui guettait si quelque passant n'allait pas venir déranger son maître.

— Oui, répondit celui-ci, je vois un homme faisant les cent pas devant une porte... Regardez à votre tour !...

Jameson se pencha, et, la lorgnette aux yeux, observa à travers les planches.

L'individu signalé par Clarel s'était arrêté dans sa promenade, et, après quelques secondes d'hésitation, venait d'entrer à l'intérieur d'une maison à un seul étage, qu'on distinguait derrière les arbres dépouillés de leurs feuilles.

— Cet examen nous suffit pour le moment ! déclara Justin... Inutile de nous attarder ici davantage !... Nous y reviendrons quand il sera temps !...

En reprenant le chemin du laboratoire, il s'arrêta devant une cabine téléphonique, et demanda successivement plusieurs numéros...

— Maintenant, Walter !... dit-il en sortant, rentrons vite chez nous, car j'ai donné rendez-vous à Chase... J'ai comme une idée que la journée sera chaude !...

Une fois devant sa table de travail, Clarel prit dans un tiroir une petite bobine à laquelle il avait travaillé dans la matinée, et l'attacha à la sonnette et à une batterie électrique.

Puis, il la replaça sur la table, tandis que Jameson l'examinait curieusement.

— Ceci n'est pas autre chose, expliqua son maître, qu'une cellule de sélénium... Vous connaissez l'étrange propriété de ce métalloïde... C'est seulement lorsqu'il est frappé par un rayon de lumière qu'il devient bon conducteur de l'électricité !... Du reste, vous allez le constater !...

Avant de relier la pile à la batterie, il avait pris la précaution de la couvrir de son chapeau...

Allongeant la main, il le retira, et la lumière tomba droit sur l'ingénieux appareil... Immédiatement, la sonnerie fit entendre son carillon...

Il replaça le chapeau sur la pile, et il s'arrêta tout de suite. A ce moment, on frappa à la porte, que Walter alla ouvrir.

— Enchanté de vous voir, Chase !... s'écria cordialement Justin Clarel... J'ai de bonnes nouvelles à vous donner... Nous avons découvert le quartier général de la bande que nous traquons ; et, si nous savons prendre nos mesures, elle ne nous échappera pas !...

— A vos ordres, monsieur Clarel !... répondit le détective.

— Il est une heure un quart. Nous allons nous mettre en route tout de suite, et vous nous accompagnerez !... Laissez-moi seulement le temps d'emporter ce dont j'ai besoin...

Il prit la pile de sélénium, ainsi qu'un rouleau de fil métallique très fin, et enferma le tout dans un sac... Puis il désigna à Walter un autre sac préparé d'avance, en le priant de s'en charger.

— En route, messieurs !... dit-il, précédant au dehors ses deux compagnons.

A peu de distance de la maison des bandits, et presque derrière elle, se trouvait une vieille bâtisse délabrée, vers laquelle, au grand étonnement de Walter, Clarel se dirigea.

— Que voulez-vous faire là, patron ? demanda-t-il.

— Un peu de patience, jeune homme !... Vous serez renseigné dans quelques instants... Mais entrons vite, car je désire éviter les regards indiscrets...

La surprise de Jameson se mua en stupeur, lorsqu'il constata que dans l'unique pièce de la masure, se trouvaient déjà réunis huit ou dix policemen, qui se levèrent, à l'entrée du détective scientifique.

— Je vois, messieurs, dit celui-ci, que vous avez su trouver l'endroit que j'avais indiqué à votre chef par le téléphone !... Vous êtes-vous rendus ici un à un, comme je l'avais spécifié, de façon à ne pas éveiller l'attention ?...

— Oui, monsieur Clarel, répondit l'inspecteur qui commandait le détachement. Toutes vos recommandations ont été ponctuellement suivies...

— Comme vous le savez, l'expédition que nous allons tenter sera décisive... Et il importe que vous vous conformiez scrupuleusement à mes instructions. Vous voyez d'ici, continua-t-il, en entraînant le policier vers une des fenêtres, la maison qu'il s'agit d'envahir ?...

— Parfaitement !...

— Dans quelques instants, monsieur Jameson, que je vous présente, va revenir ici avec deux fils métalliques, que vous attacherez soigneusement à ce timbre.

Tout en parlant, il avait ouvert le sac qu'il tenait à la main, et en tirait l'objet indiqué... Il continua :

— Lorsque, sous l'action du courant, la sonnerie tintera, ce sera l'instant pour vous d'entrer en danse !... Alors, sans hésiter, sortez de cette baraque, et envahissez la maison d'en face !... Veuillez rester ici, Chase ! Vous accompagnerez ces messieurs à l'assaut de la position ennemie !... Nous nous retrouverons tous sur le champ de bataille !... Venez, Walter !...

Et, suivi du jeune homme, Clarel sortit, tenant toujours à la main le sac dont il s'était chargé en quittant le laboratoire, tandis que Jameson continuait à porter l'autre...

XVII

L'HEURE PASSE...

Dix minutes environ après cette scène, devant la maison que Justin Clarel venait de désigner à ses auxiliaires comme le but suprême de leurs efforts, un individu, sordidement vêtu, le col relevé, l'échine courbée, et qui boitaillait en marchant, s'arrêta...

C'était l'homme au mouchoir rouge...

Portant sous son bras un petit paquet, il gravit les marches de bois du perron, et, une fois devant la porte, regarda à travers le trou de la serrure.

Puis il sonna, en prenant soin d'étendre aussitôt après les doigts, lentement, à plusieurs reprises...

Sans doute, quelqu'un veillait à l'intérieur, et au coup de sonnette, avait lui aussi appliqué son œil à la serrure, ou à quelque fente invisible de la porte.

La vue du signe de ralliement de « la Main qui étreint » le rassura car il souleva la lourde barre qui barricadait l'entrée, et s'effaça pour laisser pénétrer l'arrivant...

L'homme s'avança, salué respectueusement par celui qui l'introduisait, et passa dans l'autre pièce, où une demi-douzaine de bandits attendaient...

Il s'arrêta au milieu de la chambre, en fixant les yeux sur eux, à travers les trous de son mouchoir rouge.

— Allez-vous en ! grommela-t-il de sa voix rauque et enrouée. Je n'ai plus besoin de vous ici... Je veux rester seul !

Avec leur passivité ordinaire, ses acolytes obéirent, et, tandis qu'ils quittaient la pièce, l'un d'eux murmura :

— Diable ! le vieux est de mauvaise humeur !... Il y a de l'orage dans l'air !...

— Méfions-nous ! fit un autre... Lorsque les choses ne marchent pas comme il veut, c'est toujours sur nous que sa colère tombe !...

Une fois la porte refermée sur le dernier d'entre eux, le chef de « la Main qui étreint » se dirigea vers le bureau qui occupait le fond de la pièce, et déposa sur une table placée à droite, encombrée elle-même de livres et de papiers, le petit paquet qu'il avait apporté, et qu'il recouvrit d'un journal.

Puis il s'assit, et s'absorba dans une profonde méditation.

Sans doute, il attendait quelqu'un, et ce devait être la raison pour laquelle il avait éloigné les siens, car à plusieurs reprises, il releva la tête, croyant percevoir au dehors un bruit de pas...

Mais il s'aperçut qu'il s'était trompé, et retomba dans ses réflexions...

Enfin un craquement sur les marches du perron l'avertit que son attente allait cesser. Quelqu'un venait d'introduire une clef dans la serrure et ouvrait la porte d'entrée.

L'homme tendit le cou en avant pour mieux écouter, et tira de sa poche son revolver...

Puis, très doucement, sur la pointe des pieds, il s'en fut se placer contre le mur, à l'endroit où la porte, en se déployant, devait le masquer, au moins pendant quelques instants, à la vue de celui qui allait entrer...

Cependant, sur le plancher de la pièce voisine, les pas se rapprochaient...

La serrure grinça, et la porte s'entrebâilla, livrant passage au survenant.

Chose étrange, le personnage qui venait de pénétrer dans la chambre était le portrait exact de celui qui s'y trouvait déjà...

La même allure claudicante, les mêmes vêtements sombres et usés, le même col relevé ; et, sur le visage, le même mouchoir à carreaux rouges, cachant hermétiquement les traits, surmonté de la même casquette enfoncée sur les oreilles...

Chacun d'eux aurait pu se croire placé en face d'un miroir qui lui reflétait sa propre image...

Pendant quelques secondes, ils se dévisagèrent tous les deux en silence ; et c'était un scène angoissante et tragique que cet examen muet de l'un par l'autre, sans qu'un seul mot trahît les pensées qui se heurtaient dans leurs cerveaux, ou passaient dans leurs regards, derrière leur impénétrable masque.

Subitement, le premier d'entre eux, celui qui avait attendu la venue de l'autre, braqua dans la direction de son sosie le revolver qu'il avait eu soin de tirer de sa poche avant l'arrivée de celui-ci...

— Haut les mains !... clama-t-il d'une voix tonnante, en repoussant la porte d'un coup de pied...

Sous la menace, le nouveau venu se hâta d'obéir, et éleva les deux bras au-dessus de sa tête...

L'autre, d'un geste rapide, arracha le mouchoir qui cachait sa propre face... Le visage clair et souriant de Justin Clarel apparut...

— Avancez au milieu de la pièce !... ordonna-t-il d'une voix brève...

Sans prononcer une parole, le chef de « la Main qui étreint » obéit à l'injonction...

— Maintenant, posez sur cette table les armes que vous avez sur vous !...

Toujours sans mot dire, le bandit dompté jeta devant lui son revolver.

— Vous n'en avez pas d'autres ?...

Comme il s'obstinait à demeurer muet, Justin s'approcha de lui, et, d'un mouvement rapide, le palpa tout le long du corps.

— C'est bien !... A présent, nous allons pouvoir causer !...

Il s'était mis en face du criminel désarmé, qu'il continuait néanmoins à tenir sous la menace de son revolver...

— Eh bien ! mon maître, dit-il sarcastique, je crois que votre carrière, si bien remplie, touche à son terme, et que cette bonne ville de New-York va enfin pouvoir dormir tranquille !... Vous qui maniez si dextrement le traquenard et l'embûche, que dites-vous de celui où vous venez de tomber ?...

Le misérable ne sourcilla pas. Il paraissait ne pas même avoir entendu la question.

— Décidément, vous n'êtes pas loquace, cher monsieur !... poursuivit Clarel, du même ton gouailleur. Cela tient peut-être à ce que vous éprouvez une difficulté à parler, en gardant cet éternel mouchoir sur votre visage et sur votre bouche !... N'allez-vous pas me faire le plaisir de vous en séparer ?... Vous devez penser que j'ai hâte de savoir à qui j'ai affaire, et de connaître l'adversaire dont j'ai eu tant de mal à avoir raison...

La minute était décisive... Un silence presque solennel pesait sur cette scène extraordinaire.

Sans quitter sa place, l'homme au mouchoir rouge leva lentement les mains vers son masque, comme pour obéir au désir de son interlocuteur...

Puis, brusquement, il les laissa retomber...

— Eh bien ! fit Justin Clarel, qu'est-ce qui vous arrête ?... Votre figure est-elle donc si laide que vous vous imaginez qu'elle va m'effrayer ?...

L'assassin de Taylor Dodge tourna la tête vers son vainqueur, et, de sa voix sourde et avinée, cette voix que celui-ci avait si bien imitée quelques instants auparavant, il articula :

— Vous croyez m'avoir terrassé, Justin Clarel !... Je suis sûr, pourtant, moi, que vous ne me tenez pas encore !...

— Oh, oh !... Voilà qui, laissez-moi vous le dire, est un peu présomptueux !... Pourtant, si je n'ai pas la berlue, il me semble que vous êtes bien là, en face de moi, désarmé et réduit à l'impuissance, et que je n'ai qu'un signe à faire, pour qu'une douzaine de mes hommes vous sautent au poil, comme une meute après le sanglier, au moment de l'hallali !... Non, non, voyez-vous, il faut vous résigner !... Vous coucherez ce soir dans la plus sûre des prisons de New-York !...

— Et Elaine Dodge, demain, couchera dans son tombeau !...

En entendant ces mots, que le chef de « la Main qui étreint » avait laissé tomber d'un accent glacé, Clarel sentit tout à coup son cœur se serrer.

— Qu'avez-vous dit ?... interrogea-t-il.

— Vous me tenez, soit ! Et vous allez connaître mon visage, c'est entendu... Mais c'est une satisfaction qui vous coûtera cher !...

— Encore une fois, expliquez-vous !...

— Quelle heure est-il à votre montre, monsieur Justin Clarel ?... Car je n'essaierai pas de regarder à la mienne, vous croiriez que je cache dans le gousset de mon gilet un pistolet échappé à votre recherche !...

— Il est trois heures moins vingt-cinq ! fit Justin, après un rapide coup d'œil.

— Eh bien ! dans vingt-cinq minutes, exactement, la femme que vous aimez sera morte !

— Morte !... répéta Clarel, en essayant de réagir contre l'inquiétude qui l'envahissait malgré lui. Allons donc !... C'est encore là un de vos pièges... Mais il est trop grossier pour que je m'y laisse prendre !...

— Comme vous voudrez !... répliqua son interlocuteur, avec une inaltérable tranquillité.

Un souvenir traversa comme un éclair l'esprit de Justin... Une phrase lui revenait à la mémoire, la phrase échangée au téléphone entre Florence Jess et l'homme qui était en face de lui...

« A trois heures, demain, avait dit le » chef de « la Main qui étreint », votre » mort sera vengé ! »

Etait-ce donc d'Elaine qu'il s'agissait entre les deux complices ?... Et le scélérat disait-il vrai ?...

Le combat qui se livrait dans l'âme du détective scientifique ne pouvait échapper à l'œil perspicace de son ennemi, qui, malgré l'impassibilité de son apparence, le contemplait d'un regard oblique.

— M'avez-vous bien compris ?... reprit ce dernier. Si je suis à votre merci, Elaine Dodge est à la mienne... Si vous me livrez, elle meurt ! Maintenant, je vous attends... Appelez vos policiers, monsieur Clarel, puisque le sanglier, comme vous le dites, n'est plus en mesure de résister !...

Les ongles de Justin s'enfonçaient dans la paume de ses mains...

— Avez-vous une preuve à me donner de la véracité de vos paroles ?... questionna-t-il.

— Une preuve décisive, à laquelle je vous défie de ne pas vous rendre !...

— Parlez vite !...

— Hier, M. Perry Bennett a acheté pour l'anniversaire de sa fiancée, cette fiancée que vous lui disputez avec tant d'acharnement, une montre-bracelet en platine. Il l'a laissée à la bijouterie Martins, pour être réglée. Un de mes hommes était dans le magasin et a fait l'acquisition d'un bracelet semblable, qui a été livré à miss Dodge ce matin même... Elle doit, à l'heure qu'il est, le porter à son bras !...

— Que signifie cette histoire ?... murmura Clarel.

— Ecoutez, monsieur Clarel, continua le bandit. Je vous crois un homme d'honneur... Voulez-vous faire une affaire avec moi ?... Je vous vends la vie d'Elaine Dodge contre la mienne !...

— Que voulez-vous dire ?...

— Si je vous donne le moyen de la sauver, vous me donnerez en échange ma liberté... Et, je suis beau joueur ! Vous ne me répondrez qu'après avoir acquis la certitude que ce que je viens de vous dire est l'exacte vérité !...

L'hésitation de Clarel ne fut pas longue...

— Soit ! répondit-il d'une voix où, malgré son impassibilité ordinaire, tremblait une émotion... Je consens... Mais hâtez-vous !...

— Prenez ce récepteur ! reprit le chef de « la Main qui étreint », désignant du doigt le téléphone.

Justin Clarel se précipita sur l'appareil.

— Maintenant, demandez la tante de votre bien-aimée, et, interrogez-la !...

Deux secondes plus tard, la communication était établie avec la tante Betty.

— Ah ! Monsieur Clarel, enchantée !... fit la vieille dame... Qu'y a-t-il pour votre service ?...

— C'est un petit renseignement dont j'ai besoin... Je voudrais savoir si votre nièce a bien reçu de M. Perry Bennett, comme cadeau pour son anniversaire, une montre-bracelet...

— Une montre-bracelet de platine... Effectivement !... On la lui a livrée de chez Martins dans la matinée, et elle la porte en ce moment à son poignet.

— Je vous remercie... C'est tout ce que je voulais savoir...

Il raccrocha le récepteur, et se tourna vers l'invisible chef de « la Main qui étreint ».

Celui-ci, toujours impassible, reprit :

— Maintenant, veuillez sonner la bijouterie Martins... et poursuivez votre intéressante enquête...

Justin suivit exactement ce second conseil, comme il avait suivi le premier...

— Je vous serais obligé de me dire, demanda-t-il à l'employé venu à son appel, si la montre-bracelet, que miss Dodge a achetée chez vous hier, lui a été déjà livrée...

— Non, monsieur !... Pas encore... répondit le commis... Miss Dodge nous l'avait laissée pour la régler ; et elle ne sera prête que demain... Nous la lui ferons porter immédiatement...

— Merci !...

— Eh bien ? reprit l'homme au mouchoir rouge... Etes-vous convaincu ?... La montre-bracelet que miss Dodge porte à son bras causera infailliblement sa mort à trois heures précises... Jurez-moi que vous quitterez cette maison sans chercher à connaître mon identité, et je vous donne le moyen de la sauver...

Clarel réfléchit un court instant... Jamais dans sa vie, si remplie d'événements tragiques et d'heures angoissantes, il ne s'était trouvé en face d'un dilemme aussi cruel et et aussi poignant.

— Eh bien !... Non !... dit-il.

Et il fit un pas vers le téléphone.

Mais son interlocuteur l'avait précédé, et s'interposant entre lui et l'appareil :

— Tenez, monsieur Clarel... Je joue cartes sur table... Aussi bien, n'y a-t-il plus de risques pour moi à abattre mon jeu... Dans le bracelet qui enserre le poignet de miss Dodge, un ressort, que j'y ai caché moi-même, déclanche une aiguille empoi-

sonnée, qui, au moment où la montre marquera trois heures, s'enfoncera irrémédiablement dans sa chair, sans qu'aucune force humaine puisse s'y opposer... Inutile de vous dire que le poison que j'ai choisi est de ceux qui ne pardonnent pas... Maintenant, décidez-vous !...

En entendant le maître criminel détailler de sa voix glaciale les phases du nouveau supplice conçu par son imagination satanique, un flux de sang monta au visage de Clarel...

— Misérable !... s'écria-t-il, les poings tendus.

— Je crois bien, monsieur le professeur, dit froidement celui-ci en se croisant les bras, qu'il doit être tout près de trois heures moins vingt...

C'en était trop : Clarel eut soudain la vision de l'exquise créature, que tant de fois déjà il avait sauvée des griffes de ses odieux persécuteurs, étendue, sans vie, sur sa couche funèbre...

Il poussa un cri désespéré...

— Ah !... Gredin !... Vous l'emportez !... Mais nous nous retrouverons... Et plus tôt que vous ne le pensez !...

Sans regarder derrière lui, il se précipita hors de la pièce... Devant la maison passait un taxi, revenant des quais. Il le héla.

— Allez aussi vite que vous le pourrez !... cria-t-il, en jetant au chauffeur l'adresse de l'hôtel Dodge... Il y va de la vie d'une femme...

Le chef de « la Main qui étreint » l'avait regardé sortir sans manifester la moindre surprise. Un éclat de rire sardonique s'échappa de ses lèvres, lorsque, par le carreau de la fenêtre, il vit l'auto démarrer de toute la vitesse de son moteur.

Haussant dédaigneusement les épaules, il se rapprocha du bureau sur lequel, obéissant à l'injonction de Clarel, il avait laissé tomber son revolver.

Comme il allongeait la main pour le reprendre, son regard s'abaissa vers un objet singulier, et que les événements qui venaient de se précipiter l'avaient empêché de remarquer jusqu'alors.

C'était la pile au sélénium que, quelques minutes plus tôt, avant l'entrée de celui qu'il attendait, Clarel avait mise en action, en la débarrassant du journal dont il avait pris soin tout d'abord de la couvrir.

La lumière, à laquelle elle s'était trouvée brusquement exposée, avait aussitôt fait son œuvre, et mis en branle la sonnerie branchée par les soins de Jameson dans la maison où les policiers aux aguets attendaient impatiemment ce signal pour faire irruption dans la maison voisine...

Dès qu'ils l'entendirent, guidés par Walter et par Chase, ils s'élancèrent au pas de course hors de leur retraite.

Cependant, l'audacieux criminel examinait rapidement l'engin qui s'était subitement révélé à sa vue.

En un clin d'œil, il en comprit la nature et le but.

— Décidément, les défenseurs de la Société ont juré de m'avoir à tout prix... Mais ils ont compté sans leur hôte !...

Il se tourna vivement vers le bureau, y prit une feuille blanche sur laquelle il écrivit quelques mots, et la plaça en évidence par-dessus les autres papiers.

Puis, avisant un morceau de carton, il y dessina grossièrement une main, à l'index tendu, qu'il installa sur une chaise dans la direction de la première feuille.

Il entendait distinctement sur le sol les pas cadencés de la petite troupe qui se rapprochait de la maison. Elle arrivait maintenant devant la porte d'entrée qui n'était pas de nature à lui faire obstacle bien longtemps. Déjà les coups de hache pleuvaient sur les panneaux de chêne.

L'homme au mouchoir rouge tira violemment à lui le dessus du bureau, qui démasqua une ouverture suffisante pour laisser passer un homme. Il s'y engouffra, et disparut à travers cette issue, tandis que la tablette supérieure du meuble reprenait automatiquement sa première place.

Il était temps. La porte venait de céder sous les efforts des assaillants, qui firent irruption dans la pièce vide.

— Personne !... s'écria Chase, à la tête de la colonne d'assaut.

— Attendez !... clama Jameson qui l'avait précédé dans la pièce, et qui, l'explorant rapidement d'un regard circulaire, venait de découvrir le carton indicateur.

Tous les deux tournèrent les yeux dans la direction désignée par le doigt qui y était tracé...

Chase saisit le papier laissé sur le bureau, tandis que Walter lisait par-dessus son épaule :

« *Désolé de vous fausser compagnie, messieurs !... J'avais malheureusement à faire ailleurs.* »

Comme signature, s'étalait l'esquisse ordinaire de « la Main qui étreint ».

Pendant ce temps, dans la maison voisine, le chef de la bande avait littéralement jailli d'un piano placé devant le mur d'une chambre correspondant comme situation à celle qu'il venait de quitter.

En hâte, il s'était dépouillé de ses vieux vêtements, et avait remplacé son pantalon effrangé par un pantalon rayé, sortant de chez un tailleur en vogue, son veston graisseux et hors d'usage par une redingote irréprochable comme coupe et comme façon.

Les policiers, désappointés, fouillaient les autres chambres de la maison.

Mortifiés et inquiets à la fois, en ne découvrant aucun indice du criminel qu'ils pourchassaient autant qu'en ne relevant pas la moindre trace qui révélât la présence ou le passage de Clarel, ses deux collaborateurs se dirigèrent en toute hâte vers la rue, espérant être plus heureux.

Ils n'y croisèrent qu'un respectable gentleman, à l'allure superlativement distinguée — impeccable dans sa redingote de bon faiseur et son pantalon rayé à la dernière mode, qui venait sans doute de reconduire un ami au quai d'embarquement.

Elaine, durant cette suite d'événements précipités, était loin de soupçonner l'angoisse dont battait, à cause d'elle, le cœur de son infatigable défenseur.

Tranquillement assise dans la bibliothèque, elle lisait à côté de sa tante, lorsque celle-ci qui travaillait à un ouvrage de broderie, tourna la tête.

— Quelle heure est-il, ma chérie ?... questionna-t-elle.

— Trois heures moins deux minutes !... répondit la jeune fille, en consultant d'un œil amusé la montre qui formait le centre de son cher bracelet de platine.

A ce moment, le bruit d'une course échevelée retentit dans le hall ; les deux femmes se levèrent en sursaut.

Clarel, son pardessus déboutonné, son chapeau en arrière, bousculant François qui lui ouvrait la porte, s'était rué comme un fou à travers le hall.

Elaine ouvrait la bouche pour lui demander l'explication de cette extraordinaire entrée.

Il ne lui en laissa pas le temps. D'un bond, il était auprès d'elle, et, d'un geste irrésistible, lui saisissant le bras, en arrachait la montre, brisant du même coup le délicieux bracelet de platine.

Il le contempla pendant une seconde, tandis que sa propriétaire, muette de stupeur, se demandait si c'était bien Justin Clarel qui était en face d'elle, et quelle raison soudaine avait pu déchaîner en lui cet accès de fureur jalouse contre Perry Bennett...

Au même moment, sur le cadran de la montre, la grande aiguille atteignait exactement trois heures. Instantanément, la minuscule fléchette jaillit hors du boîtier, à l'intérieur du bracelet...

— Me donnerez-vous, articula enfin la jeune fille, l'explication de votre injustifiable conduite ?...

Il la regarda sans répondre, sans paraître même avoir entendu...

Elle frappa le parquet du pied et, le sourcil froncé, répéta pour la seconde fois sa question :

— Je vous demande, monsieur, ce que signifie cette incroyable façon d'agir...

Alors, seulement, il parut comprendre et, s'inclinant profondément :

— Simplement, répondit-il impassible, que vous receviez certains cadeaux d'anniversaire qui ne sont pas de mon goût... J'ai bien l'honneur de vous saluer, mademoiselle...

XVIII

L'ALLIÉ JAUNE

L'extraordinaire démonstration de Justin Clarel, arrachant violemment de son posgnet le présent de Perry Bennett, avait plongé Elaine dans un étonnement profond, qui s'était changé en stupeur en voyant celui duquel elle attendait des excuses prendre subitement une attitude glaciale, et, sans ajouter un mot, sortir de la pièce, et presque immédiatement de la maison.

— Eh bien ! ma tante, interrogea avec irritation la jeune fille. Que dites-vous de cette façon d'agir ? Est-ce là cette politesse française si vantée ?...

— Je n'y comprends rien !... fit la vieille dame, en ouvrant de grands yeux. M. Clarel ne nous a pas habituées à de pareils procédés !... Et je me demande, en vérité, si ses innombrables travaux ne lui ont pas quelque peu tourné la tête !...

— Ce serait sa seule excuse !... Encore faudra-t-il qu'il mette de l'éloquence à la faire valoir, pour que je consente à l'accepter...

Pendant tout le reste de la journée, et dans sa promenade habituelle avec sa tante Betty, Elaine ne cessa de faire allusion à l'incroyable algarade où s'était laissé entraîner l'homme auquel elle avait jusqu'alors accordé tant de confiance, et manifesté une sympathie qu'elle avait senti peu à peu se transformer en un sentiment plus tendre.

Déjà, depuis quelques jours, le nuage qui s'était élevé entre eux avait sensiblement altéré leurs rapports ; mais maintenant, après cet inexplicable coup de tête, le dépit de la jeune fille était devenu presque de la rancune.

Après le dîner, elle était assise au coin du feu, tenant à la main le livre qu'elle achevait. Mais son esprit était loin de l'action qui s'y déroulait, et ne parvenait pas à se distraire de la scène de l'après-midi.

Cependant elle ne pouvait s'empêcher de jeter de temps en temps un regard vers la pendule, espérant secrètement un coup de sonnette, suivi de l'entrée de François, annonçant la visite du coupable.

Malgré l'assurance qu'elle avait donnée à sa tante, elle sentait qu'elle pardonnerait bien vite au pécheur repentant.

La jalousie, aux yeux d'une femme qui aime, n'est pas un crime irrémissible. Au contraire, elle y voit souvent, à juste titre, une preuve de tendresse.

Pour la forme, Elaine ferait pendant quelques instants mine d'être sévère, mais cette rigueur ne tiendrait pas longtemps devant un regret sincère, éloquemment exprimé.

Elle en était là de ses réflexions, lorsque la sonnerie de la porte d'entrée résonna.

Mais, au lieu du nom de Justin Clarel qu'elle s'attendait à entendre jeter par le maître d'hôtel, ce fut celui de Perry Bennett que François annonça.

Le jeune homme entra en souriant.

— Expliquez-moi une énigme, ma chère cousine ! dit-il après avoir baisé les mains d'Elaine et de la tante Betty. J'étais passé chez Martins avant le dîner pour une petite réparation au crayon d'or de ma chaîne, lorsque j'ai entendu l'employé qui vous a vendu hier votre montre-bracelet dire tout haut qu'elle était prête, et qu'il fallait vous la livrer avant le dîner...

— Qu'est-ce que cela signifie ?... fit la jeune fille, stupéfaite...

— Je n'y comprends rien, puisque ce matin, vous la portiez à votre bras !... J'ai demandé vainement une explication au commis, qui n'a rien pu me dire, sinon que la montre venait seulement d'être réglée ! Pour éclaircir ce mystère, j'ai alors déclaré que je vous l'apporterais moi-même... Et la voici !...

Il tendit à la jeune fille un petit paquet, soigneusement enveloppé, qu'elle déplia hâtivement...

Dans un écrin pareil, sur le même lit de velours fauve, s'étalait un bracelet de platine identique à celui que Clarel lui avait si brusquement arraché quelques heures plus tôt...

— Décidément, fit-elle, l'énigme, comme vous dites, se complique de plus en plus !...

Brièvement, elle raconta à Perry l'incident de l'après-midi, et la façon inouïe dont Clarel avait fait irruption chez elle, et lui avait enlevé le bijou qu'elle portait à son poignet.

Elle ne crut même pas devoir cacher au jeune avocat le mobile qu'elle prêtait à cet acte bizarre, que seul pouvait motiver, pensait-elle, une folle et soudaine crise de jalousie.

— C'est bien de l'honneur que me fait là M. Clarel !... constata Perry, avec une nuance d'amertume... Je dois vous dire, au reste, ma cousine, que je l'ai toujours considéré comme ayant le cerveau légèrement ébranlé... On ne mène pas impunément une vie comme la sienne, et l'on n'exerce pas sans secousse un pareil métier !...

— Mais l'autre bracelet, celui qu'il a emporté, d'où venait-il ?...

— Oh ! Quant à cela, l'explication est simple !... Il vous a certainement été livré par erreur !... Vous avez pu remarquer comme moi, en le choisissant, qu'il y en avait plusieurs identiquement semblables !... C'est de là, sans conteste, que vient le malentendu !...

— Peut-être avez-vous raison !... Alors, mon cousin, ce n'était pas seulement ce matin que je devais vous remercier, c'est aussi ce soir... Et je le fais de grand cœur !...

Tout en parlant, elle fixa à son bras le bijou.

Perry Bennett s'était assis à côté d'elle, et, sous prétexte d'admirer si le second bracelet faisait aussi bon effet que l'autre, tenait étroitement serrée dans sa propre main, la main de la jeune fille.

— Ma cousine, interrogea-t-il doucement, ne consentirez-vous pas à répondre ce soir à la question que je vous ai adressée ce matin ?...

Elle secoua doucement la tête.

— Pourquoi me presser ainsi ?... Ayez encore un peu de patience, Perry !... C'est le temps, croyez-moi, qui est votre plus puissant allié !...

La fin de la soirée, et surtout la matinée du lendemain s'écoulèrent pour Elaine lentes et monotones...

A deux reprises, elle voulut prendre un parti qui, incontestablement, eût été le plus simple, et demander à Clarel lui-même l'explication de sa déconcertante attitude...

Deux fois, elle s'arrêta au moment où sa main tenait déjà le récepteur du téléphone, toujours paralysée par le vain sentiment d'amour-propre, auquel tant de gens, tant de femmes surtout, obéissent si malencontreusement dans la vie.

Au milieu de l'après-midi, Elaine et la tante Betty étaient toutes les deux assises au salon autour de la petite table du thé, lorsque Perry Bennett fit son entrée.

Quand les deux jeunes gens se trouvèrent seuls, Elaine se tourna vers son cousin :

— Je suis contente que vous soyez là, Perry...

« Depuis ce matin j'attendais impatiemment votre visite !...

— Est-ce vrai ?... Si vous saviez quel plaisir vous me faites !...

— Attendez... Je voulais surtout vous voir pour vous confier un rêve... Un rêve extraordinaire que j'ai fait cette nuit...

Toute droite, sur sa chaise, les yeux fixes, et la voix agitée par un léger tremblement nerveux, elle poursuivit :

— J'ai rêvé que mon père venait à moi... Il me disait que si je cessais mes relations avec M. Clarel, et si je mettais à l'avenir toute ma confiance en vous, je n'aurais plus rien à craindre de « la Main qui étreint »... Bien que je n'attache pas à un rêve plus d'importance qu'il n'en mérite, celui-là m'a tellement troublée que j'ai voulu m'en ouvrir à vous sans retard et sans détour...

Bennett demeura silencieux pendant quelques instants ; puis, posant sa tasse de thé, il se rapprocha de la jeune fille et, prenant sa main comme la veille :

— Elaine, dit-il à mi-voix, ses yeux profonds plongeant leur regard ardent dans ceux de sa cousine, vous savez combien je vous aime !... Confiez-moi le droit de vous protéger... C'était, vous le savez, le plus cher vœu de votre père, de nous voir unis l'un à l'autre !... Laissez-moi partager vos dangers, et je vous jure que, tôt ou tard, nous viendrons à bout de « la Main qui étreint »... Répondez-moi, Elaine, je vous en supplie... Et faites de moi le plus heureux des hommes !...

La précision de cette demande ne laissait pas de prise à une échappatoire... La jeune fille s'en rendit compte, et ce fut

d'une voix de plus en plus tremblante qu'elle répondit :

— Oui, oui, je comprends bien, Perry, qu'il arrive une heure où il faut donner à un homme une certitude, et que cette heure est venue pour vous et pour moi !... Je vous l'avais promis, d'ailleurs... Qu'allez-vous penser cependant, et n'aurez-vous pas le droit de m'adresser tous les reproches, si je vous avoue que malgré cette promesse, malgré le rêve dont je viens de vous faire part, je suis si agitée, si émue, que j'hésite encore !...

— Est-ce possible !... Pourtant, c'est votre père, disiez-vous, qui, en venant à vous, a mis pour ainsi dire une seconde fois votre main dans la mienne...

— Je le sais... Je me le suis répété dix fois depuis ce matin... Mais c'est plus fort que moi, je ne peux pas me résoudre à prendre encore une décision aussi grave, aussi capitale.

— Ah ! fit Perry d'une voix âpre. Je le vois... Vous aimez cet homme, ce Français... Vous l'aimez plus que vous ne dites, plus que vous ne le pensez, peut-être !...

— Non, non... Je ne crois pas... Je ne sais pas... Par pitié, Perry, donnez-moi encore un peu de répit... Dans quelques jours, je serai plus calme...

— Dans quelques jours, vous me répondrez comme aujourd'hui, à moins que vous ne me désespériez définitivement !

— Non... Je serai au contraire devenue raisonnable... Je vous ai dit que chaque jour qui s'écoule augmente vos chances de me convaincre !...

— C'est justement parce que vous me l'avez déjà dit, Elaine, que j'ai de la peine à vous croire... Mais je ne veux pas insister... Au surplus, je sens bien que ce serait inutile... Je ne vous parlerai donc plus de rien avant que vous ne m'en parliez vous-même !...

— Merci !...

Il lui serra la main, et s'éloigna...

A l'heure où cette conversation avait lieu entre les deux jeunes gens, celui dont la personnalité y tenait, apparente ou cachée, une si grande place, était lui-même en train de s'entretenir avec Walter Jameson dans son laboratoire de la Columbia University.

— Alors, vraiment, disait ce dernier, vous n'avez pas révélé à Elaine la raison qui vous a fait arracher si brusquement, si brutalement même ce bracelet de son bras ?...

— Non, je n'ai rien dit, et je ne dirai rien !...

— Pourquoi cette obstination ?... En vous taisant, en lui laissant ignorer qu'une fois de plus elle vous doit la vie, vous agissez peut-être à l'encontre de vos vœux les plus chers !...

— C'est possible... Mais je ne suis pas de ceux qui réclament le prix d'un service !... La personne dont il s'agit n'a pas senti que mon dévouement méritait certains égards, et avait le droit d'éprouver certaines susceptibilités... Tant pis pour moi, et peut-être tant pis pour elle !... Et maintenant, si vous voulez m'être agréable, Jameson, vous n'insisterez plus sur ce sujet, qui m'est douloureux... plus douloureux qu'il ne devrait être à mon cœur, si le cœur des hommes savait ce que c'est que la raison !...

Reprenant son travail, il s'était penché de nouveau sur la vaste table de marbre où il procédait à ses expériences.

Il était en train de verser de l'acide nitro-chlorydrique dans une éprouvette, pour compléter une réaction, lorsque la sonnerie du téléphone retentit...

A ce bruit, il continua d'achever son mélange, mais Walter, qui le regardait, constata que sa main tremblait légèrement.

Cependant, la sonnerie se prolongeait. Justin posa la bouteille d'acide sur son bureau, et allongea la main vers l'appareil...

— Oui, dit-il, parlant dans le récepteur, c'est bien M. Clarel !...

Son jeune collaborateur continuait à le regarder, avec un intérêt anxieux... La personne qui téléphonait était-elle celle qu'il prévoyait ?... Celle dont cette manifestation amicale, pour tardive qu'elle fût, allait probablement apporter dans les idées de son maître un si profond changement et un si salutaire réconfort !...

Il s'approcha du bureau, et murmura timidement :

— Y a-t-il du nouveau ?

Sans doute Clarel préférerait ne pas être dérangé, car de son bras resté libre, il repoussa le jeune homme, avec un peu d'impatience.

Celui-ci, qui ne s'attendait pas à ce geste, recula malgré lui, et sa main heurta maladroitement la fiole que Justin avait posée dans sa hâte à côté de lui.

Sous le choc, elle se renversa, et le liquide qu'elle contenait se répandit sur le bureau et sur les fils téléphoniques, avant que Walter ait eu le temps d'intervenir.

En essayant de relever le flacon, sa main se trouva en contact avec l'acide.

La brûlure qu'il ressentit fut si forte qu'il ne put retenir un cri de douleur !

Clarel tourna la tête.

Voyant l'accident, il déposa vivement le récepteur, et entraîna Jameson au fond du laboratoire, où il plongea sa main blessée dans un calmant.

Puis, avec la dextérité d'un chirurgien, il pansa la plaie, qui n'était heureusement que superficielle.

Une fois la main du jeune homme entourée d'un bandage, il se hâta de retourner au téléphone.

Un vif désappointement l'attendait... L'acide nitrochlorydrique, en se répandant sur les fils, les avait complètement brûlés, rendant toute communication impossible.

Comme Jameson l'avait prévu, c'était bien Elaine qui téléphonait...

Après sa conversation avec Perry Bennett, la jeune fille, de plus en plus nerveuse, s'était enfin décidée à prendre le parti devant lequel elle hésitait depuis quelques jours, et, domptant son amour-propre, à demander à Clarel l'explication que celui-ci n'avait pas jugé à propos de lui donner.

A l'autre bout du fil, elle attendait une réponse à sa première question... Sa surprise se changea en une brusque colère, lorsqu'elle constata que, sans un mot d'explication, ni d'excuse, son interlocuteur avait quitté le téléphone...

— Il a coupé la communication, s'exclama-t-elle, lorsqu'il a entendu que c'était moi qui lui parlais !... C'est trop fort !...

Et, raccrochant le récepteur, elle quitta précipitamment la pièce.

Sans que Walter pût le soupçonner, sa main venait de remplir l'office de celle du Destin...

*
* *

China Town est la ville chinoise de New-York, un coin de Pékin ou de Canton, transplanté dans la métropole américaine ; et c'est un spectacle intéressant pour le voyageur que cette vie si particulière des Célestes, avec leurs costumes, leur langage, leurs mœurs, leurs journaux mêmes, se développant, paisible et traditionnelle, au milieu de l'inlassable activité, et de la trépidation fiévreuse des Yankees.

A la première vue, l'aspect extérieur des maisons n'avertirait guère le touriste qu'en entrant dans Dovers Street, Pell Street ou Mott Street, les trois rues principales de la ville chinoise, il vient brusquement de franchir des milliers de lieues, et de reculer de quelques centaines d'années en arrière.

Sauf les inscriptions, les banderoles ou les lanternes multicolores qui les relient les unes aux autres, ce sont pour la plupart d'assez vulgaires bâtisses de briques, peu élevées, où débordent, surplombant la chaussée, les horribles escaliers de sauvetage en fer dont sont pourvues les demeures de New-York.

Une population curieusement bariolée grouille là, blanchisseurs, étudiants, marchands, restaurateurs, artisans, fabricants de cigares, musiciens, prêtres de Confucius ou des mille sectes religieuses qui pullulent au Pays Jaune, tenanciers de fumeries d'opium, ou de maisons de jeu, dans lesquelles le Céleste, si placide d'apparence, s'abandonne avec passion aux émotions du *Fan-Tan*, son jeu national.

Si beaucoup d'entre ces habitants sont restés fidèles au costume des ancêtres, et à la longue natte artistement tressée, que quelques-uns surmontent bizarrement d'un melon en feutre, ou d'un canotier de paille, un grand nombre n'ont pas craint d'adopter la tenue européenne... Mais ceux-là, mêmes qui sacrifient au complet moderne n'ont rien abdiqué de leur mentalité et de leurs goûts.

Glissez-vous — avec un guide sûr, ou un policier de la station spéciale du quartier — dans les étroites impasses qui séparent ces demeures vulgaires... Introduisez-vous dans les arrière-boutiques, ou les intérieurs de ces commerçants américanisés en apparence... C'est la Chine intangible et séculaire qui surgira alors brusquement devant vous, avec ses traditions, ses plaisirs, ses mystères, ses vices, ses haines, et la barbarie raffinée de certaines de ses sectes.

Si la plupart de ces temples, où viennent devant leurs idoles de bois peintes s'agenouiller les fidèles, sont simplement le théâtre d'une dévotion fervente, mais inoffensive, il en est d'autres, heureusement assez rares, où s'exercent des rites moins bénins, et où des superstitions plus sanglantes se donnent même en quelques occasions libre cours... La police a beau les traquer, le Jaune astucieux est plus fort qu'elle, et la défie derrière son masque impénétrable, en souriant béatement de ses petits yeux bridés.

Une des maisons à l'aspect le plus confortable de Pell Street était habitée depuis près d'un an par un riche Chinois, qui, à en juger par les marques de respect que lui prodiguaient ses compatriotes, devait être quelque haut dignitaire, ou quelque personnage considérable dans la hiérarchie administrative de l'empire du Milieu...

Ce jour-là, dans une grande salle meublée à la chinoise, Wong Long-Sin, vêtu d'un somptueux costume brodé de soie et d'or, était confortablement étendu sur un divan, fumant une singulière pipe. Il jouait avec deux petits rats blancs apprivoisés, qui portaient tous les deux une chaînette d'or attachée à l'une de leurs pattes, et reliée à deux bagues du même métal, passées aux deux petits doigts de l'Oriental.

Un domestique, habillé à l'européenne, entra doucement, sans que le puissant personnage tournât la tête, et vint lui murmurer quelques mots à l'oreille.

— C'est bien, fit le Céleste, qu'elle entre !...

Une jeune femme, assez élégamment vêtue, fut introduite.

Respectueusement elle se courba devant Long-Sin, qui répondit par une légère inclinaison de tête à cette marque de déférence et de soumission.

— Bonjour, miss Carson ! fit-il placidement. Vous avez une communication à me faire ?...

— Oui, maître !...

En même temps, les doigts gantés de la jeune personne s'ouvraient lentement, pour esquisser le terrible signe de « la Main qui étreint ».

— Ah ! fit Long-Sin... Vous venez de la part de votre chef ?...

— Il voudrait savoir si vous restez chez vous ce matin, et s'il peut s'y présenter sans crainte de trouver autour de vous trop d'importuns...

— J'écarterai tous les visiteurs pour que le chef de l'honorable « Main qui étreint » soit chez son serviteur aussi librement et aussi commodément que dans sa propre demeure !... Mais savez-vous à quel sujet il désire cette entrevue ?...

— Oui... il m'a chargée de vous avertir que votre concours, et les services de ceux sur lesquels vous étendez votre pouvoir, lui sont devenus nécessaires dans la lutte qu'il a entreprise !...

Un léger sourire passa dans les yeux rusés du Chinois... Allongeant la main vers un journal posé à côté de lui, il le tendit à l'aventurière.

— N'est-ce pas contre cette personne ?... dit-il, désignant du doigt un portrait d'Elaine Dodge reproduit sur une des pages.

Au-dessous du dessin, se lisait la légende suivante :

« Miss Elaine Dodge, la milliardaire
» américaine, dont la lutte avec « la Main
» qui étreint » éveille un intérêt mon-
» dial... »

— En effet ! répondit Mary Carson... Je vois que vous êtes bien informé !...

— Puisque je suis devenu depuis quelques mois l'allié de « la Main qui étreint », il est naturel que je me tienne au courant de ce qui la touche !... Dites à votre chef que je l'attends, et qu'il trouvera auprès de moi, comme il l'a toujours trouvé depuis notre entente, le concours le plus dévoué à ses desseins...

— Je vous demande alors la permission de vous quitter pour aller sans tarder lui reporter vos paroles.

— Faites, miss Carson... Je vais, de mon côté, prendre toutes les mesures pour lui donner satisfaction.

La visiteuse s'inclina de nouveau devant l'Oriental, qui lui fit de la main un geste d'adieu protecteur, et se remit à jouer avec ses rats blancs...

« La Main qui étreint », on l'a déjà vu par l'assistance que lui avait prêtée à plusieurs reprises l'Indien qui s'était chargé d'expédier si lestement Micaël dans l'autre monde, recrutait ses collaborateurs non seulement dans toutes les classes, mais dans toutes les nationalités.

Il était naturel qu'elle fût allée en chercher dans cette population mystérieuse qui, sans bruit, sans éclat, a su se tailler dans la vie américaine, et dans la plus grande ville des États-Unis, une si large place.

L'astuce traditionnelle du Chinois, sa silencieuse impénétrabilité, son obéissance passive à ceux qu'il reconnaît pour ses chefs, la fécondité prodigieuse de son génie d'invention, et même sa haine secrète pour ceux qu'il continue à appeler les « Diables Blancs » faisaient de Long-Sin, et de l'immense séquelle inclinée devant son pouvoir, d'inappréciables associés pour la détestable confédération qui étendait sur New-York ses griffes meurtrières.

Lorsqu'une demi-heure plus tard, son chef se glissa furtivement dans la demeure de Long-Sin, il le trouva tout préparé à recevoir ses confidences et ses instructions...

La conversation entre les deux hommes fut assez longue... A plusieurs reprises, le Chinois parut faire à son interlocuteur quelques observations, auxquelles celui-ci dut répondre à sa satisfaction, car il hocha la tête en signe d'acquiescement.

— C'est bien entendu ! conclut l'homme au mouchoir rouge... Nous sommes d'accord sur tous les points...

— Oui, maître ! répondit le Céleste. Tu peux te reposer entièrement sur ton serviteur et ton allié... Il travaillera avec toi de son mieux, ainsi que tous ceux qui sont sous sa dépendance, au succès du plan que tu as conçu...

— Tu en as bien pénétré tous les détails.

— De point en point... Et je tiens d'autant plus à sa réussite qu'elle apportera aux sectateurs de la religion, dont je suis le prêtre, la satisfaction qu'ils attendent impatiemment depuis longtemps...

— C'est bien... Je te quitte... Nous nous retrouverons tout à l'heure à l'endroit que tu sais...

— A tes ordres !... fit Long-Sin, en s'inclinant, et en reconduisant son visiteur jusqu'à la porte de sa demeure.

Une automobile attendait, dans laquelle le chef de « la Main qui étreint » se glissa rapidement.

Long-Sin, après avoir vu la voiture disparaître au tournant de la rue, rentra dans le salon, et s'absorba en une profonde méditation...

Son visage jaune et ridé grimaça un sourire satisfait... Puis il étendit la main vers un marteau de bronze placé à côté de lui, et frappa deux coups sur le gong.

Une portière se souleva, et son secrétaire parut... Il échangea avec lui, dans leur langue natale, quelques paroles ayant vraisemblablement trait à son entretien avec le visiteur qui venait de le quitter...

Après quoi, ayant introduit ses deux rats favoris dans une petite cage dorée, qu'il referma soigneusement, il se dirigea vers la porte, suivi de son compagnon.

Tous les deux sortirent de la maison, et tournèrent à droite, s'enfonçant de plus en plus dans les profondeurs de la ville chinoise...

Dans les rues qu'ils traversaient, la foule commençait à être dense. Parmi leurs compatriotes qu'ils croisaient en marchant, la plupart, à la vue de Long-Sin, s'arrêtaient sur son passage, et se courbaient respectueusement... Il leur répondait par un léger signe de tête, et poursuivait dignement son chemin...

Il avait quitté maintenant la large voie qu'il suivait, et venait de s'engager dans une ruelle tortueuse où les passants étaient plus rares... Il ne tarda pas à arriver devant une impasse étroite et sombre, inconnue à tous ceux qui n'ont pas exploré les coins les plus secrets du quartier chinois, presque inconnue même à la police...

Après une vingtaine de pas, il s'arrêta devant une misérable maison, habitée en apparence par de pauvres ouvriers de sa race. Toujours suivi par son secrétaire, il entra dans la pièce où ils travaillaient à des ouvrages en bambou ; mais, sans paraître faire attention à eux, il alla tout droit au fond de la salle, et ouvrit une porte qui donnait sur une petite cour intérieure.

Par une entrée habilement dissimulée sous un hangar encombré d'objets hétéroclites, il pénétra dans une sorte de temple décoré dans un style chinois étrange et tourmenté, et dont les murs tendus de soie, étaient ornés des portraits de quelques divinités guerrières, peintes de couleurs brutales.

Un large dais occupait le centre de la vaste pièce, sous lequel trônait la statue d'un effrayant personnage, dont le corps et le visage paraissaient enduits d'un placage métallique... On aurait dit la momie de quelque Chinois d'un autre âge recouverte d'une feuille d'or.

Le monstre était presque nu... Seule une longue tunique, faite du drap d'or le plus riche, partait de son épaule, et tombait en plis vagues sur la partie inférieure de son corps.

A côté du dais, se trouvait un large gong, devant lequel se tenait un Chinois, armé d'un marteau de bronze...

Une cinquantaine de Célestes de tous les âges, pieusement recueillis, faisaient leurs dévotions à cette étrange divinité, et célébraient, selon les rites, le culte du dieu qu'ils adoraient. Clui-ci n'était autre que le démon du mal, Ksing-Chaü, la personnification chinoise de Satan, qui compte, dans le Céleste Empire, une foule innombrable d'adorateurs exaltés et aveugles, pour lesquels les excès les plus sanglants ne sont qu'un hommage rendu à la toute-puissance de leur idole...

Long-Sin entra lentement dans la vaste pièce... Deux serviteurs s'empressèrent autour de lui, et, avec les marques du respect le plus obséquieux, le revêtirent d'une longue robe, aux broderies lourdes et somptueuses...

Majestueusement alors, il s'avança vers le dais, s'agenouilla, et plaça aux pieds de la statue son offrande, composée de bâtons de cire, de différents plats de gâteaux chinois, de riz, d'un pot d'huile et de quelques volailles cuites.

Puis, après une suite de génuflexions, il se prosterna de nouveau, et demeura longtemps étendu tout de son long, les mains en avant, la face collée contre le sol...

Pendant ce temps, un vieux Chinois, tenant entre ses bras un cylindre à prières, entrait et, après s'être lui aussi courbé respectueusement devant le dieu qu'il vénérait, plaça la bizarre machine dont il était porteur sur une sorte de tabouret, et commença à la tourner lentement, en marmottant des paroles mystiques.

Chaque tour de cette roue, toute bariolée de caractères chinois, et peinte de couleurs criardes, était supposé lui acquérir les mêmes mérites que s'il avait lu, ou prononcé lui-même, les prières écrites sur le bois...

Quelques minutes plus tard, Long-Sin, sortant de l'extase dans laquelle il était absorbé, frappa trois fois de la tête, avec les marques de la plus profonde vénération, les pieds de la divinité de métal devant laquelle il était prostré, puis, brusquement, se releva.

L'expression illuminée de ses yeux, le désordre inspiré de son visage indiquaient qu'il venait de recevoir une communication des lèvres de la terrifiante idole.

Il fit signe à l'assistant, qui, de son marteau de bronze frappa plusieurs coups retentissants sur le gong.

Un silence impressionnant pesa sur la foule des fidèles, tandis que Long-Sin, d'une voix solennelle, annonça :

— Ksing-Chaü le terrible, le maître que nous servons, demande une nouvelle épouse. Il la lui faut blonde, belle de visage, et étrangère à notre race...

A ces paroles, un frémissement parcourut tous les suppliants qui, comme un seul homme, se prosternèrent de nouveau sous le geste large du prêtre...

XIX

L'ESPRIT DU MORT

L'automobile où était monté précipitamment le chef de « la Main qui étreint » après sa conversation avec Long-Sin, n'avait pas eu un bien long chemin à parcourir pour parvenir à sa destination.

C'est dans une rue du quartier chinois qu'elle s'était arrêtée, devant une de ces vulgaires constructions de briques, à l'extérieur desquelles on cherchait vainement le pittoresque et l'imprévu...

Sur la porte de l'appartement du premier étage, un écriteau portait ces mots:

« Madame SAVETSKY »

« *Médium* »

L'homme au mouchoir rouge y frappa trois coups espacés.

L'huis s'entre-bâilla, et il se glissa dans une chambre assez spacieuse où, sous la direction d'une grosse femme brune, aux traits accentués, aux yeux rusés, deux hommes de la bande travaillaient à masquer les murs sous de longues tentures noires, qui descendaient jusque sur le tapis.

— Eh bien ! dit le chef, vos préparatifs sont-ils bientôt terminés ?...

— Encore un petit quart d'heure, répondit l'un des travailleurs, et tout sera prêt comme vous l'avez ordonné !...

En même temps, obéissant aux instructions de la grosse dame, il suspendit sur la tenture noire un portrait d'Allan Kardec, le grand prêtre du spiritisme...

Quelques sièges garnissaient la pièce, qui n'était meublée que d'une petite table de bois, sur laquelle reposait une mandoline.

Au fond, un retrait carré en forme d'alcôve était, lui aussi, entièrement tendu de rideaux flottants en velours noir... Deux larges portières de même étoffe pouvaient au besoin en masquer l'ouverture, et le centre en était occupé par une grande cheminée où trois ou quatre bûches brûlaient gaiement dans une grille, projetant sur les tentures une lueur rougeâtre.

Le chef de « la Main qui étreint » marchait de long en large, regardant l'aménagement prendre peu à peu tournure, et donnant de temps en temps quelques ordres à ses subordonnés.

Il tourna une dernière fois la tête autour de la chambre, et parut en approuver les dispositions.

Alors, il se dirigea vers la cheminée. Là, il pressa un ressort dissimulé dans l'encadrement, et une transformation soudaine s'opéra... Par un mécanisme invisible, les bûches brûlantes du foyer reculèrent en arrière, au fond d'une cavité qui s'était soudainement démasquée, et une toile métallique descendit devant elles, les enfermant dans une sorte de cage...

En même temps, comme par magie, une autre ouverture apparaissait sur le côté. L'homme au mouchoir rouge disparut par là... Il était maintenant dans un étroit corridor pratiqué entre deux murailles.

Après avoir marché une vingtaine de pas, il s'arrêta... Une porte était devant lui, qu'il poussa...

Une lourde tenture de soie lui barrait encore le passage... Il la souleva et avança avec précaution...

Il était derrière l'autel du temple où Long-Sin, debout devant la statue de son dieu, venait de formuler, devant les fidèles agenouillés à ses pieds, l'exigence suprême de Ksing-Chaü.

A la place où il se trouvait, l'ombre qui l'enveloppait empêchait les assistants de soupçonner sa présence... Ceux-ci, d'ailleurs, avaient achevé leurs dévotions, — si les simagrées et les contorsions auxquelles ils se livraient pouvaient s'appeler ainsi...

D'une marche lente, et encore recueillie, ils se dirigeaient tous vers la sortie...

A leur suite, le vénérable vieillard, qui tournait si dévotieusement son moulin à prières, venait, lui aussi, de franchir le seuil, en emportant le bizarre cylindre qui, mécaniquement, devait lui valoir les bonnes grâces de l'affreuse divinité qu'il adorait...

Long-Sin restait seul devant l'autel...

Le bruit des pas des derniers sataniens s'était à peine éteint, que le chef de « la Main qui étreint » surgissait de l'ombre et lui posait la main sur l'épaule.

— Ah ! c'est toi ! fit le Céleste, en se retournant... Je t'attendais...

— Es-tu prêt à me suivre ?... Il est nécessaire que nous examinions une dernière fois ensemble l'endroit où doit s'exécuter le projet que nous avons conçu...

Tus les deux s'engagèrent à travers le passage secret aboutissant à la maison voisine, et pénétrèrent par l'ouverture de la cheminée dans la salle de séance du médium.

Là, l'homme au mouchoir rouge donna à son complice de brèves explications sur le rôle qui lui était dévolu dans ce nouveau complot... Long-Sin, impassible, hochait simplement la tête en signe d'adhésion.

Mme Savetsky était à leurs côtés, écoutant attentivement les paroles du chef. Lorsque celui-ci eut terminé, le Chinois se tourna vers elle, et ajouta quelques indications à toutes celles qui venaient de lui être données.

Le visage dur de l'antipathique créature se détendit, et un sourire cauteleux éclaira sa large face.

— Soyez tranquille, dit-elle... Toutes vos instructions seront ponctuellement suivies...

Il est nécessaire, pour apprécier l'importance du rôle qu'elle allait jouer dans cette intrigue, de se rendre compte que les Etats-Unis ont été le berceau du spiritisme.

Dans toutes les villes, presque sans exception, le culte des esprits a réuni de tout temps un nombre incalculable d'adeptes... Tout récemment, à Philadelphie, plus de trois cents étaient en relations avec le monde de l'au-delà, qu'ils évoquaient chacun par le moyen d'un intermédiaire particulier, au point que les médiums répandus sur la surface entière de l'Amérique atteignaient un chiffre supérieur à soixante mille ; et, aujourd'hui encore, la doctrine spirite compte sur tout le territoire de l'Union d'innombrables et acharnés croyants.

Quelques instants plus tard, Mme Savetsky quittait sa demeure et se dirigeait vers l'hôtel Dodge.

Elaine, à ce moment, était seule dans la bibliothèque. Assise devant son bureau, elle contemplait tristement la photographie de Justin Clarel, en songeant aux derniers incidents qui venaient de survenir, et à l'affront qu'elle était persuadée avoir essuyé au téléphone.

Etait-il possible qu'il eût agi ainsi envers elle, qu'elle eût subi de sa part une pareille humiliation, et cela au moment même où elle avait la faiblesse d'oublier les griefs amassés contre lui dans son cœur, et de faire violence à son amour-propre, en tentant la première une démarche d'apaisement.

C'était décidément bien lui qui se refusait à la réconciliation qu'elle souhaitait...

Si le nuage surgi entre eux persistait, c'était à lui désormais qu'il en faudrait attribuer la responsabilité, ainsi que toutes les conséquences que pourrait engendrer cette brouille, contre laquelle elle aurait vainement tenté de réagir.

Elle en était là de ses réflexions, lorsque François entra, portant une carte sur un plateau.

Elaine la prit, et lut avec surprise :

« Madame SAVETSKY »

« *Médium* »

Au-dessous du nom gravé, quelques mots étaient écrits au crayon

« Si je prends la liberté de vous déran-
» ger, c'est que j'ai eu cette nuit, de l'esprit
» de votre père, une importante communi-
» cation ».

Le premier mouvement de la jeune fille fut un geste d'incrédulité.

Pourtant elle se ravisa... Pourquoi, après tout, ne verrait-elle pas celle qui, dans une bonne intention peut-être, prenait la peine de se déranger pour elle ?

— Mademoiselle reçoit-elle ? demanda François.

— Oui, dit Elaine décidée... Je vais voir cette personne...

Elle suivit le valet de chambre dans la pièce voisine, et se trouva en présence de la visiteuse.

— Vous avez désiré me voir, madame ?... fit-elle, en lui désignant un siège.

— Oui, ma chère enfant !... dit la grosse Mme Savetsky, dont le visage d'ordinaire si rébarbatif s'épanouissait en une expression souriante de bienveillance et d'affabilité. Vous avez vu sur ma carte que je suis médium... J'ai eu cette nuit, comme vous le disaient les quelques mots que j'y ai griffonnés, une vision qui m'a singulièrement impressionnée, et dont le souvenir, à la minute où je vous parle, me cause encore un trouble profond... L'esprit de votre père m'est apparu pendant une de mes séances... Mais peut-être avez-vous le malheur de ne pas croire au spiritisme !...

— Je vous avoue, madame, que je ne compte pas parmi les fidèles de votre doctrine... Mais j'ai des amies qui sont de vos ferventes. Miss Suzie Martins, la plus chère d'entre elles, fait, ainsi que son père, partie d'un cercle spirite où, m'a-t-elle dit, elle s'est trouvée à bien des reprises en face de manifestations qui l'ont presque fanatisée...

— En effet, je connais le nom de M. Martins et de sa fille, et je regrette que vous ne vous soyez pas jointe à votre amie lorsqu'elle se rend à l'une de nos réunions... Vous comprendriez mieux l'émotion qui m'a saisie, et que je ressens encore en ce moment...

En prononçant ces mots, la voix de l'impressionnable Mme Savetsky était agitée d'un tremblement nerveux, et elle passa son mouchoir sur son visage comme pour essuyer les gouttes de sueur qui y perlaient.

— Remettez-vous, madame ! fit Elaine... Si je ne suis pas spirite, je ne nie pas certaines interventions surnaturelles, et j'ai entendu souvent des récits qui m'ont plongée dans la surprise et dans l'anxiété... Vous avez vu mon père, dites-vous... Comment ne serais-je pas émue à cette idée !... Dites-moi, dites-moi vite comment il s'est manifesté à vous !...

— Il était tel que je l'ai vu plusieurs fois, et il m'a chargée de venir vous transmettre les paroles qu'il m'a adressées.

— Quelles sont-elles ?... interrogea la jeune fille, dont les habiles préparations de son interlocutrice avaient excité au plus haut point l'intérêt et l'impatience.

— J'ai besoin pour vous les rapporter d'être de nouveau plongée dans le sommeil extatique... Mais si vous le voulez, je vais essayer de le provoquer moi-même, pourvu que nous puissions rester seules quelques instants...

— Je vous en prie, n'hésitez pas... fit Elaine, tirant elle-même les portières, pour assurer la discrétion de leur entretien.

Assise dans un fauteuil, la voyante balbutia quelques paroles incompréhensibles... Ses yeux roulèrent convulsivement dans leurs orbites ; et son corps — ses bras et ses mains surtout — se contracta en une série de crispations spasmodiques, qui s'apaisèrent au bout de quelques minutes.

Les paupières maintenant étaient closes ; la respiration s'était faite plus tranquille... Le calme se répandait sur le visage tourmenté... Le sujet semblait prêt pour la révélation attendue...

Tout à coup, la portière se souleva, et la tante Betty, suivie de Perry Bennett, entra dans la salle.

Devant cette brusque invasion, Mᵐᵉ Savetsky se leva d'un sursaut.

— Je crains, miss Dodge, dit-elle, en jetant autour d'elle un regard mécontent, de ne pouvoir rien faire de bon ici... Si vous voulez donner suite à notre entretien, il est préférable que vous veniez à mon cabinet de consultation, où nous serons certaines de ne pas être dérangées.

— C'est entendu ! répondit la jeune fille, ennuyée de cette interruption inattendue... J'ai à cœur maintenant de connaître cette communication qui m'intéresse si intimement !

— Que voulez-vous dire ?... demanda la tante Betty... Et à quelle communication faites-vous allusion ?...

Tout en tendant la main affectueusement à son cousin, Elaine leur expliqua à tous les deux, le but de la visite, et l'intéressante confidence de Mᵐᵉ Savetsky.

En l'écoutant, la tante Betty, qui n'était pas de nature très crédule, hocha plusieurs fois la tête. Elle n'était pas évidemment convaincue de la réalité de cette apparition, et opposa plusieurs objections au désir formulé par sa nièce d'accompagner jusque chez elle une inconnue, sur laquelle elle n'avait, en somme, aucun renseignement.

Mais la jeune fille, tour à tour câline et résolue, combattit énergiquement la résistance.

Le débat devint si pressant, que Perry Bennett jugea opportun d'y intervenir.

— En somme, suggéra-t-il à l'inflexible tante, peut-être y aurait-il un moyen de nous rassurer complètement sur cette visite... Pourquoi n'accompagnerions-nous pas, vous et moi, Elaine pendant qu'elle la fera...

Immobile, à quelques pas, la voyante suivait attentivement la discussion. Quand Perry eut formulé sa proposition, Elaine tourna vers elle un regard interrogateur.

D'un signe, elle indiqua que, personnellement, elle ne voyait aucune objection à ce que la jeune fille fût escortée par ses amis...

Quelques minutes plus tard, l'automobile des Dodge emportait tout le monde vers la demeure du médium...

Arrivée à destination, la voyante ouvrit sa porte avec la clef pendue à son trousseau, et introduisit chez elle ses trois visiteurs.

En entrant dans son cabinet de consultation, elle commença par baisser les stores des fenêtres, afin d'envelopper d'une ombre propice la séance qui se préparait... Puis elle s'installa sur un vaste fauteuil, à proximité de l'alcôve, dont les portières avaient été au préalable soigneusement tirées.

Après quelques minutes passées dans cette atmosphère favorable, le médium sentit ses paupières s'alourdir, et commença à céder à l'engourdissement précédant le sommeil révélateur.

La salle, sous ses draperies sombres, n'était qu'à peine éclairée... Dans l'obscurité qui y régnait, les tentures de velours s'agitèrent doucement, comme si elles étaient secouées par le souffle mystérieux de quelque invisible fantôme...

Les trois assistants, violemment intéressés, sentaient malgré eux une secrète anxiété les envahir... La tante Betty elle-même, en dépit de son scepticisme, ne pouvait se défendre d'un certain trouble...

Soudain, on put voir apparaître sur les rideaux noirs un visage indistinct, mais où se reconnaissaient facilement, pour ses familiers, les traits pâlis de Taylor Dodge.

A ce moment, la mandoline placée sur la table se souleva d'elle-même, se balança pendant quelques instants dans l'espace, et, après avoir glissé le long du plafond, revint se reposer à sa place...

Alors, une voix profonde, sépulcrale, une voix de l'autre monde articula lentement ces mots :

— Je suis l'esprit de celui que vous pleurez... Mais il y a parmi vous une incrédule, devant laquelle je ne peux ni m'affirmer, ni parler davantage...

Puis l'apparition s'effaça derrière les rideaux, et s'évanouit...

Au même moment, la voyante parut sortir de sa torpeur.

— Qu'est-il arrivé ?... demanda-t-elle, regardant Elaine.

Celle-ci répéta exactement les paroles de l'esprit...

— Oui ! fit la Savetsky, cela ne me surprend pas ! Les esprits, presque toujours, refusent de se manifester devant les sceptiques qui les nient...

Les yeux de la jeune fille se tournèrent vers celle qui l'accompagnait.

— Vous voyez, ma tante, nous ne pourrons rien savoir, rien obtenir, si vous restez ici... Est-ce vrai, madame ?...

— En effet, confirma la voyante. Je crains bien que votre père ne se décide pas à parler tant que madame sera en face de lui !...

La tante Betty se récria avec indignation... Pour elle, tout ce qui se passait, tout ce qui se préparait n'était qu'une imposture et une jonglerie...

Elle refusa obstinément de se retirer, demeurant sourde à toutes les prières d'Elaine qui, à mesure que la vieille dame persistait dans sa résistance, était envahie par une envie plus ardente d'en savoir davantage.

Devant l'intérêt qu'elle attachait à voir satisfaire son désir, Perry Bennett attira la tante Betty à l'écart.

— Ecoutez ! dit-il à mi-voix... Je comprends vos légitimes craintes, surtout après les dangers par lesquels a déjà passé ma cousine... Mais il y aurait peut-être un moyen de tout concilier... Si vous accédez à son caprice, je vous promets de ne pas la quitter, et vous pouvez compter sur moi pour la protéger...

Cette assurance calma quelque peu les scrupules de la récalcitrante... Néanmoins, elle résistait encore, protestant avec indignation contre le procédé incivil et discourtois dont on usait envers elle.

Enfin, elle finit par céder, et sortit, non sans avoir fait à Perry de nombreuses recommandations.

Elle avait à peine quitté la maison, que de nouvelles réflexions vinrent l'assaillir. Elle se reprochait d'avoir été trop faible, et de ne pas s'être montrée pour sa nièce une protectrice et une gardienne assez vigilantes.

Cette singulière aventure lui apparaissait, en somme, comme assez suspecte.

Aussitôt que le doute eut pris naissance dans sa pensée, une autre idée lui vint : celle d'aller sur-le-champ demander l'avis et l'assistance de Justin Clarel...

Sans tergiverser davantage, certaine d'être bien inspirée, elle donna l'ordre au chauffeur de la conduire aussi vite que possible au laboratoire de celui-ci.

La présence de l'incrédule chaperon d'Elaine devait être le seul obstacle qui empêchait les esprits de se rendre à l'appel du médium avec leur complaisance et leur promptitude habituelles.

A peine, en effet, la tante Betty avait-elle quitté le cabinet de consultation, que Mᵐᵉ Savetsky se sentait de nouveau gagnée par le sommeil magnétique...

Dès qu'elle y fut plongée, en quelques minutes, une suite de manifestations surnaturelles se produisirent...

La table auprès de laquelle se tenait Elaine commença à remuer, puis à tourner rapidement sur elle-même, et tous les objets qui la couvraient furent projetés sur le tapis...

En même temps, des craquements violents, des coups précipités retentissaient dans différents endroits de la salle.

La jeune fille et Perry Bennett, assis à côté l'un de l'autre, demeuraient silencieux, très impressionnés tous les deux par ces phénomènes qu'ils ne pouvaient nier, l'obscurité qui régnait dans la pièce les empêchant de distinguer les fils cachés qui en étaient la cause.

Soudain, les longs plis de la tenture s'agitèrent fortement, comme cela s'était passé quelques instants plus tôt...

La main d'Elaine serra fortement celle de son cousin...

— C'est lui !... balbutia-t-elle. C'est mon père qui va revenir... !

Mais, à sa grande surprise, au lieu du visage de Taylor Dodge tel qu'elle l'avait vu apparaître quelques minutes plus tôt dans la fente du rideau de velours; ce fut la face jaune et ridée d'un Chinois qui, éclairée par quelques jets de lumière invisible, se dessina sur la tenture noire...

La jeune fille poussa une exclamation de frayeur et de désappointement...

En face d'elle, l'apparition se précisait, seule lumineuse au milieu de l'obscurité profonde qui continuait à régner dans la pièce... Le corps se modelait maintenant au-dessous de la tête, avec tous les détails du costume...

Puis, les bras du Céleste se tendirent vers elle, ouverts comme pour la saisir, tandis qu'un sourire qui voulait être doucereux, mais qui n'était qu'une grimace, contractait sa figure bestiale...

Perry Bennett sentit la main d'Elaine trembler dans la sienne...

Il ouvrait la bouche pour la rassurer, mais, à ce moment, le fantôme se détacha de la tenture, et, glissant plutôt que marchant sur le tapis, s'approcha de la jeune fille, les bras toujours étendus.

Elle recula, épouvantée, trop effrayée pour pousser un cri...

Au même instant, Mᵐᵉ Savetsky tira de sa robe un pulvérisateur et, à la seconde où l'apparition se dressait devant Elaine, elle projeta en plein sur le visage de Bennett un jet de liquide glacé... Le jeune homme tomba inanimé...

La pièce s'éclaira subitement, et plusieurs affiliés de « la Main qui étreint » y firent irruption.

En un clin d'œil, sur l'ordre de Long-Sin, la cheminée se déplaça et découvrit le passage secret.

Avant qu'ils eussent pu tenter aucune résistance, Elaine et son cousin étaient ligotés, poussés au dehors à travers le corridor mystérieux, et jetés sur un divan dans une chambre obscure, derrière l'autel des adorateurs du dieu du Mal...

Pendant que ces événements se déroulaient, la tante Betty avait eu le temps d'arriver devant la porte de la Columbia University...

Ce jour-là, le lendemain de celui où il avait si malencontreusement répandu le flacon d'acide sur les fils du téléphone, Walter Jameson était seul au laboratoire.

Pendant toute la matinée, il avait attendu son maître, mais celui-ci était demeuré invisible.

Enfin, on sonna à la porte, et il alla précipitamment ouvrir, espérant le voir en face de lui.

Un boy lui tendit un billet, et disparut presque aussitôt.

Il déchira l'enveloppe ; c'était un message de Justin Clarel...

« Mon cher Jameson, disait celui-ci, une
» affaire inattendue m'oblige à quitter im-
» médiatement New-York. Je serai vraisem-
» blablement absent deux ou trois jours...
» Amicalement à vous...

       » JUSTIN CLAREL. »

Le jeune journaliste demeura perplexe. Ce départ soudain l'inquiétait...

Sur ces entrefaites, la sonnette de la porte résonna de nouveau, et la tante Betty, très agitée, fit son entrée...

— Où est M. Clarel ?... demanda-t-elle, après avoir serré la main de Walter.

— Il est absent pour quelques jours, je viens justement d'en recevoir la nouvelle !... dit-il en tendant à la visiteuse le billet qu'il venait de recevoir.

La vieille dame laissa échapper une exclamation de dépit.

— Si imparfaitement que je puisse le remplacer, proposa Jameson, me serait-il donné de vous être utile à quelque chose ?

La tante Betty, sans hésiter, le mit au courant de ce qui venait de se passer.

Quand elle eut fini, Walter qui, les sourcils froncés, l'avait écoutée avec une attention croissante, paraissait presque aussi préoccupé qu'elle.

A lui non plus, les procédés bizarres de cette singulière voyante ne disaient rien de bon, et, comme la tante Betty, il redoutait quelque traquenard nouveau tendu sous les pas de la trop confiante Elaine...

— Il importe avant tout, conclut-il, de nous assurer sans tarder qu'elle est saine et sauve !... Si, par malheur, nos fâcheux pressentiments s'étaient réalisés, en l'absence de mon maître j'ai suffisamment d'autorité moi-même auprès des gros bon-

nets de la police pour obtenir leur intervention...

— Hâtons-nous donc ! fit avec volubilité la vieille dame...

Ils arrivèrent vite devant la maison de la voyante... Celle-ci vint en personne répondre à leur coup de sonnette, et les introduisit dans la salle des séances...

A leur grande surprise, elle était vide.

— Où se trouve donc la jeune fille qui était ici tout à l'heure avec madame ?... demanda Jameson, sur un ton assez sec.

— Miss Dodge et le gentleman qui l'accompagnait sont partis, il y a quelques instants !... expliqua la grosse dame, d'une voix qu'elle s'efforçait de faire aimable.

Mais l'expression de son regard démentait son intonation ; et le jeune homme crut y démêler une nuance d'inquiétude.

Il n'y avait cependant aucun motif pour douter de son affirmation... Mais tandis que la tante Betty demandait quelques explications complémentaires, l'œil investigateur de Jameson s'arrêta sur un petit mouchoir, qui gisait à quelques pas, dans le foyer même de la cheminée...

Pensant qu'il pouvait y avoir là quelque indice utile, tandis que l'attention du médium était détournée par les questions de son interlocutrice, l'élève de Clarel laissa, avec une feinte maladresse, tomber son chapeau, et, en le ramassant, s'empara vivement du mouchoir, sans attirer le regard de la Savetsky.

Quand sa main le saisit, il éprouva une certaine résistance : le tissu, lui semblait-il, était pris dans quelque jointure invisible du revêtement de la cheminée...

La tante Betty, maintenant, était pressée de rentrer à l'hôtel Dodge pour constater si Elaine y était de retour.

Aussitôt qu'ils furent remontés dans l'automobile, Jameson examina le mouchoir.

Il était déchiré comme s'il avait été tenu à la main au cours de quelque lutte.

Il le considéra de plus près... Dans un des coins, l'initiale : « E », délicatement brodée lui sauta aux yeux...

La présomption était suffisante pour autoriser les suppositions.

Sans perdre une minute, le jeune journaliste fit arrêter la voiture à la station de police la plus voisine...

Il y avait eu justement affaire à plusieurs reprises pour le Star. De plus, il mit en avant le nom de Justin Clarel, deux raisons pour que l'officier de service prêtât à son récit l'attention la plus scrupuleuse...

Pour cet homme de métier, non plus, le guet-apens ne faisait pas de doute...

Il mit immédiatement à la disposition du jeune homme plusieurs de ses subordonnés, ainsi qu'un détective en civil.

La petite troupe grimpa dans l'automobile qui se dirigea en hâte vers la maison de la Savetsky, dont les policemen cernèrent les issues, tandis que Jameson et l'agent y pénétraient directement...

Une fois devant la porte, ils sonnèrent...

Les pas traînants de la grosse dame firent grincer le plancher...

Quand elle eut ouvert, une surprise et une contrariété se peignirent sur son visage, à la vue des visiteurs. Mais elle était trop fine pour ne pas dissimuler cette mauvaise humeur, et ce fut avec un sourire engageant, bien qu'un peu contraint, qu'elle les accueillit.

— Que puis-je faire pour votre service ? demanda-t-elle, après les avoir fait entrer...

— Figurez-vous, madame, expliqua Jameson, de son ton le plus innocent, que la jeune dame que je suis venu chercher ici tout à l'heure n'est pas encore rentrée chez elle... Sa tante, qui m'accompagnait, s'en est alarmée, et elle m'a prié de revenir faire appel à votre merveilleux pouvoir pour savoir s'il ne lui est rien arrivé de fâcheux... Monsieur est un vieil ami de la famille, qui s'intéresse vivement au sort de miss Dodge, et qui a hâte, comme moi, d'obtenir sur elle un renseignement certain...

— Soit, monsieur, asseyez-vous !... fit la voyante, en se résignant, et en leur indiquant des sièges... Je vais essayer de vous satisfaire...

Mais sa défiance était éveillée, et, en marchant à travers la pièce, elle souleva doucement l'épaisse tenture qui masquait une des fenêtres.

En jetant un coup d'œil par l'intervalle entre le store et le mur, elle aperçut les policemen stationnant sur le trottoir, en face de sa porte.

Elle revint vers les deux visiteurs, et avec une expression de regret que lui eut enviée la meilleure comédienne :

— Je suis désolée !... dit-elle... Mais j'avais oublié qu'une affaire importante m'oblige à sortir... Quelque désir que j'aie de vous être agréable, il m'est malheureusement impossible de le tenter en ce moment !...

Elle fit un pas vers la porte, en invitant du geste les deux hommes à sortir. Mais ceux-ci demeurèrent impassibles sur leurs sièges...

— Vous n'avez pas entendu ? reprit-elle. Je m'en vais, et suis forcée de vous demander d'en faire autant...

Son ton n'était plus le même. Une âpreté nerveuse avait succédé à son urbanité de tout à l'heure, et son visage avait repris son expression de dureté habituelle.

Les deux hommes continuaient à ne pas bouger...

— Allons ! dit-elle... Je vois que, pour me faire comprendre, il est utile de recourir à d'autres moyens...

Avant que Jameson et son compagnon aient pu deviner son attention, elle bondit vers un des coins de la salle. Walter se leva vivement, et la saisit par le bras. Mais, d'un effort brusque, elle lui échappa.

Le détective s'était dressé en même temps que le jeune homme.

— Je m'occupe de madame ! fit-il, en serrant les deux mains de la virago dans sa solide poigne... Pendant ce temps-là, prévenez nos hommes !...

Le disciple de Clarel courut à la fenêtre, leva le store, et fit rapidement aux policemen massés en face de la maison le signal convenu pour les inviter à l'envahir...

<h2 style="text-align:center">XX</h2>

ÉPOUSE D'UN DIEU

Cependant, les sombres prosélytes du génie du Mal s'étaient de nouveau réunis dans leur temple.

Long-Sin, qui avait revêtu sa robe de prêtre, apparut sous le dais....

Respectueusement, les fidèles s'agenouillèrent devant lui. Le vieux Chinois avait, lui aussi, repris sa place avec son cylindre bariolé, et recommençait à tourner patiemment son moulin à prières.

Deux brasiers avaient été placés des deux côtés de l'autel...

Long-Sin, un long bâton à la main, agita le contenu de l'un d'entre eux, dont se dégagea une fumée épaisse.

Puis, debout en face de l'assemblée, il psalmodia d'une voix lente :

« — Mes frères, j'ai une heureuse nou-
» velle à vous annoncer !... La compagne
» blanche que réclamait notre grand Ksing-
» Chaü, nous l'avons trouvée !... Dans un
» instant, nous pourrons, en votre pré-
» sence, la livrer à notre maître, et obéir
» ainsi à sa volonté ! »

Un long murmure d'approbation parcourut l'auditoire...

Les instincts barbares cachés au fond de l'âme tortueuse de ces Jaunes se réveillaient ainsi que leur haine séculaire contre la race abhorrée, « ces Diables Blancs », au milieu desquels ils vivaient, sans que ce contact fût parvenu à éteindre cette exécration, d'autant plus vivante qu'ils la dissimulaient plus hypocritement...

Profitant de ces dispositions, le Chinois fit signe à deux de ses assistants de se diriger vers la chambre obscure où Elaine était retenue captive avec Perry Bennett.

Un instant après, ils revinrent, amenant la jeune fille, pâle et les vêtements en désordre.

Malgré l'épouvante à laquelle elle était en proie, elle n'essaya pas de lutter, même lorsqu'elle eut été délivrée de ses liens...

Ses yeux parcouraient anxieusement la salle, s'efforçant d'y découvrir une issue possible, un moyen d'échapper à ceux qui l'environnaient, et dont elle sentait peser sur elle les regards menaçants.

Elle se rendit vite compte qu'il n'y avait autour d'elle aucune porte qui ne fût soigneusement gardée.

Que pouvait-elle, d'ailleurs, seule, faible, désarmée, contre ces fanatiques dont elle devinait l'hostilité, et dont certains attentats mystérieux, pareils à celui qui l'avait

Clarel, à quelques pas, les regardait avec angoisse.

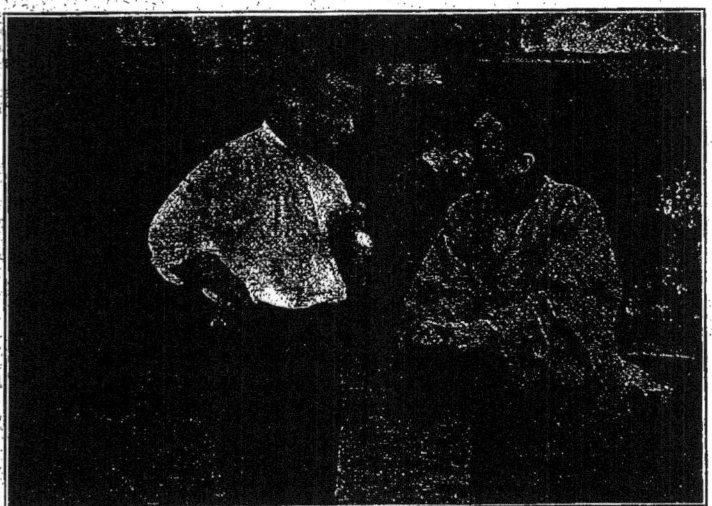

En l'entendant, Clarel recula avec un sursaut de stupeur.

Perry avait repris la main de sa cousine et la regardait avec tendresse. · · · En une seconde, il devina ce qui se passait et recula sans que Clarel eût pu soupçonner qu'il l'eût vu. — La porte refermée, il fit volte-face et se montra à Elaine. — Epuisé, le criminel s'affaissa, chancelant sous la fatigue qui l'accablait.

Photo-film Pathé frères.

N'y tenant plus, il l'attira doucement vers lui... pendant un long moment leur extase dura...

mise en leur pouvoir, avaient révélé plusieurs fois la secrète férocité.

Long-Sin surprit ce coup d'œil, et la résignation désespérée qu'il y lut provoqua sur son visage un sourire ironique.

Les deux servants l'avaient conduite jusque sous le dais, en face de la hideuse divinité devant laquelle le Chinois lui donna l'ordre de s'agenouiller.

La courageuse jeune fille refusa avec dédain... Mais aussitôt, ceux qui l'entouraient lui saisirent les deux bras, qu'ils tordirent jusqu'à ce qu'ils l'eussent obligée à ployer les genoux devant l'idole.

Quand il la vit ainsi prosternée, Long-Sin se tourna vers l'assemblée :

— Grâce à nos incantations religieuses et à nos breuvages sacrés, la fille blanche va quitter doucement cette vie de misères, et mettre pour jamais sa main dans la main de notre Dieu !... Pour la rendre digne du maître auquel nous la consacrons, son corps entier sera pour l'éternité enveloppé d'une couche d'or, comme celui de l'époux auquel elle va être indissolublement unie !...

Il fit un autre signe, et de nouveaux vases de bronze furent disposés autour d'Elaine.

Celle-ci demeurait immobile, l'œil fixé dans le vide, comme paralysée par l'horreur même de sa situation.

Elle se sentait irrémédiablement perdue, sans pouvoir espérer l'intervention ni le secours d'aucun défenseur.

— Tenez-la bien ! ordonna Long-Sin, dans son idiome rauque et guttural, à ses suivants tandis qu'il s'approchait d'elle.

Il portait à la main un précieux pot de jade, bizarement sculpté, duquel s'échappait une fumée bleuâtre... Lentement, il le passa et le repassa devant le visage d'Elaine, jusqu'à ce qu'elle eût été contrainte d'en respirer à plusieurs reprises les émanations.

En même temps, ses serviteurs allumaient les vases de bronze remplis jusqu'au bord d'herbes aux senteurs âcres et pénétrantes, qui projetèrent dans l'atmosphère d'épais nuages de vapeurs, sous l'influence desquels la jeune fille, peu à peu engourdie et inconsciente, ne tarda pas à s'insensibiliser presque complètement...

Bientôt, elle perdit tout à fait connaissance. Les desservants qui la soutenaient l'étendirent à terre devant l'autel, en face de la statue décharnée et grimaçante de leur satanique idole ; et Long-Sin se prépara à laisser couler sur son bras nu un enduit rougeâtre contenu dans une boîte de laque.

Le troupeau recueilli de ses sectateurs s'était respectueusement prosterné...

A ce moment, le vénérable vieillard, qui, agenouillé, les yeux mi-clos, continuait à moudre son cylindre à prières, s'arrêta, et, redressant son dos courbé, leva la main pour attirer l'attention.

— Mes frères, annonça-t-il d'une voix naisillarde, je voudrais vous adresser quelques mots.

Un silence relatif se fit parmi la foule houleuse.

— Ecoutez !... Ecoutez !... clama la plus grande partie des fidèles.

— Je suis bien vieux, poursuivit le patriarche jaune, mais malgré mon âge et mon expérience je ne m'explique pas comment notre grand Ksing-Chau alors que, depuis des siècles, on nous inculque à nous ses enfants, l'horreur et la haine des « Diables Blancs », peut vouloir épouser une fille de cette race maudite !...

Malgré son assurance, Long-Sin demeura hésitant devant cette interrogation inattendue.

Il voulut essayer de parlementer, de convaincre son contradicteur ; mais celui-ci ne parut pas ébranlé par ses arguments, et répéta avec plus de fermeté sa question.

Alors, un accès de rage saisit le prêtre, qui lui ordonna de descendre de l'estrade où il était monté pour s'adresser à la foule... Mais l'obstiné vieillard refusa de lui obéir.

— Eloignez cet homme ! Et jetez-le hors de la salle !... commanda le Céleste à ses aides.

Ceux-ci s'approchèrent pour exécuter cet ordre, mais à peine étaient-ils en face de lui que le vieux, par un habile mouvement de *jiu-jitsu*, les abattit sur le sol, avec une force et une agilité étonnantes chez un homme d'un âge aussi avancé.

Au comble de l'exaspération, Long-Sin s'avança pour se mettre lui aussi de la partie... Il saisit la barbe et la natte de l'intrus, qui, à sa profonde stupeur, lui restèrent dans la main.

Le prétendu vieillard redressa sa taille courbée, et exposa aux regards de tous le visage énergique et jeune de Justin Clarel.

Son revolver à la main, il tenait en respect la foule des fanatiques, qui, d'abord indécise et stupéfaite d'une telle audace, commençait de revenir de son ébahissement.

Long-Sin s'était glissé derrière le gong, et, excitait ses hommes à se ruer à l'attaque du sacrilège.

Froidement, Clarel fit feu et coucha à terre le premier d'entre eux... D'un coup de poing entre les deux yeux, il terrassa l'autre.

La ruée était arrêtée pour un moment, mais tout était à craindre de cette horde devenue furieuse.

Le hardi Français profita de cet instant de répit pour saisir Elaine par le milieu du corps... Puis, tirant les lourdes tentures qui entouraient l'autel, il parvint à l'emporter vers la chambre obscure, où elle avait été d'abord prisonnière, et à fermer derrière eux la porte qui communiquait avec le temple...

Perry Bennett gisait toujours sur le plancher, étroitement ligoté, et inconscient de ce qui se passait autour de lui...

Grâce à un couteau chinois ramassé pendant la lutte, Clarel le délivra de ses liens...

Mais le jeune homme ne revenait que péniblement de la torpeur où l'avait plongé l'anesthésiant projeté sur lui par la Savetsky.

Cependant, les Chinois tentaient des efforts désespérés pour enfoncer la porte, qui commençait à s'ébranler sous leurs coups...

La position où Clarel avait cherché un refuge ne tiendrait évidemment pas longtemps contre l'acharnement des forcenés qui l'assiégeaient, et dont les clameurs sauvages venaient jusqu'à lui...

La voix rauque de Long-Sin, dominant le tumulte, les excitait et les encourageait.

Le défenseur d'Elaine, comprenant le danger, s'élança de ce côté, et tira au hasard à travers la porte, plusieurs coups de revolver, pour essayer de reculer un instant la féroce poussée.

* *

Tandis que Jameson appelait les policemen à la rescousse, la Savetsky, dont la vigueur faisait échec à celle du détective qui la maîtrisait, réussit à échapper à son étreinte, et courut vers le fond de la pièce, comme pour essayer d'y atteindre quelque chose.

Son adversaire la saisit de nouveau, et lui serra les poignets à un tel point qu'elle ne put réprimer un cri de douleur.

Pendant ce temps, Jameson, intrigué par la tentative avortée de la voyante, examinait le mur, sur lequel il pensait trouver un bouton dissimulé, et correspondant à quelque sonnette d'alarme.

Au même moment, les policemen et les détectives faisaient irruption dans la pièce...

Tout de suite, ils s'occupèrent à mettre sous bonne garde la prisonnière, puis, sur l'invitation du jeune journaliste, se joignirent à lui dans son investigation.

Tout à coup, Walter se frappa le front.

Il venait de se rappeler un détail, insignifiant en apparence, mais auquel il se reprochait de n'avoir prêté qu'une insuffisante attention...

Lorsqu'il avait trouvé près de la cheminée le mouchoir d'Elaine, il avait senti, en le tirant à lui, une légère résistance. Il lui avait même semblé — sa mémoire ne le trompait pas — que la batiste était prise dans un interstice, une jointure quelconque de l'entourage du foyer.

C'était donc là, principalement qu'il fallait chercher...

Il s'accroupit devant la cheminée, et en examina minutieusement les moindres détails, tâtant les ornements, explorant les plus petites rainures avec ses doigts et avec ses ongles.

Plus il réfléchissait, plus il était évident pour lui, à en juger par l'attitude de la Savetsky, qu'Elaine devait être retenue quelque part dans une pièce inconnue, faisant partie du logis de la mégère.

Les trois ou quatre pièces qui le composaient avaient été visitées et fouillées de fond en comble par les policemen.

Leur chef n'y avait découvert d'intéressant qu'un masque de bois de laque, remarquablement modelé — évidemment l'ouvrage de quelque artiste chinois — et reproduisant à s'y méprendre les traits du financier Taylor Dodge. Il revenait faire son rapport à Jameson, lorsque celui-ci poussa un cri de triomphe...

Sous une pression heureuse, un ressort venait de fonctionner, actionnant le tablier de la cheminée, qui glissa en arrière, et découvrit le passage secret.

Walter s'y engagea le premier, précédant sa petite troupe.

Il était à peine au tiers du chemin, qu'il s'arrêta, faisant signe à ceux qui le suivaient de l'imiter... Le tumulte du combat, que Clarel était en train de soutenir, arrivait à ses oreilles...

Au milieu de ce tapage indistinct, il avait reconnu avec stupéfaction la voix de son maître.

Sous l'impétuosité de l'assaut des Chinois, la porte derrière laquelle ce dernier était retranché venait de céder...

Les Jaunes s'étaient précipités contre cet homme intrépide qui, comme le héros d'un roman de cape et d'épée, leur tenait tête à tous.

Son revolver étant vide de cartouches, il n'avait plus pour arme que le long couteau trouvé par lui, qu'il maniait comme un sabre en un moulinet superbe, frappant à droite et à gauche dans le tas de ses agresseurs.

Mais la lutte était trop inégale pour pouvoir se prolonger longtemps.

Au moment où, obéissant aux objurgations furieuses de Long-Sin, les Chinois s'élançaient sur leur valeureux adversaire pour l'écraser sous leur masse, Jameson, suivi de ses policiers, fit son apparition sur le théâtre du combat.

Ce fut une rude mêlée... Mais l'équilibre du nombre était renversé, et les Célestes furent bientôt réduits à l'impuissance.

Alors, une débandade, une fuite éperdue se produisit... Il ne s'agissait plus pour chacun d'eux que de se tirer sain et sauf des griffes de la loi...

La première pensée de Clarel fut pour celle qui avait été la cause involontaire de cette meurtrière échauffourée...

Il courut vers le divan où il l'avait lui-même installée, et à côté duquel Perry Bennett, enfin revenu à lui, prodiguait ses soins à la jeune fille.

Elle était en train de reprendre connaissance...

En ouvrant les yeux, elle vit les deux hommes en face d'elle...

Sans soupçonner tout ce qu'elle devait encore une fois à son admirable défenseur.

elle tendit la main à Perry. Celui-ci l'aida avec précaution à se lever, et comme, encore un peu étourdie, elle chancelait, il lui entoura la taille de son bras, tandis qu'elle s'appuyait sur son épaule.

Clarel, à quelques pas, les regardait, avec angoisse, souffrant certainement davantage de ce spectacle que s'il avait reçu sur la tête un coup de la massue de Long-Sin...

Les policiers et les détectives s'occupaient d'emmener leurs prisonniers, cependant que Bennett, son bras toujours autour de la taille d'Elaine, l'entraînait lui aussi vers la porte, avec une tendre sollicitude.

Le détective qui accompagnait Jameson se préparait à passer les menottes autour des poignets de Long-Sin, qu'encadraient deux policemen...

Le Céleste lui fit signe qu'il avait une communication à faire à Justin Clarel.

Celui-ci, debout et immobile, lui tournait le dos, continuant à contempler avec douleur les deux jeunes gens qui s'éloignaient.

Jameson lui mettant la main sur l'épaule, désigna du doigt le Chinois.

Soupçonneux, le célèbre détective fronça le sourcil, et, avec un geste de refus, fit à son tour un pas vers la porte.

— Un mot !... fit le Céleste, d'une voix ferme... Je n'ai qu'un seul mot à te dire. Je suis certain que tu ne regretteras pas de m'avoir entendu !...

Clarel jeta sur lui un regard inquisiteur...

Puis, se tournant vers les policiers :

— Eloignez-vous un moment, mes enfants ! Je ne peux pas refuser à un aussi grand personnage l'entretien qu'il sollicite.

Le Chinois et le Parisien étaient seuls au milieu de la pièce.

— De quoi s'agit-il ? demanda ce dernier.

Long-Sin tourna les yeux autour de lui, pour s'assurer que personne d'autre que son interlocuteur ne pouvait l'entendre.

— Tu as su tromper mon œil vigilant ! Tu es plus habile que « la Main qui étreint », et tu dois avoir raison d'elle ! Jure-moi que tu me rendras ma liberté, et j'abandonne sa cause pour me ranger de ton côté !...

Clarel scruta pendant quelques secondes le visage du Jaune...

Puis, d'une inclinaison de tête, il fit signe qu'il acquiesçait à sa demande.

Long-Sin, alors, s'approcha plus près de lui, et murmura quelques mots à son oreille...

En l'entendant, Clarel recula, avec un sursaut de stupeur...

XXI

POLITIQUE CHINOISE

Dans sa somptueuse installation au cœur du quartier Chinois, Long-Sin marchait à grands pas, plongé dans une profonde méditation.

Il réfléchissait à l'accord qu'il venait de conclure avec Justin Clarel, et à l'obligation à laquelle il l'astreignait de déserter désormais la cause de « la Main qui étreint », pour embrasser le parti du grand détective français...

Le Chinois est diplomate, souvent cauteleux et roué, mais il est rarement fourbe... Bien peu d'entre eux ont recours au mensonge, et encore faut-il, pour les y contraindre, quelque nécessité impérieuse, mettant en jeu un intérêt primordial, une question de vie ou de mort...

En s'humiliant devant Clarel, Long-Sin avait été sincère. Il cédait en même temps à la conviction de la supériorité du Français dans la lutte engagée par celui-ci contre l'omnipotente association, qui, jusqu'alors, avait défié tous les assauts de la police, et toutes les tentatives de défense de la Société...

Désormais, le Céleste était acquis, corps et âme, à son ancien ennemi, prêt à le servir de toute son ingéniosité, de tout son pouvoir, jusqu'au jour où, peut-être, quelque intérêt supérieur modifierait son opinion...

Il était assis auprès d'une table en bois de teck, et s'absorbait dans un recueillement méditatif...

Dans son esprit inventif et délié, il cherchait le moyen, sans risque pour lui, d'apporter à son nouvel allié le concours le plus profitable, et de lui démontrer ainsi, tout de suite, par cette assistance immédiate, les avantages précieux que cet ennemi de la veille devait trouver dans leur pacte...

Soudain, une idée lui vint... Il frappa deux coups sur un gong placé sur la table, à portée de sa main...

Quelques secondes s'écoulèrent, au bout desquelles apparut son secrétaire, un Chinois pâle et émacié.

Comme s'il ne se souvenait pas de l'avoir appelé, Long-Sin fronça le sourcil, mécontent d'être troublé dans ses calculs.

— Qu'est-ce ?... grommela-t-il... Et pourquoi me dérange-t-on ?...

— Maître, répondit le serviteur, votre gong a résonné deux fois, et d'ailleurs, j'allais vous apporter ce pli, qui vient de m'être remis pour vous !...

Le Céleste allongea la main, et déchira sans répondre l'enveloppe, de laquelle il tira une feuille de papier, qu'il étendit sur sa robe. C'était un message à la machine à écrire, ainsi conçu :

« Soyez où vous savez, à midi précis, et détruisez ce papier immédiatement ».

Au bas de la note, s'étalait la sinistre signature de « la Main qui étreint ».

Aussitôt après la lecture du billet, Long-Sin se tourna vers son obséquieux serviteur, qui se tenait à l'écart, immobile, les bras croisés, et la face respectueusement inclinée.

— C'est bien ! dit-il...

Et, d'un geste impérieux de la main, il le congédia.

Se courbant très bas, le secrétaire refit, avec aussi peu de bruit, le chemin qu'il venait de parcourir, et disparut par la même ouverture, qui se referma sur lui.

Long-Sin relut une seconde fois la note de son ancien chef. Puis, obéissant à la recommandation qu'elle contenait, il se préparait à brûler le papier, et avait déjà enflammé à cet effet une allumette.

Mais sur son visage, d'ordinaire impénétrable, se dessina une expression de joie malicieuse.

Étouffant de sa main gauche la flamme qui déjà écornait le billet, il le plia, et le serra précieusement sur sa poitrine.

Il jeta alors un coup d'œil à la lourde montre d'or enfouie dans sa ceinture... Il n'avait que le temps, s'il voulait être exact au rendez-vous...

Vivement, il se dépouilla de la robe somptueuse qui l'enveloppait, et endossa une courte blouse en étoffe grossière. Sur sa tête, il enfonça un chapeau mou.

Il offrait ainsi l'apparence d'un de ces innombrables blanchisseurs chinois qui pullulent à New-York, et dont l'habileté dans leur métier plonge dans une invariable admiration les voyageurs européens.

Jetant un dernier regard autour de lui, tandis que le même sourire rusé reparaissait sur ses lèvres minces, il ouvrit doucement la porte, et sortit...

Il n'avait pas une très longue course à fournir pour atteindre l'endroit où l'attendait celui qui l'avait convoqué.

Au fond de cette retraite, aussi habilement choisie que prudemment dissimulée, comme toutes celles qui, dans vingt quartiers de la ville, constituaient ses repaires, le maître criminel travaillait.

La pièce où il se trouvait était de petite dimension, et aménagée comme une sorte de laboratoire.

Il était en train de mettre la dernière main à la confection d'un étrange engin, qui ressemblait à l'une de ces machines infernales employées par d'odieux malfaiteurs, pour provoquer en mer, à une heure arrêtée d'avance, la destruction de quelque paquebot, ou d'un navire de commerce, afin d'encaisser le montant de son assurance.

La boîte qui le contenait avait été soigneusement refermée par lui, et il commençait à l'envelopper, pour lui donner l'apparence d'un paquet ordinaire...

Il fut interrompu par un coup frappé à la porte.

Posant là son colis, il alla ouvrir... Long-Sin était en face de lui...

— Ah ! Tu es à l'heure !... C'est bien !... dit-il, refermant avec soin la porte sur son visiteur.

— Je me suis rendu à ton appel avec ma diligence habituelle !... Tu as besoin de mon assistance ?...

— Tu l'as deviné !... Quel que soit le nombre des affiliés de « la Main qui étreint », ce damné de Clarel commence à connaître presque tous ceux auxquels seuls peut être confiée une mission délicate !... J'ai pensé que tu saurais plus facilement qu'eux échapper à sa défiance !

— Ce n'est donc plus contre la jeune fille blonde que tu dresses tes batteries ?...

— Non !... Depuis notre dernière tentative, j'ai réfléchi, et je me suis persuadé que c'est contre son acharné défenseur qu'il faut avant tout agir !... C'est lui le véritable obstacle à nos projets ! Tant qu'il sera debout, tous nos plans avorteront ; et nous ne serons tranquilles que lorsque nous l'aurons définitivement terrassé et abattu !...

— Et tu penses en avoir le moyen ?...

— Le voici !... dit-il, en appuyant le doigt sur l'objet préparé.

— Qu'est-ce que cela ?...

— C'est une bombe de mon invention, et à la confection de laquelle j'ai mis tous mes soins. Je désire qu'elle soit placée dans le laboratoire de Clarel à la Columbian University, aujourd'hui même !... Peux-tu te charger de cette tâche ?...

— Oui !... Je crois même pouvoir te répondre de l'accomplir heureusement !...

— En ce cas, hâte-toi.. Mais porte ton fardeau avec les plus grandes précautions. Ne le penche pas... Ne le laisse surtout pas glisser, sans quoi tu es un homme mort !...

Long-Sin jeta un coup d'œil sur le dangereux engin :

— Tu n'as rien à craindre !... Je l'aurai déposé au domicile de ton ennemi avant une heure !...

Le Chinois avait mis le paquet sous son bras... Il salua de la main son interlocuteur, qui, après une vague inclinaison de tête, se remit au travail...

Pendant ce temps, celui dont il préparait la mort était lui-même dans son laboratoire, occupé à procéder à de nouvelles et captivantes expériences...

Voyant Elaine, après la lutte furieuse qu'il avait soutenue pour l'arracher à la plus affreuse des morts, s'éloigner, inconsciente et tranquille, au bras de Perry Bennett, sans soupçonner, ni ce qu'il venait de faire pour elle, ni l'effroyable danger auquel il n'avait échappé que par miracle, une violente douleur déchira le cœur de Clarel.

Cependant, il s'était résigné...

C'était la seconde fois, en quelques jours, qu'il lui sauvait la vie, mais elle ignorerait cette nouvelle dette comme la première...

Peut-être même, l'ayant retrouvé debout à son côté, en sortant de son évanouissement, irait-elle jusqu'à se figurer que son défenseur était le parent qui avait été terrassé en même temps qu'elle, et n'avait lui-même recouvré sa liberté que grâce à Justin...

Torturé, broyé, le pauvre méconnu boirait, s'il le fallait, ce nouveau calice ; et il s'était une fois de plus plongé avec frénésie dans le travail, comme le seul refuge capable de lui faire oublier l'ingrate...

Il était en train d'essayer avec Jameson un appareil récemment inventé, pour produire les rayons X, et faisait admirer à son élève, sur sa propre main, la netteté merveilleuse avec laquelle l'image projetée sur l'écran en dessinait le squelette...

Un coup de sonnette retentit, et Walter introduisait Long-Sin...

Malgré son déguisement, Clarel le reconnut au premier coup d'œil...

— Vous ici ?... fit-il avec surprise... Et à quoi me faut-il attribuer une pareille faveur ?...

— C'est très simple ! répondit le Chinois, avec son énigmatique sourire... Je viens vous assassiner...

— Rien que cela ?... poursuivit flegmatiquement son interrogateur... C'est très intéressant !... Mais vous allez sans doute avoir l'amabilité de me révéler comment vous comptez-vous y prendre !...

Long-Sin désigna le paquet qu'il avait posé sur la grande table de marbre, avec toutes les précautions recommandées par « la Main qui étreint ».

— Voici le moyen !... dit-il.

— Une bombe, sans doute ?... questionna le professeur à la Columbia University, examinant curieusement le colis ficelé.

— Précisément !... J'ai promis de la déposer dans votre laboratoire cet après-midi !...

L'air détaché et tranquille avec lequel le Chinois énonça cette stupéfiante affirmation était tellement en désaccord avec ses paroles, que, malgré la gravité de sa déclaration, Clarel et Jameson se regardèrent l'un et l'autre, et ne purent s'empêcher, devant la bizarrerie de la situation, de partir en même temps d'un sonore éclat de rire...

Le Céleste demeurait imperturbable... Cette attitude, et l'intonation même de sa voix étaient la preuve indiscutable pour les deux amis, de sa sincérité.

« La Main qui étreint » lui avait ordonné d'apporter là ce paquet... Sans discussion, avec l'impassibilité ordinaire à sa race, il obéissait...

Vivement, Walter avait rempli un seau d'eau, qu'il apporta devant son maître.

— Si c'est réellement une bombe, fit-il en le déposant sur le plancher, pourquoi ne pas la mettre tout de suite hors d'usage ?...

Le chimiste, qui doublait en Clarel le maître détective, hocha la tête en signe de dénégation...

— Non, Walter !... Nous ne connaissons pas sa composition ; et si c'est une bombe construite chimiquement, l'eau peut justement déterminer la combinaison des éléments qui s'y trouvent réunis, et provoquer son explosion...

— Comment faire pour être fixé ?...

— Un peu de patience !... Nous avons justement sous la main le moyen le meilleur de savoir à quoi nous en tenir !...

Avec circonspection, il prit la boîte à deux mains, et la plaça en face du générateur des rayons X... L'effet fut instantané...

Sur l'écran où, quelques instants plus tôt, se projetait, avec la minutie la plus précise, l'image de sa main, tout l'intérieur de la machine infernale apparut... Aucun des éléments du mécanisme compliqué, inventé par l'ingéniosité de l'homme au mouchoir rouge, n'échappait à l'œil investigateur de Justin.

Pendant quelques minutes, il continua son examen, jusqu'à ce qu'il eut saisi dans ses moindres détails la composition de l'engin.

— Comme vous le disiez, cher monsieur, dit-il en s'adressant à Long-Sin, c'est bien en effet une bombe d'un système spécial... On y a introduit un délicat et silencieux mouvement d'horlogerie, qui doit déclancher un ressort à une heure fixée d'avance. Et l'explosif employé par l'inventeur est certainement assez puissant pour nous éparpiller tous à travers l'espace, y compris ce laboratoire, en fragments si impalpables qu'il serait impossible de retrouver de nous la plus petite parcelle...

Tout en parlant, il avait placé l'infernal engin sur une table, devant laquelle il s'assit. Aussi calme que s'il procédait en face de ses élèves à la plus inoffensive démonstration, de ses doigts agiles, il en commença le démontage avec une merveilleuse dextérité.

En dévissant la partie supérieure, tandis qu'il maintenait fortement l'autre dans sa main, il finit par en retirer une petite boîte renfermant une poudre grisâtre, ainsi qu'une ampoule que le mécanisme devait faire éclater à une heure précise, afin que son contenu se répandît sur la poudre.

Il en mit quelques grains sur un plat, et versa sur eux deux ou trois gouttes du liquide contenu dans l'ampoule.

Un éclair jaillit, et la poudre s'enflamma instantanément...

— C'est exactement ce que j'attendais ! Et c'est bien, ce que je vous disais, L'homme qui a combiné ce remarquable dispositif est à coup sûr un chimiste de valeur !... Et vous voyez qu'il ne s'embarrasse pas de grand chose !... Regardez plutôt avec quel chiffon de papier il a calé son explosif...

Il avait pris le fragment froissé, et l'examinait attentivement au microscope.

Penché sur l'instrument, Jameson le regardait aussi...

Sur la feuille déchirée, se lisaient distinctement quelques mots, une formule chimique tracée à la machine à écrire, et ainsi conçue :

« Teinture d'iode,

» Trois parties de... »

Après quelques instants de réflexion, Clarel tourna son regard vers Long-Sin.

— Racontez-moi donc d'une façon précise les circonstances dans lesquelles cette bombe vous a été remise...

Sans hésitation, le Chinois entama la relation que souhaitait Clarel, en n'oubliant pas de mentionner le billet qu'il avait reçu de celui dont il désertait la cause.

— Un billet ! répéta Justin. Vous l'avez sur vous ?...

— Le voici !... fit Long-Sin, prenant dans sa poche intérieure la note qu'il y avait cachée, au lieu d'obéir à la recommandation formelle qu'elle contenait de la brûler après l'avoir lue.

— Ah ! ah ! fit Clarel, en jetant sur elle son regard aigu... Elle a été écrite aussi à la machine...

Il avait pris le document des mains du Céleste, et, saisissant une loupe, s'assit devant son bureau pour l'examiner.

Pendant quelque temps, il demeura silencieux, absorbé dans son étude... Puis, relevant la tête :

— Voyez-vous, Walter ! dit-il... Il y a beaucoup de gens qui se figurent que la machine à écrire est un moyen sûr de correspondre en cachant son identité... Ils ne se rendent pas compte qu'il existe des centaines de différences entre une machine et une autre, et par conséquent des centaines de manières de les découvrir... Le chef de « la Main qui étreint » le savait, et c'est la raison pour laquelle il ordonnait si expressément à Long-Sin de détruire ce papier après l'avoir lu... Quant à celui qui enveloppait son explosif, il pouvait concevoir la raisonnable espérance qu'il s'anéantirait lui-même...

C'était ce fragment qu'il venait maintenant de placer sous le verre grossissant, étudiant curieusement la configuration de chaque lettre.

— Ce qu'on ignore généralement, poursuivit-il, c'est que presque chaque machine présente une caractéristique à elle, tout comme chaque écriture possède son aspect particulier... Les objets fabriqués mécaniquement ne peuvent pas sortir sans défauts de l'usine qui les confectionne par centaines, et souvent par milliers... Il n'est pas un seul de ces ingénieux outils qui ne possède le sien, et ce n'est jamais le même... Ici, c'est une bavure de métal sur une lettre ; là, le tampon, ou le ruban, qui amène irrégulièrement l'encre ; sur une autre, un signe de ponctuation qui frappe moins nettement le papier, etc, etc... Toutes ces petites tares, insignifiantes par elles-mêmes, réparties sur l'alphabet entier, constituent pour l'œil de l'observateur une série de points de repère auxquels il ne se trompe pas...

Il tenait à la main un crayon effilé, et désignait tour à tour les lettres des deux documents.

— Regardez de près, continua-t-il en soulignant l'une après l'autre toutes celles qui attiraient son attention, et vous remarquerez que tous les « T », sur ce billet, sont moins appuyés que les autres lettres et sortent légèrement en dehors de la ligne... Plaçons maintenant sous le microscope le message adressé à notre visiteur, et vous constaterez également que tous les « T » qui y sont tracés offrent exactement le même défaut... La barre horizontale est écrasée à gauche, et vient mal à l'impression, ce qui leur donne une forme de potence très caractéristique... Vous la retrouvez nettement sur ce billet, et sur ce fragment de formule... Et cette indication prouve, incontestablement, que ces deux notes ont été tapées sur la même machine... Je pourrais vous citer encore un certain nombre d'autres particularités qui confirmeraient ma conviction... Si j'ai choisi les « T » pour appuyer ma démonstration, c'est parce que c'est sur cette lettre que le défaut que je vous ai signalé est le plus sensible...

L'explication était tellement évidente, qu'aucune objection n'était possible.

Jameson, à son tour, prit en mains les deux papiers, et se plongea dans leur examen... Il n'y avait pas de doute à avoir, la lettre « T » était bien la même sur le billet et sur la formule...

Le Chinois, à quelques pas, continuait à demeurer impassible ; mais il n'avait pas perdu une syllabe des paroles prononcées par Clarel...

Celui-ci se tourna de son côté !...

— Je vous remercie ! dit-il... Vous m'avez rendu aujourd'hui un signalé service, peut-être même deux !... Si j'avais besoin de vous par la suite, je vous le ferais savoir ; et vous pouvez être tranquille, le moyen que j'emploierai pour utiliser fructueusement cet indice ne vous compromettra pas... Ce que je peux vous affirmer, c'est que vous avez bien fait de passer de notre côté... « La Main qui étreint » n'en a plus pour longtemps... Comme on dit en France, en termes de chasse la bête est « sur ses fins »...

Dans les yeux bridés du Jaune brilla pendant quelques secondes son pâle et habituel sourire...

— Je l'avais prévu !... articula-t-il froidement... Je ne pensais pas toutefois que l'heure sonnerait si vite... Au revoir !...

Il sortit, reconduit par Jameson, qui, la porte refermée, revint lentement vers son maître.

Celui-ci, la main sur le front, arpentait à grands pas, de long en large, le laboratoire.

— Vous avez l'air préoccupé, patron ?... questionna le jeune homme... Pourtant, vous semblez avoir fait une trouvaille intéressante ! Ce que je ne comprends pas très bien, par exemple, c'est comment elle peut vous mettre sur la piste de nos ennemis...

— Walter, fit d'un ton grave le maître détective, en s'arrêtant devant son disciple, si je vous disais que j'ai déjà remarqué à plusieurs reprises sur certaines lettres et certains documents, tapés eux aussi à la machine à écrire, les mêmes particularités que je viens de relever sur ceux-ci !... Quand cela ?... Où cela ?... Quels sont ces papiers qui m'ont passé sous les yeux ?... Voilà ce que je me demande depuis dix minutes !...

Redevenu silencieux, il reprit sa marche à travers la vaste pièce... Toutes ses facultés étaient concentrées vers l'unique préoccupation qui l'absorbait...

Tout à coup, il frappa à deux reprises dans ses mains, et son regard s'éclaira d'une satisfaction ardente...

— Je me souviens !... s'écria-t-il... Oui, oui ! Ou je me trompe fort, ou nous allons savoir dans quelques instants à quoi nous en tenir... Je me demandais où j'avais vu des caractères semblables à ceux-ci... Je le sais maintenant... Walter, prenez votre pardessus et votre chapeau... Si mes prévisions ne me trompent pas, l'homme au mouchoir rouge couchera demain à la prison de Tsin-Tsin...

XXII

LA MACHINE A ÉCRIRE

La tante Betty était en train de tricoter dans la bibliothèque, lorsque François lui annonça la visite de Clarel et de Jameson...

Elle donna ordre de les introduire immédiatement, heureuse de pouvoir se trouver un moment seule avec Justin en l'absence d'Elaine qui était sortie pour aller faire quelques courses.

La tante Elisabeth était à la fois une femme de bon sens et une femme de cœur, et elle avait, depuis quelques mois, appris à tenir en haute estime l'homme dont elle avait pu si souvent apprécier le caractère et le dévouement... Aussi éprouvait-elle à son égard, en même temps qu'une profonde reconnaissance, une sympathie très ardente dont elle ne demandait qu'à lui donner la preuve.

Le dissentiment survenu entre sa nièce et l'ami désintéressé qui avait tant fait pour celle-ci, la surprenait et l'affligeait à la fois...

Elle n'en avait pas encore nettement démêlé la cause, et elle se réjouissait de l'occasion qui allait lui permettre de s'expliquer avec lui en toute franchise.

Malgré son empire sur soi-même, Clarel ne put se défendre d'une certaine émotion, en se retrouvant dans cet intérieur où il avait passé de si chers instants, et échafaudé tant de rêves...

Après avoir baisé la main de la tante Betty, et s'être assis dans le siège qu'elle lui désignait :

— Je vous demande pardon, fit-il, François m'a dit que miss Dodge n'était pas à la maison...

— Oui, elle est allée faire des achats, et je ne sais pas exactement quand elle sera de retour... Je vous avouerai même que je ne suis pas fâchée de cette absence qui va nous permettre, si vous le voulez bien, de causer librement ensemble...

Justin leva son regard perspicace sur le visage de la vieille dame...

Sans doute il devina dans les yeux de celle-ci le mobile qui l'animait, car tout de suite il répondit :

— De tout cœur je vous remercie de l'intention qui vous guide, chère madame. Croyez que j'en apprécie toute la délicatesse, et que je suis profondément sensible à la marque d'intérêt que vous me donnez !... Mais pour répondre à votre franchise par une franchise égale, je préfère ne pas aborder un pareil sujet...

— Ah ! fit la tante Betty, un peu décontenancée... Vous savez donc de quoi je veux vous parler ?...

— Je m'en doute !... Et aujourd'hui surtout, j'ai des raisons péremptoires pour vous prier de renoncer à toute tentative d'intervention entre votre nièce et moi, si par hasard vous en méditiez une... Mais je tiens à vous répéter que je vous garde autant de gratitude pour avoir conçu un pareil dessein, que si vous l'aviez accompli...

— C'est bien, répondit son interlocutrice, avec un soupir, je me conformerai à votre désir, quoique à mon avis, le malentendu dont vous souffrez, soit une erreur déplorable, et qu'Elaine en souffre autant que vous...

— Je vous remercie de cette affirmation, mais c'est d'elle-même, d'elle seule que j'aurais voulu la tenir... Il y a des blessures qui ne peuvent être pansées que par la main qui les a faites.

La tante Betty le regarda en face, et demeura silencieuse devant la résolution qu'elle lut dans ses yeux...

— Qu'il soit donc fait selon votre volonté !... Et dites-moi quel est le motif qui vous amène ?...

— En deux mots, répondit Clarel... Je crois avoir mis la main sur un indice capable de nous faire faire un grand chemin dans la guerre que j'ai entreprise. Pour m'en assurer, il est nécessaire que je puisse examiner immédiatement une partie de la correspondance de votre maison... Croyez bien qu'il n'y a là de ma part aucune indiscrétion, mais le seul désir de triompher des implacables ennemis qui s'acharnent contre votre nièce...

Tout d'abord, la tante Betty eut un geste de surprise... Jameson, qui l'observait, eut même un instant l'idée qu'elle allait refuser l'autorisation assez étrange que son maître sollicitait.

Mais la confiance qu'elle avait dans la droiture et dans le mérite de Clarel était telle qu'elle ne formula aucune objection.

— La correspondance dont vous parlez est là !... dit-elle, en désignant un carton sur le bureau... Prenez-en connaissance à votre guise... Et Dieu veuille qu'elle vous apporte le résultat que vous espérez !...

Clarel s'inclina, et, sans perdre un instant, se dirigea vers la place où Elaine s'asseyait généralement.

Devant lui, s'étalait le carton indiqué par la tante Betty... Il l'ouvrit, et en tira un volumineux dossier de lettres, dont certaines étaient dactylographiées.

L'une après l'autre, il les examina minutieusement, et les resserra dans leur enveloppe, jusqu'à ce qu'il s'arrêtât sur l'une d'elles, qui attira plus particulièrement son attention.

A deux reprises, il la relut. Puis, prenant dans sa poche la formule chimique qui entourait la bombe, et le billet qu'avait reçu Long-Sin de « la Main qui étreint », il les compara mot par mot, lettre par lettre à ce nouveau document.

— Walter, dit-il à son secrétaire qui était en train de causer avec la tante Betty, voulez-vous venir une seconde ?... J'ai quelque chose à vous montrer !...

Tout en parlant, il avait plié la lettre qu'il tenait, de telle manière que l'adresse et la signature restassent invisibles. Seul le corps du billet apparaissait.

Une des phrases était à peu près conçue en ces termes :

« J'ai trouvé qu'il était tout à fait inutile » d'insister auprès de Trotter, qui m'a dit » pourtant être touché de ma tentative. »

— Regardez ! poursuivit Justin, désignant les trois documents réunis dans sa main...

De son crayon, comme il l'avait fait dans son laboratoire quelques instants plus tôt, il souligna alternativement les « T » contenus dans les trois feuilles.

Un coup d'œil suffit à convaincre son jeune collaborateur...

Les caractères de la lettre, prise dans le bureau d'Elaine, étaient incontestablement semblables à ceux de la formule chimique, et du billet remis par le Chinois... Toutes les lettres « T » offraient la même apparence : leur barre horizontale était écrasée à gauche, et cette défectuosité leur donnait cette forme singulière de potence, si ingénieusement relevée par Clarel.

Les deux hommes se regardèrent, trop étonnés pour prononcer une parole.

A ce moment, la portière se souleva, livrant passage à Elaine.

La jeune fille était rentrée plus tôt que ne l'avait présagé sa tante...

Mary, après l'avoir débarrassée de son manteau et de son chapeau, lui avait apporté une large boîte, qu'elle avait ouverte avec empressement, et qui contenait trois ou quatre douzaine d'admirables roses.

Une carte accompagnait l'envoi, qu'elle attendait sans doute, car elle sembla n'y prêter aucune attention relative.

Retirant les fleurs du carton, elle en forma une énorme botte, qu'elle avait du mal à tenir entre ses bras... Puis, le visage enfoui dans les roses, dont elle respirait le parfum avec délices, elle descendit dans la bibliothèque pour les arranger elle-même dans un vase...

Elle ne supposait évidemment pas rencontrer là Clarel, car à la vue du visiteur, elle s'arrêta brusquement, sans pouvoir dissimuler sa surprise.

Assis auprès du bureau, où il continuait à étudier avec Jameson les trois spécimens d'écriture, le détective se leva tout d'une pièce à son entrée.

Une hésitation apparut dans son regard. Il garda néanmoins le silence, se contentant de s'incliner respectueusement devant la jeune fille qui, un peu gênée, lui rendit son salut avec froideur.

Puis elle se tourna du côté de Jameson, à qui elle serra cordialement la main, en commençant à s'entretenir affectueusement avec lui.

— Je vous demande pardon, miss Dodge, finit par articuler Justin, mais j'ai relevé tout à l'heure un indice qui me crée l'obligation d'examiner plusieurs lettres que je ne pouvais trouver qu'ici... Votre tante ne savait pas exactement quand vous rentreriez, et m'a autorisé, malgré votre absence, à prendre connaissance du dossier qui les contenait... Voulez-vous l'excuser, et m'excuser moi-même ? La seule nécessité d'agir au plus vite m'a poussé à commettre une indiscrétion que vous pardonnerez sans doute, en faveur du motif qui l'a causée...

Elaine écouta cette explication en silence, en tournant légèrement la tête du côté de celui qui la fournissait, sans pourtant le regarder en face...

Quelques semaines plus tôt, elle se fût récriée d'elle-même contre un pareil scrupule, et n'aurait pas trouvé de mots assez affectueux pour exprimer sa gratitude à l'ami dévoué qui travaillait pour elle avec tant de cœur... Mais les temps avaient changé, et un léger et silencieux hochement de tête accueillit seul cette déclaration.

Sans doute Clarel lut dans ses yeux le sentiment qui l'animait, car il se tourna vers la tante Betty, et vers Jameson...

— Excusez-moi, dit-il, mais je serais tout à fait heureux de pouvoir dire quelques mots en particulier à miss Dodge... Je n'ai pas pu depuis quelque temps déjà en trouver l'occasion, et je vous serais extrêmement reconnaissant si vous aviez la gracieuseté de me laisser seul un moment avec elle.

Il n'avait pas fini sa phrase, que la vieille dame tournait déjà le bouton de la porte, et sortait, suivie par Walter.

Pendant quelques instants, Justin et Elaine, demeurés seuls, se regardèrent sans prononcer un mot, chacun se demandant ce qui se passait dans l'esprit de l'autre.

Le chimiste de la Columbia University se disait que jamais, sans doute, on ne découvrirait un rayon X permettant de lire dans le cœur des femmes.

Une émotion intense lui serrait la gorge...

Enfin ses lèvres s'entr'ouvrirent...

— Elaine, balbutia-t-il, permettez-moi — sans doute pour la dernière fois — de vous donner ce nom... Je voudrais vous demander si la communication qui vous concerne, et que contient ce matin ce journal, repose sur quelque fondement ?...

Il mit la main dans la poche intérieure de son vêtement, et en tira une gazette pliée en deux, qu'il lui tendit...

La main de la jeune fille tremblait, tandis qu'elle lisait :

« ECHO MONDAIN

« On commence à associer dans la haute
» société les noms de miss Elaine Dodge,
» la riche héritière bien connue, et celui de
» M. Perry Bennett, le jeune avocat déjà
» célèbre.
» L'annonce prochaine de leurs fian-
» çailles ne surprendrait vraisemblable-
» ment personne. »

A Elaine aussi, la voix manquait pour répondre...

Le regard toujours détourné, lentement elle fit de la tête signe que oui...

Et ils demeurèrent immobiles, en face l'un de l'autre, pendant quelques secondes, sans prononcer une parole...

Les yeux de Clarel étaient attachés sur la jeune fille... Une expression de cruelle désillusion s'y lisait...

Cependant il se demandait s'il était réellement possible que l'arrêt qui condamnait à jamais ses espérances fût tombé de cette bouche exquise...

Un moment il fut sur le point de l'interroger de nouveau, comme s'il doutait encore, comme s'il avait besoin d'une seconde épreuve pour affirmer en lui la conviction qui le désespérait.

Le tête-à-tête était trop pénible pour Elaine... Elle fit un geste pour y mettre un terme... Le regard de Clarel, qui continuait à scruter sa physionomie, comprit ce qui se passait en elle...

Un nouvel effort de volonté lui permit de dompter sa douleur...

Il reprit sur le bureau les papiers qu'il y avait déposés un instant auparavant, les plia méthodiquement et les remit dans sa poche...

Sans ajouter un seul mot, il s'inclina profondément, et quitta la pièce.

— Walter, dit-il en rejoignant dans le salon son secrétaire qui causait avec la tante Betty, il est temps de prendre congé ! La journée s'avance, et nous avons du travail sur la planche !...

Anxieuse de savoir le résultat de sa conversation avec Elaine, la vieille dame s'avança, une interrogation sur les lèvres. Il ne lui laissa pas le temps de la formuler...

— Merci de tout cœur pour ce que vous m'avez laissé entendre tout à l'heure !... dit-il tristement... Malheureusement, je viens d'en avoir la douloureuse certitude, le mal est irréparable... !

Il baisa la main de la tante Betty, et s'éloigna, suivi de Jameson.

Elaine, restée seule dans la bibliothèque, songeait à ce qui venait de se passer...

Machinalement, elle avait pris le portrait de Clarel, qui reposait sur le bureau, et le contemplait.

N'avait-elle pas trop exigé en voulant qu'il lui sacrifiât son amour-propre ?... Les hommes ne sont guère enclins à de pareilles concessions, et plus haut est placé leur cœur, plus elle leur coûte...

Doucement, elle avait reposé la photographie sur la table, et sa main avait pris le journal laissé par Justin.

Elle relut à mi-voix l'entrefilet qui décidait de son sort...

De nouveau, son regard erra dans le vide, et finit par s'abaisser sur les roses envoyées par Perry, qu'elle avait déposées sur un meuble.

— Trop tard ! murmura-t-elle... Il est trop tard !... C'est la destinée qui m'entraîne de l'autre côté...

Après avoir arrangé les roses dans le grand vase de cristal où si souvent elle avait disposé les fleurs de celui qui venait de s'éloigner, elle remonta dans son appartement, et sonna sa femme de chambre :

— Habillez-moi, Mary ! dit-elle... Il faut que je sorte... M. Perry Bennett m'attend à trois heures !...

Vingt minutes plus tard, elle montait dans son auto, et donnait ordre de la conduire à l'office de l'avocat.

Milton, le groom, en la voyant entrer, abandonna vivement le roman dans la lecture duquel il était plongé, et, s'empressant à sa rencontre, l'informa que son maître était seul...

Perry Bennett était en train de travailler... Sans doute, la besogne qui l'absorbait lui donnait quelque grave sujet de préoccupation, car ses sourcils étaient froncés, et un pli profond creusait une barre entre ses deux yeux.

Quand la porte s'ouvrit, livrant passage à Elaine, il tourna la tête, et l'expression de son visage changea subitement ; un sourire de joie avait remplacé le souci qui l'obscurcissait.

— Comme c'est gentil à vous de venir me voir !... dit-il... Votre présence éclaire cette triste demeure... Ce cabinet était tout noir il y a quelques secondes, et voilà qu'à votre entrée, comme sous la baguette d'une fée, il semble devenu soudain couleur de rose !...

— C'est vous, Perry, dit-elle en lui tendant la main, qu'il baisa dévotieusement, que je ne reconnais plus !... Je ne savais pas que les avocats fussent aussi galants, et pussent tourner à leurs clientes des madrigaux de poètes !... Mais puisque vous parlez de roses, il ne faut pas que j'oublie de vous remercier de celles que vous m'avez envoyées... Elles étaient admirables !...

— Quand nous serons mariés, murmura-t-il en la faisant doucement asseoir à côté de lui, je veux, puisque vous les aimez, que vous ayez toujours les plus belles fleurs de New-York...

— Pendant combien de temps ?... fit-elle malicieusement...

— Mais toujours !...

— Vraiment !... Et moi qui croyais que les attentions des maris pour leurs femmes cessaient après la première année de leur union !

— Qui vous a dit cela ?...

— Mais bien des femmes, surtout parmi celles de mes amies qui sont mariées...

— C'est une indigne calomnie ! Je pourrais vous dire nombre de ménages où, malgré les années écoulées, le mari est demeuré toujours aussi épris de sa femme que s'il était encore son fiancé...

— Ainsi soit-il !... conclut la jeune fille avec un pâle sourire...

Il avait repris sa main, et la regardait avec tendresse... Un silence régna entre eux qu'il rompit le premier...

— Alors, interrogea-t-il, avec un mouvement d'hésitation, cela ne vous a pas trop fâchée ?...

— Quoi donc ?...

— L'écho mondain paru ce matin dans le *Star*... Vous l'avez lu ?...

— Oui ! répondit-elle franchement, je l'ai lu...

— Et la nouvelle qu'il contenait ne vous a pas paru intempestive... ou prématurée ?...

— C'était la volonté de mon père !... dit-elle, les yeux baissés... Et puisque nous avons décidé, vous et moi, d'agir comme s'il était encore là...

— Ah ! chère Elaine !... fit-il, en portant à ses lèvres la main qu'il tenait emprisonnée dans la sienne... Comme je vais vous aimer davantage ...

De nouveau, leurs regards se croisèrent. Mais la jeune fille ne soutint pas longtemps, en dépit et peut-être à cause de la flamme qui y luisait, celui de l'avocat, car elle détourna la tête, et, avec un léger embarras, retira doucement sa main de celle de Perry.

Vainement, après quelques instants, il essaya de la reprendre...

Elle avait fourré le bout de ses doigts à l'intérieur de son manchon, et les y tenait obstinément renfermés.

On eût dit que, brusquement, un nuage avait passé sur son front... Etait-ce une pensée nouvelle, qui avait surgi à l'improviste dans son cerveau, par quelque malentendu imprévu ou provoqué par une subite et irrésistible intuition féminine ?...

Perry Bennett sembla s'en rendre compte, car il se mordit les lèvres, et un éclair brilla un instant dans ses yeux fauves.

Cependant, très maître de lui, il poursuivit :

— Elaine, dites-moi que vous ne pensez plus à ce monsieur Clarel... Oh ! Je l'ai bien vu, pendant quelque temps, il a tenu dans votre existence une grande place, et j'en ai assez souffert... Il ne pouvait d'ailleurs en être autrement... Vous êtes si bonne, si délicate, que vous vous êtes tout naturellement exagéré les services qu'il vous a rendus !... Vous avez cru que ce n'était pas seulement son intérêt professionnel qui le poussait à prendre en mains votre cause, et que quelque mobile plus personnel, plus intime le faisait agir... Les Français excellent, vous le savez, à monter la tête aux jeunes femmes !... Celui-là s'est très habilement servi du prétexte de cette poursuite contre « la Main qui étreint » pour pénétrer peu à peu dans votre vie, dans votre confiance, dans votre sympathie même... Et pourtant, je vous le demande, qu'a-t-il fait depuis trois mois qu'il a entrepris cette tâche ?... Rien qui compte !... Il n'est arrivé à aucun résultat sérieux !... Vous verrez, Elaine, maintenant que je vais avoir vraiment le droit et le devoir de vous protéger, vous verrez que je saurai faire de plus utile besogne, et réduire définitivement à l'impuissance les bandits qui ont osé s'attaquer à vous !...

— Je ne demande pas mieux que de vous croire, Perry !... répondit-elle évasivement... Mais ne parlons plus de M. Clarel, voulez-vous ?... D'ailleurs, quoi que vous en disiez, je ne saurais oublier ce que je lui dois...

Ni l'un ni l'autre des deux interlocuteurs ne se doutait que celui dont le nom venait d'être brusquement évoqué au cours de leur entretien, n'était, au même moment, séparé d'eux que par l'épaisseur d'une muraille.

Justin Clarel, accompagné de son inséparable Jameson, venait en effet de franchir le seuil de l'antichambre où l'avait précédé Elaine quelques instants plus tôt.

Déjà, le groom lui tendait un bloc-notes, pour qu'il y inscrivît son nom... Mais, il le repoussa de la main.

— Ce n'est pas à M. Perry Bennett que je désire parler, mais tout simplement à son secrétaire... Est-il visible ?...

— Oui, monsieur !... répondit Milton, en désignant du doigt une porte vitrée, sur laquelle était inscrit ce mot : *Secrétariat*. Et justement le voici !...

L'employé de l'avocat sortait en effet de son bureau.

— C'est bien vous, demanda Clarel, qui dactylographiez d'habitude les lettres de M. Bennett ?...

— Oui, monsieur... Elles me passent toutes par les mains... Mais puis-je savoir dans quel but vous m'adressez cette question ?...

— Oh ! rien d'important !... C'est un renseignement dont j'avais besoin... Mais je vois que vous allez sortir... Je ne vous retiens pas... Je causerai tout à l'heure avec votre patron...

Le secrétaire s'inclina, et sortit, en faisant un signe de tête familier au groom.

Clarel le regarda s'éloigner...

Puis, sans hésitation, il mit la main sur le bouton de cuivre, et pénétra, suivi de Jameson, dans le bureau que venait de quitter l'employé... Sur une table, une machine à écrire était posée.

Tranquillement, le détective scientifique se dirigea de ce côté, s'assit sur la chaise, et plaça sous le rouleau une feuille blanche.

Frappant avec dextérité les touches, il traça la phrase extraite de la lettre recueillie à l'hôtel Dodge :

« *J'ai trouvé qu'il était tout à fait inutile* » *d'insister auprès de Trotter, qui m'a dit* » *pourtant être touché de ma tentative.* »

— Regardez ! dit-il en la tendant à Walter.

Tandis que celui-ci l'examinait, son maître traçait sur une feuille une douzaine de fois la lettre « T ».

— Eh bien ! poursuivit-il, la démonstration ne vous paraît-elle pas péremptoire ?... Ici, comme dans les autres documents, la barre horizontale de la lettre T est écrasée à gauche, et cette machine ne l'imprime qu'avec les mêmes défauts...

— Le criminel que nous cherchons serait donc ici ?...

— N'en doutez pas, Jameson, il est ici !...

Toujours impassible, Clarel, un crayon à la main, continuait à comparer alternativement les « T » qu'il venait de tracer, avec ceux du billet écrit au Chinois, de la formule de la bombe, et de la lettre trouvée chez Elaine...

Toute méprise était impossible... L'écriture était identique : les quatre documents avaient été évidemment tracés par la même machine.

Pendant ce temps, à quelques pas, dans le cabinet de Perry Bennett, celui-ci continuait à marivauder avec sa visiteuse.

Au milieu de sa conversation, le souvenir lui revint tout à coup qu'il avait une importante lettre d'affaire à rédiger, et il pria Elaine de lui en accorder la permission.

Naturellement, celle-ci accéda volontiers à la demande, et fit mine de se lever pour le laisser vaquer à ses occupations...

— Non, implora-t-il, restez encore !... Et permettez-moi de dicter cette lettre devant vous... Je n'en ai que pour quelques minutes.

Elle fit un signe d'adhésion, tandis qu'il posait le doigt sur le bouton électrique.

La sonnerie résonna dans la pièce voisine...

Etonné de ne pas recevoir de réponse à son appel, Bennett, après s'être excusé auprès d'Elaine, quitta sa place à regret, et se dirigea vers le cabinet voisin.

Doucement, il ouvrit la porte et, dans l'entre-bâillement, sa tête apparut...

Une profonde stupéfaction se peignit sur son visage, en apercevant, au lieu de son secrétaire, le célèbre détective qui, à côté de Jameson, examinait attentivement la machine à écrire.

En une seconde, il devina ce qui se passait, et, avec encore plus de précautions qu'il n'en avait pris pour ouvrir, il recula, attirant à lui la porte qu'il avait poussée, sans que Clarel, absorbé par sa besogne, eût pu soupçonner qu'il l'eût vu.

Mais l'homme qui rentrait dans le cabinet où il avait laissé Elaine ne semblait plus être le même que celui qui en était sorti.

Sur son visage, tout à l'heure régulier et calme, une expression de férocité sinistre s'était soudainement répandue ; ses traits convulsés n'offraient presque plus aucun rapport avec ceux du mondain qui, cinq minutes plus tôt, flirtait avec sa visiteuse.

On eût dit que la rage de se sentir sur le point d'être vaincu, démasqué, écrasé, déterminait brusquement en lui un phénomène semblable à ce prodigieux « dédoublement », que la science a relevé récemment chez certains névropathes, et classé parmi les plus déconcertantes maladies mentales.

— Perdu !... balbutia-t-il... Je suis perdu !...

Le criminel, qu'il n'avait pas craint de devenir, reprenait brutalement possession de lui ; l'homme civilisé, instruit, raffiné, s'évanouissait pour faire place à une bête fauve...

Dans cette brute aux cheveux hérissés, à la bouche écumante, aux gestes courts de maniaque, que son subit péril venait de créer, reparaissait soudain l'homme au mouchoir rouge, mais dévoilé cette fois, le visage découvert, et plus effrayant encore maintenant qu'on voyait ses yeux, des yeux hagards, où passaient des lueurs de meurtre et des reflets de sang...

En revenant dans le cabinet, il ferma doucement la porte, qui le séparait de celui du secrétaire, où il avait laissé Clarel et Jameson, et donna deux tours de clef dans la serrure.

Elaine, chez qui l'entretien qu'elle venait d'avoir avait fait tout à coup renaître des pensées auxquelles elle s'efforçait vainement de résister, ne l'avait pas entendu rentrer.

Comme il lui tournait le dos, elle ne remarqua pas tout de suite le terrible avatar. La porte refermée, il fit volte-face, et se montra à ses yeux...

Elle poussa un cri d'épouvante et d'horreur...

— « La Main qui étreint » !... balbutia-t-elle glacée par la stupeur et la soudaineté de l'atroce révélation.

C'était bien en effet son impitoyable ennemi qui s'avançait vers elle... Claudicant, le dos voûté, les jambes cagneuses, l'avant-bras droit nerveusement crispé, dressant sa main menaçante et crochue, il était redevenu le féroce criminel que, tant de fois déjà, elle avait rencontré en face d'elle, et à qui elle n'avait échappé que par miracle.

— Vous !... articula-t-elle en reculant terrifiée !... C'était vous !...

En un instant, tout se révéla à son esprit... Le meurtre de son père, impitoyablement sacrifié à la menace contenue dans les renseignements fournis par le Bancal Rouge, s'expliqua à ses yeux instantanément...

Mis au courant par le banquier lui-même de la révélation que devaient contenir ces documents, redoutant que celui-ci n'en prît connaissance, et ne fût mis sur la piste de la vérité, sans une hésitation, sans un scrupule, l'infâme avait décidé la mort de son bienfaiteur...

A partir de ce moment, la fortune, l'immense fortune du parent tué par lui, l'avait hypnotisé...

Ces centaines de millions accumulés par le banquier, c'était la domination, la toute-puissance, la satisfaction de tous ses appétits, de tous ses désirs, la mainmise sur New-York, peut-être sur le monde, si le génie, qu'il avait déployé dans le crime, il savait l'apporter dans les combinaisons financières qui allaient devenir le but de sa vie...

Dès lors, c'en eût été fini de sa carrière de scélérat, de cette suite de forfaits qui avaient précédé le meurtre de son oncle, et que lui avait inspirés son inextinguible soif de lucre... La Ville respirerait... « la Main qui étreint » aurait vécu...

Un seul obstacle le séparait de ce rêve !... L'héritière !... La fille de l'assassiné !...

Pas plus en face de celle que devant ce dernier, il n'avait hésité... Quand on est sur la route infâme, où il s'était délibérément enfoncé, on ne tergiverse plus, on ne balance plus... Elaine devait disparaître comme son père !...

Et c'est ainsi que s'expliquaient, que se légitimaient presque les multiples tentatives de meurtre, auxquelles elle n'avait échappé que par miracle, grâce à l'intervention providentielle de son infatigable défenseur...

Cependant le tigre se rapprochait de sa proie, les griffes ouvertes...

— Assassin !... lui cracha-t-elle à la face, en rompant encore... Vous étiez, vous êtes un assassin !... Et pour de l'argent !... Pour de l'argent !...

Il s'arrêta.

— Non !... fit-il de sa voix rauque, cette voix qu'elle reconnaissait avec horreur... Tout d'abord, c'est vrai... Je n'ai pensé qu'à cela... Le désir, l'amour, la soif de l'or !... Et puis, presque tout de suite, une autre passion m'a saisi... Une passion... pour vous !...

— Pour moi !... s'écria-t-elle en éclatant d'un rire nerveux... Voulez-vous dire que vous m'avez aimée ?...

— Aimée !... Oui... Et surtout désirée !... Désirée follement, furieusement !... Mais l'autre a surgi... Celui vers lequel allait votre cœur... Et c'est alors que, désespérant de vous conquérir, j'ai préféré vous

immoler, plutôt que de vous voir à lui.

Elle ricana :

— Ainsi, c'est par jalousie que vous vouliez me tuer ?...

— Oui !... Oui !... Oui !... rugit-il... Rappelez-vous !... Chaque fois que vous faisiez luire à mes yeux un espoir, tout danger, toute menace disparaissaient pour vous... C'était contre lui seul, contre mon rival détesté, que se tournaient mes coups... Et puis, brusquement, éclatait pour moi la preuve que vous ne songiez qu'à lui, que vous n'aimiez que lui, et que cet amour emportait comme un fétu de paille vos promesses, mes fausses espérances, et les mirages dont vous me leurriez !... Alors, le rouge me montait aux yeux... Et j'essayais de vous atteindre, de vous frapper... Pour me venger !...

— Ce n'est pas vrai !... Vous mentez !... Si cette ignoble raison était une excuse, vous ne pourriez même pas l'invoquer...

Furieux de ce démenti, il s'avança plus près d'elle, l'écume aux lèvres, les yeux injectés de sang.

— Je vous dis que si !... hurla-t-il... Je pourrais vous citer dix tentatives faites par moi pour vous fléchir... Tenez !... Avant de vous faire envoyer ce bracelet que votre sauveur a si providentiellement arraché de votre bras, je vous ai interrogée, implorée, suppliée... Vous m'avez répondu par des phrases évasives, qui m'ont prouvé clairement que vous ne pensiez qu'à lui... Il y a huit jours encore, j'avais suspendu mes coups, lorsque vous m'avez parlé de votre rêve, et du désir de votre père, que vous vouliez réaliser...

— Taisez-vous !... clama-t-elle... Comment osez-vous invoquer celui dont le sang rougit vos mains !...

— Lui aussi est l'auteur de sa perte !... Je ne l'ai frappé que pour ne pas être frappé moi-même... Eh bien !... A ce moment, l'idée de vous sentir mienne m'avait désarmé, et si votre sympathie avait été sincère, elle vous eût protégée contre moi, mieux que votre Clarel lui-même... Mais, par vos réticences et vos atermoiements, vous m'avez obligé bien vite à douter de vous, et presque tout de suite, je vous ai vue une fois de plus vous détourner de moi pour aller vous jeter dans ses bras !... J'ai senti que je devais perdre tout espoir, et je vous ai de nouveau condamnée !...

— Et il m'a sauvée, lui !... Et je l'ai méconnu... Oui !... Oui !... J'ai été ingrate et sans cœur !... Et je suis dévorée aujourd'hui par l'humiliation, la honte, le désespoir de l'avoir sacrifié à vous... Vos exécrables machinations avaient réussi à le noircir à mes yeux... Et j'allais m'unir, me donner à vous, qui avez tué mon père !... J'avais laissé tomber ma main dans votre main rouge de sang !... Et tout à l'heure, ici, à cette place, je vous écoutais me parler d'amour !...

— Cet amour, il eût été ma réhabilitation, mon rachat... La preuve, c'est que depuis la minute où vous m'avez permis de croire à la réalisation du rêve dont je désespérais, je n'ai plus...

Dressée toute droite, frémissante de dégoût elle l'interrompit :

— Ah ! Ne me rappelez pas ma lâcheté. Dieu ! quelle honte j'ai de moi !... Comment me la pardonnera-t-il, lui ?... Et aurai-je assez de toute une vie de dévouement et d'inlassable tendresse pour le payer de sa souffrance et de ma trahison ?...

— Assez !... commanda-t-il, en assénant sur son bureau un coup furieux qui fit voler les papiers dont il était encombré... Vous vous trompez étrangement, si vous croyez que vous touchez à ce paradis... Je suis encore là, debout... Et j'aurai le temps de le frapper en vous frappant... Cette main, « la Main qui étreint », s'accrochera à votre cou, et ne vous abandonnera à lui qu'inerte et glacée !...

— Non !... Non !... Il me sauvera encore... Ecoutez !... C'est lui !... Il a deviné que je courais un danger... Et il est là, comme toujours !...

Des coups précipités retentissaient à la porte fermée à clef...

— Il n'aura pas le temps d'arriver !...

Le misérable s'était jeté sur Elaine, et une lutte désespérée s'engageait entre eux.

— A moi !... Au secours !... appela-t-elle...

Il voulut étouffer sa voix, et lui mettre la main sur la bouche, mais elle parvint à se dégager, et à courir vers la porte, derrière laquelle les coups pleuvaient de plus en plus violents...

La jeune fille, on le sait, était vigoureuse ; elle résistait de toute son énergie... Mais la force athlétique du criminel devait fatalement en avoir raison...

De l'autre côté de la cloison, dans le bureau voisin, Clarel, dès le premier cri d'Elaine, s'était levé et s'était précipité vers la porte... Une exclamation de désappointement jaillit de ses lèvres en la trouvant fermée.

Tout de suite il commença à essayer de l'enfoncer, mais elle était solide...

Alors, il saisit une chaise, et fit voler en éclats le panneau vitré qui formait la partie supérieure de la porte.

A travers l'ouverture ainsi pratiquée, il passa sa main, cherchant la clef...

Au bruit du verre brisé, le bandit, sous l'étreinte duquel Elaine allait succomber, la lâcha brusquement, et se retourna...

A ce moment, il vit apparaître le bras de Clarel...

Sans perdre une seconde, il se dirigea vers une autre porte, dissimulée dans un angle de la pièce, et ouvrant sur un petit cabinet sombre...

Il appuya sur un ornement de la moulure, et fit glisser un panneau qui démasqua une issue secrète. Elle donnait sur un couloir, aboutissant en retour dans la pièce réservée à son secrétaire.

Clarel, cependant, avait tourné la clef

dans la serrure, et fait irruption dans la pièce, dont l'avocat venait de s'enfuir...

Avant tout, il courut à Elaine, et constata qu'elle était saine et sauve...

— Par où s'est-il enfui ?... interrogea-t-il.

— Par là ! expliqua-t-elle, en désignant la porte encore ouverte...

Il s'élança sur les traces de Perry Bennett, qui venait d'arriver dans le bureau du secrétaire, et se préparait à filer par l'antichambre, lorsqu'il se trouva en face de Jameson...

— On ne passe pas !... cria celui-ci...

— C'est ce que nous allons voir !...

Un corps à corps désespéré s'engagea entre les deux hommes...

Si Bennett était plus vigoureux, Walter était plus adroit, et l'issue du combat semblait indécise...

Dans le cabinet sombre où Clarel venait d'arriver, l'ouverture béante où avait disparu celui qu'il poursuivait frappa sa vue...

Le criminel, dans la fièvre de sa fuite, n'avait pas eu le temps de la refermer...

Son adversaire s'y engagea résolument, et, à tâtons dans l'obscurité, gagna le couloir qui aboutissait au bureau où la lutte, dont il entendait le bruit, était engagée...

Vivement, il ouvrit la porte...

Des deux combattants, il n'en restait plus qu'un seul, immobile et renversé en arrière sur la table, le visage recouvert de son éternel mouchoir rouge...

Elaine, complètement remise, avait suivi Justin... Elle apparut dans l'encadrement par lequel il venait d'entrer.

— Voyez !... dit-il triomphant... Walter en a eu raison !...

Il s'élança vers le criminel, et arracha le mouchoir rouge qui lui voilait la face...

Mais, en même temps, il poussa un cri de colère...

L'homme qui gisait inerte à ses pieds, et dont il venait de découvrir le visage, ce n'était pas Perry Bennett, mais Jameson...

XXIII

SEPT MILLIONS DE DOLLARS !

C'était bien en effet le criminel qui était sorti vainqueur de la lutte engagée contre le jeune et ardent secrétaire de Clarel.

Mais, aussitôt dehors, il comprit vite que cette victoire ne pouvait être qu'éphémère. Maintenant que sa véritable identité était découverte, il allait être implacablement pourchassé, et son arrestation ne semblait plus qu'une question d'heures...

Avec la rapidité de décision qui était le propre de son infernal génie, il entra dans une cabine téléphonique, et demanda le numéro de Long-Sin...

Le Chinois se trouvait précisément à son domicile...

— Es-tu seul ?... demanda la voix anxieuse de Perry Bennett...

— Absolument seul !...

— Tu as sans doute reconnu qui te parle !

— Oui ! répondit le Céleste...

— Je suis poursuivi, traqué par l'adversaire avec qui tu as déjà eu maille à partir !... J'ai besoin de ton aide !... Puis-je compter sur toi ?...

— N'en doute pas !...

— Alors, attends-moi... Dans cinq minutes, je serai chez toi...

Long-Sin, en raccrochant le récepteur, murmura :

— C'est le dénouement qui approche... Je ne croyais pas qu'il arriverait si vite !...

Soulevant la trappe recouverte d'un tapis qui servait de passage à son secrétaire pour venir s'entretenir avec lui, il descendit une vingtaine de marches.

Dans un large caveau voûté, faisant partie des vastes catacombes connues seulement de quelques initiés, et qui s'étendent sous une partie de la Ville Chinoise, devant une table de pierre surchargée de flacons et de vases de différentes formes, Tong-Wah, son fidèle assistant, était assis...

Il se leva respectueusement à l'arrivée de son maître... Celui-ci s'approcha de la table, et examina, à la lueur de la lampe qui éclairait le souterrain, quelques-uns des récipients employés par Tong-Wah dans sa mystérieuse besogne...

Puis, à voix basse, dans leur idiome naturel, il lui adressa quelques mots...

Sur le visage ridé du serviteur, un sourire sinistre grimaça...

Il prit sur la table un verre d'une forme bizarre, dans lequel il mélangea plusieurs élixirs contenus dans les fioles placées devant lui... Puis il le tendit à son chef...

Celui-ci examina avec attention le breuvage et parut satisfait de la préparation.

Sur un signe de lui, Tong-Wah, après un salut obséquieux, disparut par la porte de fer percée au fond de la salle, tandis que Long-Sin, refaisant le chemin déjà parcouru, remontait dans le salon somptueux où il se tenait d'ordinaire.

Il était temps : un taxi venait de s'arrêter devant la maison...

Perry Bennett en descendait rapidement, et, après avoir payé le chauffeur, frappait à la porte. Long-Sin apparut sur le seuil, et invita le visiteur à entrer...

Immobile, il le regarda avec curiosité traverser la salle, et aller tomber dans un fauteuil, en respirant bruyamment...

— Je te l'ai dit tout à l'heure dans le téléphone, fit le misérable après avoir soufflé pendant quelques secondes, je suis le chef de « la Main qui étreint », et mes adversaires sont sur ma piste... Je viens à toi, Long-Sin, parce que, maître de tous les secrets de la Ville Chinoise, toi seul sauras me trouver un abri sûr et impénétrable, où je pourrai échapper à leur poursuite...

— Peut-être !... répondit le Céleste, un énigmatique sourire aux lèvres...

Puis, hochant la tête, comme si une réflexion venait de lui traverser l'esprit :

— Mais à te soustraire à leur vengeance, je cours de gros risques...

Bennett le regarda en face :

— Écoute !... La fortune que j'ai amassée s'élève à sept millions de dollars... Si tu me trouves un asile, si grâce à toi je peux échapper à ceux qui me traquent, je t'en donne le septième !...

— Un million de dollars !... fit Long-Sin... La somme vaut la peine qu'on se donne quelque mal... Viens avec moi !...

Démasquant l'ouverture par laquelle il était descendu quelques minutes plus tôt dans le souterrain où il avait conversé avec Tong-Wah, de la main, il désigna l'escalier à Bennett.

Celui-ci eut une légère hésitation. Mais, presque tout de suite, avec un geste de décision, il s'engagea sur les marches, suivi par le Céleste, qui rabattit avec soin la trappe derrière eux.

Là, comme en haut, le criminel, épuisé, avisa le siège placé à côté de la table de pierre, et alla s'y affaisser, chancelant sous la fatigue qui l'accablait.

— J'ai soif !... fit-il d'une voix brève.

Derrière son dos, le sourire indéfinissable de Long-Sin s'accentua.

— Voilà qui te désaltérera !... dit-il.

Et, prenant le verre contenant la mystérieuse drogue préparée par Tong-Wah, il le tendit à son allié, qui le vida d'un trait.

— Maintenant, dit Perry, en se passant la main sur le front, comme pour chasser l'angoisse qui le contractait, explique-moi comment tu comptes t'y prendre pour faciliter mon évasion...

Sans un mot, Long-Sin se dirigea vers le mur, et, saisissant à deux mains une des larges pierres dont il était formé, la déposa péniblement sur le sol.

De la cavité ainsi pratiquée, il attira successivement à lui deux cercueils de verre qui, roulant avec un bruit sinistre, découvrirent aux yeux de Perry Bennett les cadavres de deux Chinois, étendus tout de leur long, les bras croisés sur leurs poitrines, dans leurs robes de cérémonie...

Devant l'interrogation qu'il lut dans le regard stupéfait du chef de « la Main qui étreint », il rompit le silence :

— Les momies que tu vois, prononça-t-il, ne sont pas des morts... Par un moyen que, seuls, quelques initiés sont appelés à connaître, la vie, chez elles, a été simplement suspendue ! Mais tout le monde, comme toi, s'y tromperait !... Lorsque tes ennemis te verront dans cet état, crois-tu qu'ils en demanderont davantage ?...

— C'est donc ainsi que tu comptes me mettre hors de leur atteinte ?...

Tout en repoussant les cercueils dans la cavité qui les contenait, le Chinois fit un signe de tête affirmatif.

— Non !... Non !... s'écria Bennett terrifié, avec un geste de refus de la main... Ces corps rigides et glacés me font peur...

Trouve un autre moyen !... Et puis, continua-t-il d'une voix sombre, qui m'assure que tu me réveillerais ?...

Long-Sin haussa lentement les épaules, et son éternel sourire reparut sur sa face rusée... Du doigt, il désigna le verre que Bennett venait de vider :

— Mais, cher monsieur, dit-il tranquille, vous avez déjà absorbé une large dose de la potion qui provoque cette insensibilité dont vous vous épouvantez... Il est donc trop tard pour reculer !...

Le bandit tourna vers lui des yeux hagards...

— Du poison !... bégaya-t-il.

Il fit un effort pour se soulever, quitter sa chaise et marcher vers Long-Sin... Mais il retomba sur son siège, sans force et presque sans mouvement...

La drogue absorbée faisait déjà son effet. Ses membres ne lui obéissaient plus, son regard devenait fixe, et il dut constater que, malgré son énergie, malgré sa volonté, il ne pouvait plus lutter contre la paralysie qu'il sentait peu à peu l'envahir... Les bras croisés, impassible, le Chinois le contemplait.

Il s'approcha de lui, et, cynique :

— Dites-moi où sont cachés vos sept millions de dollars, articula-t-il, et je vous donnerai un antidote...

Bennett, dont le corps devenait d'instant en instant plus rigide, était incapable de prononcer une parole... Mais, d'un signe de tête, il fit comprendre au Chinois qu'il acceptait sa proposition.

— Voyons, maître, dit celui-ci, un effort !...

Haletant, Bennett fit une tentative désespérée... Soulevant péniblement sa main droite, il désigna une de ses poches.

Long-Sin la fouilla vivement, et en tira un papier plié en quatre... C'était un plan grossièrement dessiné à la plume, et contenant un certain nombre de renseignements écrits à la main, que le Céleste embrassa d'un coup d'œil.

Sans doute, ils le satisfirent, car il enfouit le papier à l'intérieur de sa robe.

Puis, il se dirigea vers la table et fit un mélange de deux ou trois liquides dans le verre où Bennett avait bu...

— Tenez !... dit-il en l'approchant du visage de ce dernier...

Mais les lèvres du criminel, déjà glacées, ne parvenaient plus à s'ouvrir.

Une supplication désespérée brilla dans son regard, à laquelle Long-Sin parut se rendre... Il eut un mouvement pour l'aider à entr'ouvrir la bouche, et y introduire le breuvage. Mais, brusquement, il s'arrêta.

Avec un ricanement, il retira à lui le verre, et en répandit le contenu sur le sol.

— Décidément, articula-t-il, les choses sont mieux ainsi... Si vous viviez, vous me disputeriez peut-être cette fortune... Et d'ailleurs, je crois vraiment qu'il est trop tard pour que mon antidote produise son effet...

Le corps de Bennett se raidit davantage. Une convulsion suprême le secoua de haut en bas, et sa tête, d'un seul coup, retomba sur sa poitrine...

Sans daigner le regarder, le Chinois regagna l'escalier, et, gravissant paisiblement les marches, remonta dans son fastueux salon...

Jameson n'était heureusement qu'évanoui, et ne tarda pas, sous les soins dévoués de Clarel et d'Elaine, à reprendre ses sens.

Dès qu'il eut rouvert les yeux, son maître se tourna vers la jeune fille, et la pria de continuer son œuvre de salut : il avait une tâche à poursuivre qui ne lui permettait aucun répit.

Tout en s'empressant auprès de Walter, Clarel avait réfléchi... Il pouvait être utile d'instruire son nouvel allié des faits qui venaient de se succéder.

Peut-être d'ailleurs, acculé comme il l'était, et connaissant l'esprit fertile en expédients de Long-Sin, Perry Bennett aurait-il lui-même la pensée d'aller chercher un secours auprès de lui...

Justin, cependant, prit le temps de s'arrêter au bureau central de la police et de demander qu'un inspecteur spécial lui fût adjoint. Bientôt, un taxi déposa les deux hommes devant la demeure du Chinois.

Celui-ci était plongé dans l'étude du précieux plan volé par lui quelques instants plus tôt à son hôte, lorsqu'il entendit frapper à la porte.

Après avoir serré soigneusement le document, il alla ouvrir, et introduisit les deux visiteurs avec toutes les marques de la plus déférente sympathie.

Clarel lui fit un récit succinct des événements, que le Jaune écouta, sans qu'un muscle de son visage tressaillît.

— J'étais bien inspiré, en te prédisant que tu triompherais de ton ennemi... déclara-t-il d'un ton sagace...

— Oui !... Mais il m'échappe encore... Heureusement ce n'est plus pour longtemps...

— Pour moins longtemps que tu ne le supposes... Veux-tu le voir ?...

— Il s'est donc déjà, comme je le présumais, réfugié chez toi ?...

— Il y a à peine une demi-heure, il a frappé à cette porte pour me demander asile et assistance...

— Et où est-il ?...

— Suis-moi ! Je vais te le montrer...

Précédant ses visiteurs, il descendit avec eux dans le souterrain.

Bennett était toujours là, rigide, sur le siège où la mort l'avait terrassé...

A côté de lui, sur la table, toutes les fioles et tous les récipients avaient été enlevés.

— Qu'est-il arrivé ?... interrogea Clarel...

— Je l'avais amené ici, mais au moment où j'allais délibérer avec lui sur ce qu'il comptait faire, il a eu un geste de désespoir, celui du joueur qui sent la partie perdue, et, avant que j'aie pu l'arrêter, il a porté un flacon à ses lèvres, et s'est affaissé, foudroyé, à la place où tu le vois !...

— En effet, fit Justin, après s'être penché sur le corps pour épier vainement un battement du cœur, il est bien mort !... Après tout, cela vaut mieux peut-être ainsi !...

Laissant l'inspecteur qui l'acccompagnait auprès du cadavre, il remonta avec Long-Sin dans le grand cabinet de travail de celui-ci.

— Je voudrais téléphoner... dit-il...

Du geste, le Chinois lui désigna l'appareil.

Clarel demanda le numéro de l'office de Perry Bennett... Ce fut Elaine elle-même qui répondit.

— Avant tout, demanda-t-il, donnez-moi des nouvelles de Jameson...

— Son étourdissement est complètement dissipé... répondit-elle. Et il est maintenant tout à fait remis...

— Peut-il vous accompagner jusqu'à l'endroit où je suis ?...

— Certainement... D'ailleurs, il va vous le dire lui-même...

Walter, en effet, s'était levé, et confirmait pleinement à son patron l'affirmation rassurante de la jeune fille.

Un quart d'heure ne s'était pas écoulé que, accompagné d'Elaine, il frappait à son tour à la porte de Long-Sin.

A la vue de la jeune fille, le Chinois ploya le genou, et baisa respectueusement le bas de sa robe, en signe de soumission et de repentir.

— Oui, expliqua Clarel, Long-Sin est devenu notre allié, et c'est à lui que nous devons en grande partie d'avoir triomphé de votre ennemi...

Avec tous les ménagements que lui inspirait sa délicatesse, il mit en peu de mots Elaine au courant de ce qui s'était passé.

Ses grands yeux tournés vers Justin, elle écoutait anxieusement.

— Ainsi, il est là ?... questionna-t-elle, quand le récit fut achevé...

— Oui !...

— Je veux le voir....

D'abord, il eut un mouvement pour la dissuader, mais il se ravisa...

— Soit !... dit-il... Venez !...

Dans le souterrain, le policier était debout, les bras croisés à côté du corps... Il s'écarta pour laisser passer ceux qui descendaient.

Clarel fit un pas vers Elaine pour la soutenir, mais, doucement, de la main, elle le repoussa ; et, toute seule, le visage contracté, les sourcils froncés, elle s'avança vers le mort...

Longuement, elle le contempla... Puis, brusquement, le souvenir de son père bien-aimé traversa son cerveau...

Une secousse crispa convulsivement son corps, un hoquet étreignit sa gorge, et un flot de larmes monta à ses paupières. Elle chancela, et Justin n'eut que le temps d'ouvrir ses bras pour la recevoir.

— Vous voyez... murmura-t-il... L'épreuve est au-dessus de vos forces... Venez !...

A pas lents, il l'entraîna vers l'escalier.

Tandis qu'elle en gravissait les marches, appuyée sur son épaule, il se tourna vers les trois hommes, et, d'un geste, leur fit signe de demeurer où ils étaient, jusqu'à ce qu'il les rappelât.

Arrivé dans le salon, il conduisit la jeune fille vers un divan, où elle s'affaissa... Elle pleurait toujours, les deux mains sur son visage, la poitrine secouée par ses sanglots.

Il la regarda, laissant couler ses larmes. Le médecin de l'âme qu'il était savait qu'en de telles circonstances il n'est pas de meilleur remède pour guérir les blessures trop saignantes.

D'elle-même, bientôt, elle essuya ses yeux avec la paume de ses deux mains, et, tournant vers Clarel ce visage qu'il aimait tant, et que la douleur qui l'inondait lui faisait plus cher encore :

— Mon ami, dit-elle, je souffre beaucoup !...

Un nouveau silence régna entre eux...

Justin eut une hésitation, comme s'il n'osait pas poser une question qui lui brûlait les lèvres... Enfin, il se contraignit, et balbutia d'une voix qui tremblait :

— Est-ce que ?... Dites ?... Est-ce que, vraiment, vous l'aimiez ?...

Elle le regarda, un grand étonnement dans ses yeux humides... Il ne l'avait donc pas comprise ?... Et, d'un geste lent, mais ferme, elle lui fit signe que non.

Avidement, il plongea de nouveau son regard dans ses admirables yeux qui se tournaient vers lui...

Une petite main douce, dont le contact et l'étreinte étaient parmi ses souvenirs les plus précieux, se posa sur la sienne.

— Pardonnez-moi !... murmura-t-elle.

Il était trop ému pour répondre... A son tour, il eut un triste sourire, pour exprimer que, jamais, aucune rancune n'avait existé contre elle dans son cœur.

L'autre petite main vint rejoindre la première et toutes les deux emprisonnèrent tendrement la main de Clarel.

Secouée par l'émotion, Elaine poursuivit :

— Merci d'avoir persisté dans votre œuvre ! Merci de m'avoir sauvée, malgré moi !...

Il continuait à demeurer muet, mais ses yeux parlaient pour lui...

N'y tenant plus, il l'attira doucement vers lui... Son regard implorait... Elle comprit... Un joli sourire vint refleurir sur ses lèvres, et d'un élan, elle se laissa tomber dans les bras de celui qu'elle n'avait pas cessé d'aimer...

Imp. Téqui, 3 bis, rue de la Sablière, Paris (XIVᵉ). 569-5-1926